선과 면에대한 단상

하나의 선이 하나의 면을 가로질러
두 개의 면이 되었다.
둘은 서로 다른 모양과 색을 지녔다.
또 다른 선이 이 두 면을 가른다.
이제 서로 다른 네 개가 되었다.
더 많은 선이 무작위로 그어진다.
수십억 년을 흘러내려온 서로 다른
삶의 경계선 원래 하나였던 수많은 하나가
이제는 공존을 상상한다.

Artist LEE WAN

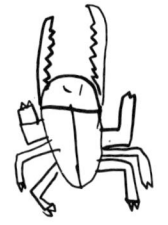

좋은 책을 만드는 이소노미아

소나티네

일본 문학의 뿌리를 찾아서

나쓰메 소세키
夏目漱石
1867-1916

나쓰메 긴노스케는 원치 않은 아이로 태어났다.
갓난아기 적에 시오바라 가문으로 입양되었다가 양부모의 이혼으로 다시
나쓰메 집안으로 돌아왔다. 부모한테서 인정받지 못한 불안한 환경 속에서도
면학에 전념하여 동경제국대학 영문학과를 졸업했다. 친구에게서
'돌로 이를 닦는다'는 뜻의 소세키라는 호를 물려받았다.
그는 거의 평생 어디 한곳에 정착하지 못했다. 이곳저곳에서 영어교사 생활을
전전하다가 일본 정부의 명령으로 영국 국비유학을 떠났지만 제대로 적응하지 못한 채
신경쇠약에 시달리면서 자기의 본령을 찾느라 유학생활도 실패했다.
소세키는 뒤늦게 하늘이 내린 자기 재능과 자신이 가야 할 인생을 깨달았다.
도쿄로 돌아온 후 서른일곱 살이 돼서야 기분 전환 삼아 소설 한번 써보지 않겠냐는
친구의 권유로 단편을 하나 쓴 것이 소세키의 인생을 바꾸었다.
그것이 〈나는 고양이로소이다[1905]〉였다. 그는 내면에 가득했던 세계를 한꺼번에
폭발시켰다. 〈도련님[1906]〉, 〈풀베개[1906]〉, 〈우미인초[1907]〉, 〈산시로[1908]〉, 〈그 후[1909]〉,
〈문[1911]〉, 〈마음[1914]〉, 〈열흘 밤의 꿈[1908]〉, 〈봄날의 소나티네[1909]〉, 〈현대 일본의 개화[1911]〉,
〈나의 개인주의[1914]〉 등 소설, 하이쿠, 수필, 평론, 한시, 강연, 여러 장르에 걸쳐 다양한
작품을 남겼다. 일본인이 사랑하는 국민작가 중 한 사람이 되었지만 정작 본인은
국가와 권력을 멀리하였다. 문부성이 박사학위를 선사하자 그것을 거부하였다.

"박사가 아니면 학자가 아닌 것 같이 세상 사람들이 생각한다면 학문은 소수 박사들의
전유물이 되어 학자적인 귀족이 학문권력을 장악하는 폐해가 속출하고 맙니다."

나쓰메 소세키
夏目漱石

소나티네

일본 문학의 뿌리를 찾아서

私の個人主義 [1914]

現代日本の開化 [1911]

夢十夜 [1908]

文鳥 [1908]

永日小品 [1909]

CONTENTS

소세키의 세계관

    나의 개인주의 · 25

    현대 일본의 개화 · 69

소설

    열흘 밤의 꿈 · 107

        첫 번째 꿈 · 108

        두 번째 꿈 · 113

        세 번째 꿈 · 118

        네 번째 꿈 · 123

        여덟 번째 꿈 · 141

        아홉 번째 꿈 · 145

        열 번째 꿈 · 149

    문조 · 155

봄날의 소나티네 · 181

　설날 · 182

　뱀 · 187

　도둑 · 191

　감 · 199

　화로 · 203

　하숙집 · 208

　과거의 냄새 · 213

　고양이의 무덤 · 218

　따뜻한 꿈 · 223

　인상 · 228

　인간 · 232

　산새 · 237

　모나리자 · 244

　화재 · 248

　안개 · 251

　족자 · 255

　기원절 · 258

　돈벌이 · 260

　행렬 · 263

옛날 · 266

목소리 · 270

돈 · 274

마음 · 278

변화 · 282

크레이그 선생님 · 286

편집여담 · 299

소세키의 세계관

나의 개인주의

현대 일본의 개화

나의 개인주의
私の個人主義 [1914]

이곳 가쿠슈인[1]에 오늘 처음 들어와 봤습니다. 예전부터 가쿠슈인이라는 곳이 이 근처일 거라고 짐작은 했지만 확실히 알지는 못했습니다. 안에까지 들어온 것은 물론 처음입니다.

아까 오카다 씨가 소개를 겸해서 잠깐 이야기하신 대로 올봄에 강연을 좀 해달라는 주문을 받았지만 그 당시에는 뭔가 사정이 있어서 아무튼 일단 거절할 수밖에 없었습니다. ― 오카다 씨가 당사자인 나보다 잘 기억하시고 지금 여러분이 납득할 수 있게 설명해 주셨지요. 그러나 그냥 거절하는 건 너무 실례 같아서 다음에는 꼭 하겠다는 조건을 붙여 두었습니다. 만일을 위해 다음이 언제쯤이 되겠는지 물었더니 올해 시월이라는 대답이 있었고, 그래서 마음속으로 봄부터 시월까지 날짜를 대략 헤아려보고는 그 정도 시간이면 그동안에 어떻게든 될 테니 잘 부탁드린다고 분명히 수락했던 것이지요. 그런데 다행인지 불행인지 병이 나서 9월 한 달 누워 있는 사이에 약속한 시월이 다가왔습니다. 시월 들어서는 누워 있을 정도는 아니었어도 아무튼 좀 비실비실해서 강연하기는 힘든 상태였습니다.

---

[1] 学習院. 황족이나 귀족을 위해 설립된 일본의 관립학교. 2차 세계대전 이후 사립대학으로 변모했다.

하지만 약속을 잊어서는 안 되겠기에 속으로는 이제 뭔가 기별이 올 테지 하면서 신경을 곤두세우고 있었습니다.

그러는 동안 비실비실하던 몸도 나아졌으나 시월 말까지 아무런 기별도 받지 못했습니다. 저는 물론 병이 난 사실을 알려두었는데, 두세 개의 신문에 단신으로 나왔다고 하니 어쩌면 이런 사정을 헤아리셔서 누군가 내 대신 강연을 해주셨는가 보다 추측하고 마음을 놓던 찰나였습니다. 그때 또다시 오카다 씨가 홀연히 찾아오신 겁니다. 오카다 씨는 일부러 장화를 신고 오셨습니다. (워낙 비가 오는 날이었기 때문이기도 했지요) 그런 차림으로 와세다 안쪽까지 오셔서는 예의 강연은 11월 말까지 연기했으니까 약속대로 진행해주기 바란다고 말씀하셨습니다. 나는 이미 책임을 면했다고 생각하던 참이었으므로 사실 좀 놀랐습니다. 그러나 아직 한 달이나 여유가 있었기 때문에 그사이 어떻게든 되겠지 싶어서 좋다고 또 대답을 했지요.

그러니까 올봄부터 시월에 이르는 동안, 시월 말에서 또 11월 25일에 이르기까지 뭔가 정돈된 이야기를 준비할 시간은 얼마든지 있었습니다. 그런데 아무래도 기분 상태가 좋지 않아서 강연에 대해 생각하는 일이 견딜 수 없이 귀찮았습니다. 뭐, 11월 25일이 올 때까지는 걱정하지 말자는 뻔뻔한 생각으로, 질질 시간을 끌며 그날그날을 보냈습니다. 마침내 시간이 흘러

이삼일 전에야 뭔가 생각해야만 하겠다는 생각이 들더군요. 하지만 역시 생각하는 건 싫었습니다. 결국 그림이나 그리며 시간을 보내버렸지요. 그림을 그린다고 하면 뭔가 대단한 걸 그리는 것처럼 들릴지도 모르지만, 사실 철딱서니 없는 그림을 그려 벽에 붙여놓고는 혼자서 이틀이고 사흘이고 멍하니 바라보는 정도였습니다. 어제였던가, 어떤 사람이 와서 그림은 대단히 재미있다며, 아니 재미있다고 말한 건 아니지요. 재미있는 기분일 때 그린 그림처럼 보인다고 말해주었습니다. 그래서 나는 유쾌해서 그린 게 아니라 불쾌해서 그린 것이라고 말하고는 내 마음 상태를 그 사람에게 설명해 주었습니다. 세상에는 못 견디게 유쾌한 기분을 그림으로 옮기거나 붓글씨로 표현하고 문장으로 드러내는 사람이 있는가 하면, 불쾌하기 때문에 어떻게든 평안을 찾고 싶어서 그림을 그리거나 붓글씨를 쓰거나 글을 쓰거나 하는 사람도 있으니까요. 이상하게도 이 두 가지의 심리 상태를 표현한 결과가 일치하는 경우가 있지요. 그러나 이 얘기는 정말 곁다리로 말씀드리는 거라서, 이야기 줄기와는 관계없으므로 깊이 들어가지는 않겠습니다. 아무튼 나는 그 이상한 그림을 바라보기만 하느라 강연 내용을 조금도 짜두지 못하고 시간을 보냈다는 겁니다.

그러는 사이 드디어 25일이 왔기 때문에 좋든 싫든 여기에 얼굴을 내밀지 않고서는 면목이 서지 않는 처지가 되었습니다.

그래서 오늘 아침 약간 생각을 정리해 보았지만 아무래도 준비가 부족한 것 같습니다. 아주 만족할 만한 이야기를 하기는 어려울 듯하니, 그리 알고 참아주시길 바랍니다.

이 모임이 언제 시작해서 오늘까지 이어진 것인지 모르겠는데요. 매번 여러분이 외부 인사를 초청해서 강연회를 여는 건 일반적인 관례이며 호불호의 문제가 아님을 저도 압니다. 또 한편 생각하면 그만큼 여러분이 희망하는 재미있는 강연은 어디에서 누굴 데려오더라도 쉽게 들을 수 있는 게 아닌가 합니다. 여러분에게는 그저 외부 사람이라서 흥미로운 게 아니겠습니까?

라쿠고[2] 하시는 분에게서 들은 이야기 중에 이런 풍자적인 이야기가 있습니다.
 ― 옛날 어느 다이묘[3]가 메구로 근처로 매사냥을 나갔답니다. 여기저기 뛰어다니던 끝에 배가 너무 고파졌는데 때마침 도시락도 없고 부하들도 뿔뿔이 흩어져 먹을 것을 얻지 못했지요.

---

2 落語. 무대 위에 한 사람의 화자가 앉아 진행하는 형식의 일본 전통 이야기극을 뜻한다.
3 大名. 일본 봉건시대의 지방 영주.

어쩔 수 없이 두 사람은 거기에 있던 누추한 농가에 들어가 뭐든 좋으니 먹을 것을 좀 달라고 했답니다. 그러자 그 농가의 노인 내외가 이를 불쌍히 여기고 마침 부엌에 있던 꽁치를 구워 보리밥과 함께 두 사람의 다이묘에게 내주었다고 합니다. 두 사람은 그 꽁치를 반찬으로 아주 맛있게 식사를 마치고 그곳을 떠났는데 다음날에도 전날 먹은 꽁치 냄새가 코끝에 맴돌고 아무래도 그 맛을 잊을 수가 없었답니다. 그래서 두 사람 중 한 사람이 다른 한 사람을 초대하여 꽁치를 대접하기로 했습니다. 명을 받고 놀란 것은 가신들이었습니다. 그러나 주군의 명을 거스를 수는 없으므로 요리사에게 명하여 꽁치의 잔가시를 하나하나 뽑고 그것을 미린[4]인가 뭔가에 담근 것을 알맞게 구워서 주인과 손님 앞에 내어놓았습니다. 하지만 먹는 사람은 아직 배도 고프지 않은 데다 요리법이 바보스럽도록 친절한 바람에, 꽁치 맛을 잃은 묘한 생선을 젓가락으로 집어 보았자 전혀 맛있지 않은 겁니다. 그래서 두 사람이 얼굴을 마주하고 '꽁치는 역시 메구로가 맛있다'는 이상한 말을 했다는 게 이야기의 끝입니다만, 제 입장에서 보자면 이 가쿠슈인이

4　味淋. 일본요리에서 조미료로 사용하거나 마시기도 하는 알코올 음료의 일종이다. 감미가 있는 황색의 액체이며, 한국에서는 '미림'이라는 명칭으로 판매되고 있다.

라는 훌륭한 학교에서 훌륭한 선생님만 만나는 여러분이 일부러 나 같은 사람의 강연을 봄부터 가을까지 기다려서까지 들으려는 것은 딱 진미에 싫증이 나서 메구로의 꽁치를 좀 먹고 싶어진 것과 같은 이치 아닐까 생각합니다.

이 자리에 계신 오모리 교수는 나와 같은 해거나 그해를 전후해서 대학을 졸업하신 분인데, 그 오모리 교수가 일찍이 내게 요즘 학생들은 자신의 강의를 잘 듣지 않아서 곤란하다, 아무래도 성의가 부족해서 마음에 안 든다는 말씀을 한 적이 있습니다. 그 평가는 이 학교 학생들에 대한 것이 아니라 어딘가 다른 사립대학 학생에 대한 이야기였다고 기억합니다만, 아무튼 나는 그때 오모리 씨에게 실례되는 말을 했습니다.

여기서 되풀이하는 게 좀 부끄럽지만, 나는 그때, 자네 강의를 고맙게 듣는 학생이 어느 나라엔들 있을까 하고 말했답니다. 하긴 제 말이 그때의 오모리 교수에게는 통하지 않았을 수도 있지만, 이 기회를 이용하여 오해를 풀어두고자 합니다. 저희들이 학생이었던 시절, 여러분과 비슷한 나이거나 조금 많았을 때, 지금의 여러분보다 훨씬 멋대로여서 교수님 강의 같은 건 거의 들은 적이 없을 정도였습니다. 물론 이것은 저나 제 주위 사람을 중심으로 하는 말이니 다른 분들께는 해당되지 않는 말일지도 모르겠지만, 아무튼 지금에 와서 돌아보면 그렇습니다. 지금 여기 있는 저는 겉보기에만 온순해 보이지 결코 강의 같은 데 귀를 기울이는 학생이 아니었지요. 언제나 빈둥빈둥했습니다. 그런 기억을 가진 제가 지금의 성실한 학생들을 보면서 오모리 씨처럼 학생들을 나무랄 용기는 아무래도 없지만, 기왕 말이 나온 김에 모두 계신 앞에서 오모리 씨에게 사죄해 둬야겠습니다.

이야기가 삼천포로 빠졌으니 다시 제자리로 돌아가서 말씀드리자면, 결국 이런 이야기입니다.

여러분은 훌륭한 학교에 들어와 언제나 훌륭한 선생한테서 지도를 받으시고, 또 그분들의 전문적인, 또는 개론적인 강의를 매일 듣고 있습니다. 그러면서도 나 같은 사람을 일부러 밖에서 불러 강연을 듣고자 하는 건 아까 말씀드린 다이묘가 메구로의 꽁치를 상찬한 것과 같은 것이며, 평소에 맛보지 못한 것이니 한번 먹어보려는 마음과 같지 않을까라는 이야깁니다. 사실은 나 같은 사람보다도 여러분이 매일매일 얼굴을 마주하는 선생님들의 이야기가 훨씬 유익하고 또 재미있을 것입니다. 만약 제가 이 학교의 교수라도 되었다면 단순히 새로운 자극이 없다는 이유만으로 이 정도의 인원이 모여 제 강연을 듣는 열성이나 호기심을 보이지는 않았을 거라 생각하는데 여러분은 어떻게 생각하시는지요?

제가 왜 이런 가정을 하는가 하면, 제가 실제로 옛날에 여기 가쿠슈인의 교수가 되려고 한 적이 있었기 때문입니다. 스스로 애쓴 건 아니었고, 이 학교에 있던 지인이 저를 추천해 준 것입니다. 그때 나는 졸업을 앞두고 뭘 해서 먹고살지 모를 정도로 물정 모르는 사람이었습니다. 이윽고 세상에 나와 보니, 팔짱을 끼고 기다려 본들 하숙비가 생길 리 없고 교육자가 될 수 있을지 없을지는 차치하더라도 어딘가 취직할 필요는 있었습니다. 그러니까 그 지인이 말하는 대로 가쿠슈인을 목표로 취직활동을 시작했던 겁니다. 그때 내겐 라이벌이 한 사람 있었습니다. 그러나 지인이 내게 분명히 괜찮을 거라고 했으므로 이미 임명장을 받은 듯한 기분이 되어서는 교수는 어떤 옷을 입어야 하는지 따위를 물어보았답니다. 그러자 모닝코트가 아니면 교단에 설 수 없다고 하기에, 저는 아직 취직이 결정되기도 전에 모닝코트를 마련해 버렸습니다. 그러면서 가쿠슈인이 어디에 있는 학교인지도 잘 몰랐으니 이만저만 이상한 사람이 아니었던 겁니다. 그런데 드디어 모닝코트가 완성되고 보니, 어찌 생각이나 했겠습니까? 모처럼 기대하던 가쿠슈인 쪽에서 낙제라는 것이었습니다. 그리하여 다른 사람이 영어교사의 자리를 차지하게 되었습니다. 그 사람 이름이 뭐였는지는 지금 생각이 안 납니다. 그다지 속상하다든가 하는 마음이 없었기 때문이겠지요. 미국에서 공부하고 온 사람이던가 그랬던 것 같습니다. ─ 그래서 만약 그때 그 미국 유학에서 돌아온 사람이 채용되지 않고 제가 운 좋게 가쿠슈인의 교수가 되어, 그것도 지금까지 근무하고 있다면, 이런 정중한 초대를 받고 높은 자리에 서서 여러분에게 이야기할 기회를 갖지는 못했겠지요. 그런 사람을 올봄부터 11월까지나 기다렸다 불러주신 것은, 바꿔 말하면 제가 가쿠슈인 교수 채용에서 떨어져 여러분의 메구로 꽁치가 되었다는 증거가 아니겠습니까?

저는 지금부터 가쿠슈인 채용에서 떨어진 이후의 나에 대해 조금 이야기하려고 합니다. 이것은 지금까지 이야기한 것의 연장이라기보다는 오늘 강연에 필요한 부분이라 생각하시고 들어주기를 바랍니다.

저는 가쿠슈인 입사에 실패했지만 모닝코트만큼은 입고 다녔습니다. 따로 입을 양복을 갖고 있지 않았으므로 어쩔 수가 없었습니다. 그 모닝코트를 입고 어디 갔을 거라고 생각하십니까? 그때는 지금과 달리 취직이 아주 수월했습니다. 어디를 가도 웬만히 문이 열려 있었던 것 같습니다. 즉 일손이 부족했던 것이겠지요. 나 같은 사람도 고등학교와 고등사범학교에서 거의 동시에 부름을 받았습니다. 저는 고등학교를 주선해 준 선배에게 반승낙을 해놓고는 고등사범 쪽에도 적당히 인사를 해버린 탓에 일이 좀 꼬였습니다. 제가 워낙 젊었을 때라서 실수였든 부주의였든 결국 스스로 벌받은 거라고 생각해도 어쩔 수 없지만, 곤란해진 것만은 사실입니다. 저는 제 선배인 고등학교 고참 선생님에게 불려가 '이쪽으로 올 듯이 말을 해 놓고서, 다른 곳에도 면담을 하면 중간에서 내가 곤란하다'는 질책을 받았습니다. 저는 나이도 어린 데다 바보처럼 욱하는 성격이라 그럼 양쪽 다 거절하면 되지라는 생각을 했고, 그 절차에 들어갔습니다. 그러던 어느 날, 당시 고등학교 교장, 지금은 교토의 이과대학 총장으로 계시는 구하라 씨로부터 학교까지 좀 와달라는 기별을 받았습니다. 서둘러 나가 보니 그 자리에 고등사범학교 교장인 가노 고지로 씨, 게다가 나를 주선해 준 그 선배가 함께 있었는데, '이야기는 끝났다. 이것저것 맘 쓰지 말고 고등사범 쪽으로 가면 된다'는 것이었습니다. 저는 그 상황에 싫다고도 할 수 없어서 내친김에 승낙할 수밖에 없었습니다. 지금 생각하면 송구스러운 말씀이지만 나는 고등사범 따위를 그 정도로 감사할 생각이 없었습니다. 가노 씨를 처음 만났을 때도 '그렇게 당신처럼 교육자로서 학생의 모범이 되라는 주문이라면 나는 정말이지 감당하기 어려워서요'하고 사양하고 싶을 정도였습니다. 가노 씨는 노련한 분이었기 때문에 '아니, 그렇게 솔직하게 거절당하고 보니 더욱 모셔가고 싶다'고 말하며 저를 놓아주지 않았습니다. 그래서 미숙한 저는 두 학교에 양다리를 걸치는 욕심쟁이가 될 생각은 전혀 없었지만 관계자에게 필요 이상의 민폐를 끼친 뒤 결국 고등사범학교에 가게 되었습니다.

그러나 교육자로서 훌륭해질 수 있는 자질 같은 건 애초부터 부족했기 때문에 아무래도 거북하고 죄송스러웠습니다. 가노 씨도 '자네는 너무 솔직해서 탈이야'하고 말씀하실 정도였으니 오히려 좀 더 뻔뻔하게 구는 게 좋았을지 모릅니다. 그러나 아무리 해도 내게는 맞지 않는 곳이라는 생각밖에 들지 않았습니다. 툭 까놓고 이야기하자면 당시의 나는, 글쎄요, 생선장수가 과자가게를 도우러 갔다고나 할까요?

1년 뒤, 저는 드디어 시골의 중학교에 부임했습니다. 그것은 이요의 마쓰야마[5]에 있는 중학교입니다. 여러분은 마쓰야마 중학교라는 이름을 듣고 웃으시는데, 아마도 제가 쓴 〈도련님〉을 읽으신 거겠지요? 〈도련님〉 안에 붉은 셔츠라는 별명을 가진 인물이 있는데 당시 저는 대체 빨간 셔츠의 모델은 누구냐는 질문을 많이 받았습니다. 그게 누구이든, 당시 그 중학교에 문학학사학위를 가진 사람은 저 하나였지요. 만약 〈도련님〉 안의 인물이 하나하나 실존 인물이라고 한다면, 붉은 셔츠는 바로 제가 될 수밖에 없기 때문에 – 대단히 감사한 일이었노라 말

---

5 이요(伊予)는 일본 에도시대 마쓰다이라 가문이 통치했던 시코쿠 지역에 있던 나라(번)의 이름이다. 현재 에히메현 마쓰야마(松山)시에 해당하며, '마쓰야마'라는 지명이 여러 곳 있기 때문에 구별을 위해 '이요의 미쓰야마'라고 불렀다.

씀드려야 할 것 같군요.

마쓰야마에도 딱 일 년밖에 안 있었습니다. 떠날 때 그 지역 지사가 나를 붙잡았지만, 이미 다른 곳에 약속한 바가 있었기 때문에 결국 거절하고 그곳을 떠났습니다. 그리하여 이번에는 구마모토에 있는 고등학교에 자리를 잡았습니다. 이런 순서로 중학교에서 고등학교, 고등학교에서 대학으로 차근차근 가르쳐 왔습니다. 물론 초등학교와 여학교에서 일한 적은 없습니다.

구마모토에서는 제법 긴 시간 머물렀습니다. 갑자기 문부성에서 영국으로 유학을 가라는 내담이 있었던 건 구마모토에 가고 나서 몇 년 뒤였습니다. 저는 그때 유학 제의를 거절하려고 했습니다. 나 같은 사람이 아무 목적도 없이 외국에 간다고 해서 딱히 국가에 도움이 되지 않을 거라고 생각했기 때문입니다. 하지만 문부성의 속뜻을 전하는 교감선생님이 '그건 앞날에 대한 전망이니 자네가 자신을 평가할 필요는 없네. 아무튼 가는 편이 좋지.'라고 말씀하셨고, 내 입장에서도 굳이 저항할 이유는 없었기 때문에 명령대로 영국에 갔습니다. 그러나 예상했던 대로 아무것도 할 일이 없더군요.

이걸 설명하려면 그때까지의 나라는 사람에 대해 일단 이야기해야 합니다. 그 이야기가 바로 오늘 강연의 일부를 이루게 되니까 그리 생각하시고 들어주기 바랍니다.

저는 대학에서 영문학을 전공했습니다. 영문학이라는 게 무엇인가 물을지 모르겠군요. 영문학을 3년간 전공한 저도 뭐가 뭔지 몰랐습니다. 그 무렵은 딕슨이라는 사람이 교수였습니다. 저는 그 선생님 앞에서 시를 읽거나 문장을 읽거나, 작문을 하다가 관사가 빠졌다고 야단맞거나, 발음이 틀렸다고 혼나거나 했습니다. 시험에는 워즈워스가 몇 년에 태어나 몇 년에 죽었는가, 셰익스피어의 폴리오[6]는 몇 개가 있는가, 혹은 스코트가 쓴 작품을 연대별로 서술하라든가 하는 문제만 나왔습니다. 나이 어린 여러분도 거의 상상이 가겠지요. 대체 그게 영문학이라는 것인가. 영문학은 잠시 보류해 두고 그보다 먼저 문학이란 무엇일까요? 그런 내용만으로는 도저히 알 수가 없습니다. 그렇다면 혼자서 궁리하여 깨달을 수 있는가? 글쎄요, 장님이 담장 엿보는 격으로 도서관에 들어가 어디를 어떻게 서성거려 봐도 실마리는 잡히지 않습니다. 이것은 혼자서는 할 수 없

---

6 Folio. 폴리오는 책 중에서 제일 큰 전지 절반 크기의 판을 뜻한다. 윌리엄 셰익스피어의 연극을 수록하여 1623년 발행된 《Mr. William Shakespeare's Comedies, Histoires, & Tragedies》를 말한다. 학자들은 이를 제 1 폴리오(First Folio)라고 부른다. 이 폴리오에는 셰익스피어의 연극 36개가 수록되어 있다.

는 일일 뿐 아니라 그 길에 관한 글도 부족했기 때문이라 생각합니다. 아무튼 3년을 공부했지만 문학은 늘 풀리지 않는 숙제였습니다. 우선 여기에 내 번민이 있었다고 해도 과언이 아니겠지요.

저는 그런 애매한 태도로 세상에 나갔고 당당히 교사가 되었다기보다는 그저 교사가 되어졌던 것입니다. 다행히 어학 쪽은 의심스럽기는 해도 어떻게 어물어물 넘어갈 수 있으니 그날그날 무사히 넘어갔지만, 마음속은 항상 공허했습니다. 공허하면 아예 단념해버리면 되었을 텐데, 어쩐지 불쾌함을 떨쳐낼 수 없는 느낌이 막연하게 어딜 가나 따라다니는 것 같아 견딜 수 없었습니다. 게다가 한편으로 자신이 직업으로 삼고 있는 교사라는 일에 조금의 흥미도 없었던 겁니다. 교육자의 자질이 부족하다는 점은 처음부터 알고 있었지만 이미 교실에서 영어를 가르치는 것이 귀찮아서 참을 수 없었습니다. 나는 틈만 나면 내 자신의 본령으로 돌아가고자 했습니다만, 그 본령이라는 것이 있는 것도 같고 없는 것도 같아서 어디를 봐도 옮겨갈 결단을 내릴 수가 없었습니다.

내가 이 세상에 태어난 이상 뭔가 해야 해, 생각하면서도 뭘 하면 좋을지 전혀 감이 잡히지 않았습니다. 나는 마치 안갯속에 갇힌 고독한 인간처럼 꼼짝도 하지 못한 채 서 있었던 겁니다.

그리고 어디선가 햇살이 비칠지도 모른다는 희망보다는, 내가 쥔 손전등으로 조금이라도 좋으니 저 앞을 분명히 볼 수 있으면 좋겠다고 생각했습니다. 하지만 불행히도 어느 쪽을 보건 오리무중이었습니다. 멍하니 서 있었습니다. 마치 자루 속에 갇혀 나오지 못하는 사람이 된 기분이었습니다. 손에 단 한 자루의 송곳이라도 있다면 어딘가 한 곳 찔러서 안개의 장막을 찢어버릴 텐데, 하면서 초조해하기도 했지만, 불행히도 그 송곳은 남에게서 받을 수도 없고 스스로 발견할 수도 없어서, 그저 마음속 저 밑으로 남모르는 우울한 나날을 보냈던 것입니다.

저는 이렇게 불안을 안은 채 대학을 졸업한 뒤, 그 불안을 이끌고 마쓰야마에서 구마모토로 이사를 했고, 또 그 불안을 가슴속에 접어둔 채 결국에는 외국까지 건너갔던 겁니다. 그러나 일단 외국으로 유학을 떠난 이상은 다소간의 책임을 새롭게 자각할 수밖에 없었습니다. 그래서 뼈를 깎는 마음으로 뭔가 해보려고 노력했습니다. 그렇지만 여전히 무슨 책을 읽어도 스스로 주머니 속에서 탈출할 수는 없었습니다. 이 주머니를 찢을 송곳은 런던을 다 뒤져도 찾을 수 없을 것 같았습니다. 단칸방 하숙집에서 생각했지요. 보잘것없다고 생각했습니다. 아무리 책을 읽어도 만족할 수 없는 거라고 포기했습니다. 동시에 뭘 위해 책을 읽는지 나 자신도 그 의미를 알 수 없게 되어버렸습니다.

이때 나는 처음으로 문학이란 무엇인가, 그 개념을 근본적으로 스스로의 힘으로 완성하는 것 외에 다른 길이 없음을 깨달았습니다. 그때까지는 완전히 타인본위였으며 뿌리 없는 부평초처럼 그 언저리를 되는 대로 맴돌고 있었던 게 문제였음을 드디어 알아챈 것입니다. 제가 여기서 '타인본위'라고 함은 자신의 술을 남이 마시고 나중에 그 품평을 듣고는 그 이치가 옳다 그르다 하는 이른바 남의 흉내를 이르는 말입니다. 한마디로 이렇게 말해버리면 멍청한 소리로 들릴 테고 누구도 그렇게 타인 흉내를 낼 리는 없다고 미심쩍게 생각할지도 모르지만, 사실은 결코 그렇지가 않습니다. 요즘에 유행하는 베르그송도 오이켄도 모두 서양인들이 그리 말하니 일본인들도 그에 편승하여 들썩이는 것입니다. 그래서 그 무렵엔 서양인이 한 말이라고 하면 뭐가 됐든 맹종하고 으스댔습니다. 그러니까 가타가나를 함부로 늘어놓으며 잘난 척하는 사람이 여기저기 우글우글했습니다. 남을 욕하자는 게 아닙니다. 제가 실제로 그런 사람이었습니다. 가령 어떤 서양인이 갑이라는 서양인의 작품을 평가한 것을 읽었다고 한다면, 그 평가의 정당성 여부는 전혀 생각하지 않고 자기한테 이해가 되든 말든 터무니없이 그 평가를 퍼뜨리고 다닙니다. 즉 뜻도 모르면서 그대로 받아들이는 것이라 해도 좋고, 또 기계적인 지식이라고 해도 좋고, 도저히 내 것이라고도 피라고도 살이라고도 말할 수 없는 생경한 것을 제 것인 양 떠들며 다니는 것입니다. 하지만 시대가 시대인 만큼 또 모두가 그것을 칭찬합니다.

하지만 아무리 남에게 칭찬받아본들 원래 남의 옷을 빌려 입고 뽐낸 것이니 내심 불안합니다. 손쉽게 공작의 깃털을 몸에 붙이고 날개를 뽐내는 것과 다를 바 없지요. 그렇지만 겉멋일랑은 좀 버리고 내실을 기하지 않으면 제 스스로 언제까지나 안심하지 못하리라는 생각이 들었습니다.

예를 들어 서양인이 이것은 훌륭한 시라고 했다든가, 어조가 아주 좋다고 한들, 그건 그 서양인이 보는 관점이고 참고는 될 수 있겠지만 나 자신이 그렇게 생각하지 않는다면 도저히 받아들일 수 없는 겁니다. 내가 독립된 한 사람의 일본인이며 결코 영국인의 노비가 아닌 이상 이 정도의 견식은 국민의 한 사람으로서 갖추어야 할 뿐 아니라, 세계적으로 통용되는 정직이라는 덕목을 중시한다는 점에서도 나는 내 의견을 굽혀서는 안 됩니다.

그러나 저는 영문학을 전공한 사람입니다. 그 본고장의 비평가들이 말하는 것과 내 생각이 모순된다면 일반적으로는 아무래도 움츠러듭니다. 그래서 이런 모순은 대체 어디서 시작되었는가를 생각해 내야만 하지요. 풍속, 인정, 습관을 거슬러 올라가 국민의 성격까지 이 모순의 원인이 되었음에 틀림없습니다. 보통의 학자라면 단순히 문학과 과학을 혼동하여 갑이라는 국민이 좋아한다면 반드시 을이라는 국민에게서도 상찬받을 것이 틀림없다, 그렇게 필연성이 있다고 오인합니다. 바로 그 점이 오류입니다. 설령 이 모순을 융화시키기는 불가능해도 설명은 가능할 것입니다. 그래서 단지 그 설명만으로도 일본 문단에 한 줄기 광명을 던져줄 수 있다 — 이 사실을 그때서야 비로소 깨달았습니다. 너무 때늦은 이야기라서 부끄럽기 짝이 없습니다만 사실이니까 꾸밈없이 말씀드립니다.

나는 그 뒤로 문예에 대한 자신의 입지를 굳히기 위해, 굳힌다기보다는 새롭게 건설하기 위해, 문예와는 전혀 관계없는 책을 읽기 시작했습니다. 한마디로 '자기본위'라는 네 글자를 겨우 생각해 내어 그 자기본위를 입증하기 위해 과학적인 연구와 철학적 사색에 몰두하기 시작했던 겁니다. 지금은 세월이 변해서 이런 이야기는 다소 머리가 있는 사람이라면 알고 있을 이야기지만, 그때만 해도 제 자신이 유치한 데다 세상 역시 그렇게 발전하지 않았기 때문에 제가 한 방식은 실제로 어쩔 수 없었습니다.

나는 이 자기본위라는 말을 손에 쥐고 나서 매우 강인해졌습니다. 저놈들은 뭐야? 라는 기개가 생겼습니다. 지금까지 망연자실해 있던 내게, 이 자리에 서서 이 길로 이렇게 가야 한다고 지도해준 것은 정말 이 자기본위라는 네 글자입니다.

고백하자면 나는 그 네 글자를 딛고 다시 출발했습니다. 그리고 지금처럼 홀로 남의 흉내만 내며 공연히 요란을 떠는 것은 불안한 일이므로, 그렇게 서양인인 체하지 않아도 괜찮다는, 움직일 수 없는 이유를 그들 앞에 멋지게 던지면 얼마나 유쾌할까, 얼마나 기쁠까 생각해서는 저서 기타 수단으로 그걸 성취하는 것을 제 생애의 대업으로 삼자고 생각했습니다.

그때 제 불안은 완전히 사라졌습니다. 저는 경쾌한 마음으로 음울한 런던을 바라보았습니다. 비유하자면 다년간 고심한 결과, 이윽고 자신의 곡괭이를 정확히 광맥줄기에 맞춰 판 듯했지요. 다시 반복하자면 안갯속에 갇힌 사람이 어느 각도, 어느 방향에서 분명히 자신이 나아갈 길을 알게 된 것과 같습니다.

이렇게 제가 계발되었을 때는 이미 유학한 지 1년 이상 지났을 때입니다. 도저히 외국에서는 내 과업을 완성할 수 없다, 가능한 한 재료를 모아 본국으로 돌아간 뒤, 멋지게 정리하겠다는 결심이 섰습니다. 즉 외국으로 갔을 때보다 돌아올 때, 우연하게도 어떤 힘을 얻게 된 셈입니다.

그렇지만 귀국하자마자 의식주를 해결하기 위해 동분서주해야 했지요. 저는 고등학교에도 나갔습니다. 대학에도 나갔습니다. 나중에는 돈이 부족하여 사립학교도 한 군데 나갔습니다. 그

와중에 신경쇠약에 걸렸습니다. 마지막엔 재미없는 창작물 따위를 잡지에 실어야 할 사태에 직면하였습니다. 이런저런 사정으로 저는 제가 기획한 사업을 중도에 멈추고 말았습니다. 내가 쓴 문학론은 그 기념이라기보다 오히려 그 실패의 잔해입니다. 심지어 기형적인 잔해입니다. 혹은 멋지게 지으려다가 지진으로 무너진 미완성 도시의 폐허 같은 것입니다. 하지만 자기본위라는 그때 얻은 내 생각은 여전히 계속되고 있습니다. 아니 해가 거듭될수록 점점 강해집니다. 저작 사업으로는 실패로 끝났지만, 그때 확실하게 거머쥔 '자기가 주인이며 타인은 손님'이라는 신념은 오늘의 내게 대단한 자신과 안심을 선사해 주었습니다. 저는 오늘도 그 연장선상에서 살아가고 있는 것 같습니다. 사실 이렇게 높은 단상위에 서서, 여러분을 상대로 강연을 하는 것도 역시 그 힘 덕택일지 모릅니다.

이상은 그저 제 경험만을 간략히 이야기했는데, 이 이야기의 의미가 여러분에게 도움이 되지 않을까 라는 노파심에서 비롯되었습니다. 여러분은 모두 학교를 떠나 세상으로 나가게 됩니다. 그러려면 아직 시간이 좀 걸리는 분도 있겠고 이미 실제로 사회활동을 하고 있는 분도 있겠지만, 어느 쪽이든 제가 한번 경험했던 번민(종류는 다르더라도)을 반복하지 않을까 추측해 봅니다. 저처럼 어딘가 돌파하고 싶어도 돌파하지 못하고, 뭔가 붙잡고 싶어도 주전자 주둥이를 잡은 듯 미끄러워 식은땀이 나는 사람이 아마도 있을 거라고 생각합니다. 예외적으로 여러분 중에서 이미 자력으로 뚫은 길을 가지고 있는 사람도 있겠지요. 또한 다른 사람의 뒤를 좇아 그것으로 만족하고 옛길을 따라가는 사람도 결코 나쁘다고 말하고 싶지는 않습니다(스스로 안심하고 자신감이 확실하다면). 그러나 만약 그렇지 않다면, 아무래도 한 가지, 자신의 곡괭이로 광맥을 뚫을 때까지 나아가야만 하겠지요. 나아가야만 하는 까닭은, 만약 광맥을 뚫지 못했다고 하면 그 사람은 평생 불쾌하고 언제나 엉거주춤 세상 속에서 허둥거려야만 하기 때문입니다. 제가 이 점을 역설하는 것은 정말 그 때문입니다. 결코 저를 모델로 삼으라는 뜻이 아닙니다. 저처럼 보잘것없는 사람도 스스로의 길을 찾아냈다는 자각이 있다면, 여러분이 보기에 그 길이 아무리 하잘것없더라도 그건 여러분의 비평과 관찰일 뿐이지, 내게는 털끝만큼도 손해될 게 없지요. 저 자신은 그걸로 만족할 생각입니다. 그러나 제가 그로 인해 자신감과 안심을 얻게 되었더라도, 똑같은 경로가 여러분의 모범이 된다고는 결코 생각지 않으니 오해하시면 안 됩니다.

아무튼 그것은 제가 경험한 번민이 여러분의 경우에도 때때로 일어날 것임에 틀림없다고 저는 내다보는데, 여러분 생각은 어떻습니까? 만약 그렇다고 한다면 뭔가를 찾아낼 때까지 간다는 태도는 학문을 하는 사람, 교육을 받는 사람에게 평생의 과업, 혹은 십 년 이십 년 걸리는 과업이라 하더라도 필요하지 않을까요? 그렇게 '여기에 내가 나아갈 길이 있었구나!', '드디어 광맥을 찾았구나!' 이런 감탄사를 마음속 깊은 곳에서 외칠 수 있을 때, 여러분은 비로소 마음을 놓을 수 있을 것입니다. 쉽게 무너지지 않을 자신감이 그 외침소리와 함께 무럭무럭 고개를 들지 않겠습니까? 이미 그 경지에 도달한 사람도 이중에는 다수 있을지 모릅니다만, 만약 도중에 안개 때문에 번뇌하고 있는 분이 있다면 어떤 희생을 치르더라도 '아아 이거다' 하는 광맥이 나올 때까지 가기를 바랍니다. 꼭 국가를 위해서만은 아닙니다. 여러분의 가족을 위해 하는 말도 아닙니다. 여러분 자신의 행복을 위하여 절대로 필요하지 않을까 생각되어 드리는 말씀입니다. 만약 제가 다닌 길을 이미 지나왔다면 어쩔 수 없지만, 만약 어딘가에 걸리는 게 있다면 그것을 짓밟고라도 나아가야만 합니다. — 나아간다 해도 어떻게 나아가야 할지 모르니까, 뭔가 맞닥뜨릴 때까지 가는 수밖에 다른 방법이 없습니다. 저는 여러분께 억지로 충고 따위를 하고 싶진 않습니다만, 그것이 장래 여러분 행복의 한 갈래가 될지도 모른다고 생각하니 입다물고 있을 수가 없습니다. 마음속에 미적지근한, 분명하지 않은, 이래도 좋고 저래도 좋은 해삼처럼 흐물거리는 정신으로 멍하니 있어서야 자기 마음이 불편하지 않겠습니까. 불편하지 않다고 말씀한다면 그걸로 됐습니다. 또 그런 불편함은 그냥 지나쳤다고 한다면 그것도 좋습니다. 모쪼록 그냥 지나치셨기를 저는 바랍니다. 그러나 저는 학교를 나와 서른 지나서까지 넘어서지 못했습니다. 그 고통은 물론 무지근한 아픔이었고 해마다 느끼는 아픔이었습니다. 그러므로 만약 저와 같은 병을 앓고 있는 분이, 만약 이 중에 계시다면, 부디 용감하게 나아가기를 희망해 마지않습니다. 만약 거기까지 간다면, '여기 내가 자리잡고 앉을 곳이 있었구나'라는 사실을 발견하게 되고, 평생 안심과 자신감을 줄 수 있게 될 거라 생각합니다.

지금까지 말씀드린 것은 이 강연의 제1편에 해당합니다. 지금부터 제2편으로 들어갈까 합니다.

가쿠슈인이라는 학교는 사회적 지위가 있는 사람이 입학하는 학교로 알려져 있습니다. 그리고 아마 그게 사실이겠지요. 만약 제 추측대로 아주 가난한 사람은 없고 오히려 상류사회의 자제만 모여 있다면, 향후 제일 먼저 여러분을 따라다닐 것은 권력입니다. 바꿔 말하면 여러분이 세상에 나가면 가난한 이들이 세상에 나간 것보다 큰 권력을 가지리라는 사실입니다. 앞에서 말씀드린 바와 같이 일을 해서 뭔가를 손에 쥘 때까지 나아간다는 것은 결국 여러분의 행복을 위하고 안심을 위하는 것이지만, 왜 그것이 행복과 안심을 가져다주는 걸까요? 여러분이 가지고 태어난 개성이 그것과 충돌하여 비로소 안정되기 때문이겠지요. 그리고 그곳에 자리를 잡고 점점 앞으로 나아가면 그 개성은 점점 발전해가겠지요. 여러분의 일과 여러분의 개성이 딱 맞아떨어졌을 때, 그때 비로소 이곳에 내 안정된 지위가 있었노라 말할 수 있겠지요.

이와 비슷한 의미에서 지금 이야기한 권력을 음미해 보면, 권력이란 아까 말씀드린 자신의 개성을 타인의 머리 위에 무리하게 눌러 붙이는 도구입니다. 도구라고 단언하는 게 부당하다면, 그런 도구로 사용할 수 있는, 쓸모 있는 힘입니다.

권력 다음에 오는 것은 금력입니다. 이것도 여러분은 가난한 사람들보다 많이 소유하고 있을 게 분명합니다. 이 금력을 똑같은 방식으로 바라보면, 이것은 개성을 확장시키기 위해, 타인에게 유혹의 도구로써 사용할 수 있는 지극히 중요한 보물이 되지요.

그러고 보면 권력과 금력은 자신의 개성을 가난한 사람보다 훨씬 많이, 다른 사람 위에 덮어씌운다든가, 또는 타인을 그 방면으로 유혹하여 끌어들일 수 있다는 점에서 대단히 편리한 도구입니다. 이런 힘이 있으니 귀한 사람인 양 행세할 수는 있지만 그건 사실 대단히 위험하지요. 아까 말씀드린 개성은 주로 학문이라든가 문예라든가 취미라든가, 자기 자신이 마음놓을 만한 장소까지 가야만 비로소 발전하는 것처럼 이야기했습니다. 사실을 말하자면 그 응용은 대단히 넓고 단지 학예에만 그치지 않습니다. 제가 아는 어떤 형제가 있는데, 동생은 틀어박혀서 글만 읽는 걸 좋아하는데 반해 형은 낚시를 도락으로 삼아 건강을 해칠 정도입니다. 그러자 형은 자기 동생이 집에만 틀어박혀 있으니 그걸 대단히 안 좋게 생각했습니다. 필경 낚시를 하지 않으니까 저렇게 염세적으로 되는 거라며 무턱대고 동생을 낚시터로 끌고 가려고 합니다. 동생은 또 그것이 불쾌하여 견딜 수 없지만 형이 고압적으로 낚싯대를 맡기거나 물고기 망을 들어올리게 하거나, 유료 낚시터 동행을 명령하니까, 두 눈 꼭 감고 따라가서는 기분 나쁜 붕어 같은 걸 낚아 투덜투덜 돌아옵니다. 그렇기 때문에 형의 계획대로 동생의 성질이 달라지는가 하면, 절대로 그렇지 않습니다. 점점 더 낚시에 대해 반감을 갖습니다. 결국 낚시와 형은 딱 맞아서 그 사이에 어떤 틈도 없지만, 그것은 그야말로 형의 개성이고 동생과는 완전히 상관없는 것이지요. 이건 사실 금력의 예는 아닙니다. 권력이 타인을 위압하는 예입니다. 형의 개성이 동생을 압박하여 무리하게 물고기를 잡으라고 하는 거니까요. 본디 어떤 경우에는 ― 예를 들면 수업을 받을 때라든가 군대에 갔다든가 또는 기숙사에서도 군대생활을 가장 중시한다든가 그런 경우에는 ― 다소 고압적인 수단을 피해 갈 수 없겠지요. 그러나 저는 주로 여러분이 독립적인 존재로서 세상에 나갔을 때를 말하는 것이니 그걸 전제로 들어주셔야 합니다.

그럴 경우 앞에서 이야기한 대로 내가 좋다고 생각한 일, 좋아하는 일, 내 기질과 맞는 일, 기꺼이 그것에 부딪히며 나의 개성을 발전시켜 나가는 동안에 자타의 구별을 잊고 맙니다. 어떻게든 저 녀석도 내 친구로 끌어들여 버릴 테다, 하는 기분이 됩니다. 그때 권력이 있으면 앞에 말한 형제와 같은 이상한 관계가 생기고, 또 금력이 있으면 그 금력을 휘둘러 타인을 자기 자신의 마음에 들도록 변화시키려고 합니다. 어느 쪽이든 대단히 위험한 일이 생긴다는 이야기입니다.

그래서 저는 항상 이렇게 생각합니다. 우선 여러분이 그만큼의 개성을 발전시킬 수 있는 장소에 안착할 것, 자신과 딱 맞는 일을 발견할 때까지 매진하지 않으면 평생의 불행이라는 것. 그러나 자신이 그만큼의 개성을 존중할 수 있도록 사회로부터 허락받을 수 있다면 타인에 대해서도 그 개성을 인정하고 그들의 경향을 존중하는 게 옳은 일이겠지요. 그것이 필요하고 또 바른 일입니다. 내 천성이 오른쪽을 향해 있다고 해서, '저 녀석이 왼쪽을 향하다니 괘씸하다' 말하는 건 무례한 일이 아닐까 생각합니다. 무엇보다 복잡한 분자를 가지고 만들어진 선악이라든가 흑백이라든가 하는 문제가 되면 좀 깊이 해부하는 칼을 대지 않고서는 뭐라고 말할 수 없겠지요. 하지만 그런 문제가 관계되지 않은 경우라면 혹은 관계되어도 성가시지 않은 경우라면, 내가 타인으로부터 자유를 향유하는 한, 타인에게도 같은 정도의 자유를 주고 동등하게 대해야 한다고 믿어야 합니다.

요즘 자아라든가 자각이라든가, 그런 말을 외치며 무엇이든지 자기 멋대로 흉내 내도 괜찮다는 의미로 사용하고 있나 본데, 그중에는 대단히 이상한 게 많습니다. 그들은 어디까지나 자신의 자아를 존중하는 듯 말하면서, 다른 사람의 자아에 대해서는 털끝만큼도 인정하지 않더군요. 적어도 공평한 눈과 정의의 관념을 가진 이상, 자신의 행복을 위해 자신의 개성을 발전시켜 감과 동시에, 그 자유를 타인에게도 주어 마땅하다고 저는 믿어 의심치 않습니다. 우리는 타인이 자기의 행복을 위해 자신의 개성을 자유롭게 발전시키는 것을 특별한 이유 없이 방해해서는 안 됩니다. 제가 여기에 방해라는 글자를 쓰는 까닭은 여러분 중에 앞으로 틀림없이 방해할 수 있는 지위에 설 사람이 많기 때문입니다.

원래대로라면 의무 없는 권력이 세상에 있을 리 없습니다.
제가 이렇게 높은 단 위에서 여러분을 내려다보며 정숙한 가운데 한 시간이든 두 시간이든 하고 싶은 말을 할 수 있는 권리를 가진 이상, 저 또한 정숙한 가운데 들을 만한 이야기를 해야 한다고 생각합니다. 평범한 강연을 한다고 해도 제 태도나 모습은 여러분이 예의 바르게 들어주실 만큼은 훌륭해야겠지요. 다만 나는 손님이고, 당신들은 주인이니까 얌전히 들으시오, 이렇게 말하지 못할 것도 없지만, 그런 예를 갖추는 형식이란 표면적인 것에 불과하고 정신적으로는 아무런 관계도 없습니다. 인습 같은 것이고 아예 논의거리가 될 수 없지요. 다른 예를 들자면, 여러분은 교육현장에서 때때로 선생님들한테 야단맞는 일이 있을 테지요. 그러나 꾸중만 하시는 선생이 만약 세상에 있다면 그 선생은 물론 수업을 할 자격이 없는 사람입니다. 야단치는 대신 뼈를 깎는 노력으로 가르치는 게 당연합니다. 야단칠 권리를 가진 선생에게는 가르치는 의무도 있으니까요. 선생은 규율을 바로 세우기 위해, 질서를 유지하기 위해 주어진 권리를 충분히 활용하겠지요. 그 대신 그 권리와 떼어놓을 수 없는 의무까지 다해야만 교수로서의 역할을 다하는 셈입니다.

금력도 마찬가지입니다. 내 생각으로는, 책임을 다하지 않는 재력가는 세상에 있어서는 안 됩니다. 그 이유를 한마디로 말하자면 이렇습니다. 금전이라는 건 지극히 중요한 보물이므로, 어디라도 자유자재로 융통할 수 있습니다. 예를 들면 내가 여기에서 투기로 십만 엔을 벌었다면, 그 십만 엔으로 집을 세울 수도 있고 책을 살 수도 있으며 또는 화류계를 활보할 수도 있고, 요컨대 그 돈을 어떤 형태로든 바꿀 수 있습니다. 그중 인간의 정신을 사는 수단으로 돈을 사용할 때 가장 무섭지 않을까요? 즉 그걸 빌미로 인간의 도덕심을 독점하는, 요컨대 그 사람의 영혼을 타락시키는 도구로 사용하는 것입니다. 투기로 번 돈이 도덕적이나 윤리적으로 커다란 위력을 가질 수 있다면, 아무래도 고약한 응용이라 하지 않을 수 없습니다. 그래서 말입니다만, 실제 그렇게 돈이 움직이는 이상은 어쩔 수가 없습니다. 그저 돈을 소유하고 있는 사람이 상당한 도덕심을 가지고 그것을 도의상 해가 되지 않도록 사용하는 방법 외에는 인간 마음의 부패를 막을 길이 없습니다. 그래서 저는 재력에는 반드시 책임이 따라야 한다고 말하고 싶습니다. 자신이 지금 이 정도의 부를 가진 사람인데, 그것을 이런 방식으로 이렇게 사용하면 이러한 결과가 될 것이며, 저런 사회에 저렇게 사용하면 저런 영향이 있음을 납득할 만한 식견을 양성해야 합니다. 뿐만 아니라 그 식견에 응하여 책임을 가지고 자신의 부를 사용하지 않는다면 이 세상에 미안한 일이 되고 말겠지요. 아니 자기 자신에게도 미안한 일입니다.

지금까지의 논지를 간추리면, 첫째, 자기 개성의 발전을 완수하고 싶다면 동시에 타인의 개성도 존중해야만 한다는 것. 둘째, 자기가 소유하고 있는 권력을 사용하고 싶다면, 그에 따르는 의무를 명심해야 한다는 것. 셋째 자기 재력을 드러내길 원한다면, 그에 걸맞은 책임을 중요하게 여겨야 한다는 것. 결국 이 세 가지로 귀착됩니다.

이를 다른 말로 한다면, 적어도 윤리적으로, 어느 정도의 수양을 쌓은 사람이 아니면 개성을 발전시킬 가치도 없고, 권력을 사용할 가치도 없고, 또 재력을 사용할 가치도 없습니다. 그것을 다시 한번 바꿔 말하자면, 이 세 가지를 자유롭게 향유하기 위해서는 그 세 가지의 배후에 있어야 할 인격의 지배를 받을 필요가 생깁니다. 만약 인격이 없는 사람이 터무니없이 개성을 발전시키려고 한다면, 타인을 방해하는 권력을 사용하려 한다면, 재력을 남용해서 사용하려 한다면, 사회에 부패를 초래하고 맙니다. 매우 위험한 지경에 이르지요. 그리하여 이 세 가지는 여러분이 장래에 가장 접근하기 쉬운 것이므로 여러분은 어떻게든 인격을 지닌 훌륭한 인간이 되어야 한다고 생각합니다.

이야기가 좀 곁길로 빠집니다만, 여러분이 아는 바와 같이 영국이라는 나라는 대단히 자유를 존중하는 나라입니다. 그만큼 자유를 사랑하는 나라지만, 또 영국만큼 질서를 갖춘 나라는 없습니다. 사실대로 말하자면 나는 영국을 좋아하지 않습니다. 싫기는 하지만 사실이므로 어쩔 수 없이 말씀드립니다. 일본 따위는 도저히 비교할 수 없습니다. 그러나 그들이 그냥 자유로운 게 아닙니다. 자신의 자유를 사랑함과 동시에 타인의 자유를 존경하도록, 어릴 때부터 사회적인 교육을 철저히 받고 있습니다. 그러므로 그들 자유의 배경에는 분명히 의무라는 관념이 따릅니다. "England expects every man to do his duty."[7]라는 넬슨의 유명한 말은 결코 그런 상황에만 국한된 게 아닙니다. 그들의 자유 이면에 발전해 온 깊은 뿌리를 가진 사상임에 틀림없습니다.

그들은 불평이 있다면 곧잘 시위를 합니다. 그러나 정부는 결코 간섭 같은 걸 하지 않습니다. 조용히 내버려 둡니다. 그 대신 시위를 하는 쪽에서도 제도로 명심하여 함부로 정부에 폐를 끼치는 난폭한 행동을 하지 않습니다. 요즘 여권신장론자 같은 사람들이 함부로 난폭한 행동을 하는 것처럼 신문에 나오지만, 그건 좀 예외입니다. 예외라 하기엔 수가 너무 많다면 어쩔 수 없습니다만 아무래도 예외라고 볼 수밖에 없습니다.

결혼할 수 없다든가, 직업을 찾을 수 없다든가, 또는 예전부터 키워 온 여성존중의 기풍을 이용한다든가, 아무튼 그건 영국인이 평생 유지하는 태도 같지는 않습니다. 명화를 찢는다, 감

---

7 "영국은 만인이 자기 의무를 다하기를 바라노라." 1805년 10월 21일, 영국군이 프랑스와 스페인 연합군을 맞아 싸운 트라팔가 해전에서 영국 해군 제독 호레이쇼 넬슨은 기함 'HMS 빅토리'에서 전군을 향해 다음과 같은 메시지의 신호 깃발을 올리도록 했다. "England expects every man to do his duty." 영국 해군은 이 해전에서 크게 승리함으로써 나폴레옹의 위협을 없애는 데 성공했으나 넬슨 제독을 잃었다. 이 문장은 오늘날까지 자주 인용된다.

옥에서 단식하며 간수를 곤란하게 한다, 의회 벤치에 몸을 묶어두고 일부러 소란을 피운다는, 이런 것들은 의외의 현상입니다만, 경우에 따라 여성은 무엇을 해도 남성 쪽에서 양보하니 상관없다는 의미에서 그러는지도 모릅니다. 그러나 뭐 어떤 이유에서든 변칙이라는 느낌이 듭니다. 일반 영국인의 기질은 지금 이야기한 대로 의무 관념에서 벗어나지 않는 범위 내에서 자유를 사랑하는 것 같습니다.

그래서, 무엇이든 영국을 모범으로 삼자는 의미는 아니지만, 요컨대 의무감을 가지지 않는 자유는 진정한 자유가 아니라고 생각합니다. 그런 멋대로인 자유는 결코 사회에 존재해서는 안 되기 때문입니다. 설령 존재한다 해도 곧바로 타인으로부터 배척당하며 짓밟힐 것이 뻔하기 때문입니다. 저는 여러분의 자유를 열망합니다. 동시에 여러분이 의무라는 것을 납득할 수 있기를 빌어 마지않습니다. 이런 의미에서 나는 개인주의자라고 공언하기를 꺼리지 않습니다.

이 개인주의라는 의미에 오해가 있어서는 안 됩니다. 때로 여러분 같은 젊은이들에게 오해를 불어넣으면 안 되니까, 그 부분에 대해서는 주의를 기울여주시기 바랍니다. 시간이 다 되어가니 가능한 한 간단히 설명하겠습니다만, 개인의 자유는 앞서 이야기한 개성의 발전에 극히 필요한 것이며, 그 개성의 발전이 또한 여러분의 행복에 대단한 영향을 미칠 것이므로, 어떻게든 다른 사람에게 영향을 주지 않는 범위에서 나는 왼쪽을 향해, 여러분은 오른쪽을 향해도 상관없는 정도의 자유는, 자기 자신도 가지고 있고, 타인에게도 부여돼야만 한다고 생각합니다. 그것이 지금 제가 말하는 개인주의입니다. 재력과 권력도 마찬가지이며, 내가 좋아하지 않는 녀석이니 접으라든가, 맘에 들지 않는 녀석이니 혼쭐을 내주라든가, 나쁜 일이 없는데도 권력과 재력을 그저 남용한다면 어떻게 될까요? 인간의 개성은 그 지점에서 완전히 파괴되며 동시에 인간의 불행이 거기에서 생겨날 것입니다. 예를 들면, 내가 아무 불편을 끼치지 않았는데 그저 정부의 마음에 들지 않는다고 경시총감이 순사에게 제 집을 포위하라고 한다면 어떨까요? 경시총감에게 그 정도의 권력은 있을지도 모르겠지만, 도덕은 그런 권력의 사용을 허락하지 않습니다. 또는 미쓰이라든가 이와사키라든가 하는 큰 기업이, 내 집의 가정부를 매수해서 계속 내게 반항하도록 시킨다면, 이는 또 어떻겠습니까? 만약 그들의 재력의 배경에 인격이라는 것이 조금이라도 있다면, 그들은 결코 그런 무법을 행할 마음이 들지 않겠지요.

이런 폐해는 모두 도의상의 개인주의를 이해하지 못해서 생겨난 것이며, 자신만의 권력이든 재력이든 일반에게 널리 보급시키려고 하는 방자함에 다름 아닙니다. 그러므로 개인주의, 내가 여기에서 말하는 개인주의라는 것은 결코 속인들이 생각하듯이 국가에 위험을 미치는 그 어떤 것도 아니며, 타인의 존재를 존경함과 동시에 자신의 존재를 존경한다는 게 내 해석이므로, 훌륭한 사상이라고 저는 생각합니다.

좀 더 알기 쉽게 말하면, 당파심이 없고 이치에 맞는 사상입니다. 붕당을 맺어 단체를 만들고, 권력이나 재력 때문에 맹목적으로 행동하지 않습니다. 그러므로 그 이면에는 남에게 알려지지 않은 쓸쓸함도 깃들게 됩니다. 이미 당파가 아닌 이상, 나는 내가 갈 길을 멋대로 갈 뿐이며 그리하여 이와 동시에 타인이 가야 할 길을 막지 않으므로, 어느 순간 어떤 경우엔 인간이 뿔뿔이 흩어지고 맙니다. 그것이 쓸쓸함입니다. 제가 일찍이 아사히신문의 문예란을 맡고 있을 때, 누군가 미야케 세쓰레[8]씨의 험담을 쓴 일이 있었습니다. 물론 인신공격은 아니었고 그저 비평에 지나지 않았습니다. 그것도 고작 두세 줄이었습니다. 그 글이 실린 게 언제였던가, 제가 담당자이긴 했지만 병이 났기 때문에, 어쩌면 앓고 있는 중이었는지도 모르고, 어쩌면 제가 병이 난 게 아니라 실어도 좋다고 인정했던 건지도 모르겠지만 아무튼 그 비평이 아사히 문예란에 실렸습니다. 그러자 〈일본

---

8 三宅雪嶺 1860~1945. 일본의 정치가이자 철학자. 〈일본 및 일본인〉이라는 국수주의 잡지를 창간했다.

및 일본인〉 일당이 화가 났습니다. 제가 있는 곳으로 직접 찾아오지는 않았지만 당시 제 밑에서 일하던 사람에게 취소를 요청해 왔습니다. 그런데 그건 본인의 요청이 아니었습니다. 세쓰레 씨의 꼬붕 — 꼬붕이라고 하니 뭔가 불한당 같아서 이상합니다만 — 동인이라고 하는 사람들이었는데요. 꼭 취소하라는 겁니다. 그것이 사실의 문제라면 몰라도, 비평인데 어쩌겠습니까? 내 입장에서는 내 자유라는 식으로 밖에 대답할 수가 없었습니다. 더구나 그렇게 취소를 요구했던 〈일본 및 일본인〉의 일부에서는 매호 저에 대한 험담을 쓰는 사람이 있었기 때문에 더욱 놀라운 일이었습니다. 직접 담판을 짓지는 않았습니다만, 그 이야기를 전해 들었을 때 이상한 기분이 들었습니다. 무슨 기분인가 하면, 내 쪽에서는 개인주의로 나가고 있는데 반해 상대방은 당파주의로 활동하고 있다는 느낌이 들었기 때문입니다. 당시 저는 내 작품을 나쁘게 평가하는 사람조차, 제가 맡고 있는 문예란에 실었을 정도였기 때문에 그들의 이른바 동인이, 세쓰레 씨에 대한 비평이 마음에 들지 않는다고 일제히 화내는 데 놀라기도 하고 또 이상하기도 했습니다. 실례지만 시대에 뒤떨어진 거라고 생각했습니다. 봉건시대의 단체처럼 느껴졌습니다. 그러나 그렇게 생각했던 나는 곧 일종의 고독감에서 벗어날 수 없었습니다. 의견의 차이는 아무리 친한 사이라도 어쩔 수 없는 것이라고 생각하고 있었기 때문에 내 집에 드나드는 젊은이들에게도 조언은 할지언정 특별히 중대한 이유가 없는 이상 그 사람의 의견 발표에 압력을 가하거나 한 적은 결코 없었습니다. 저는 다른 존재를 그만큼 인정합니다. 즉 타인에게 그 정도의 자유를 부여합니다. 그러니까 상대방이 내키지 않으면 아무리 내가 모욕감을 느끼는 일이더라도 결코 도움을 청하지 않습니다. 그것이 개인주의의 쓸쓸함입니다. 개인주의는 타인을 대한 향배를 정하기 전에 우선 옳고 그름을 분명히 하고 거취를 결정하므로 어떤 경우에는 외톨박이가 되어 쓸쓸한 기분이 듭니다. 그건 당연한 일입니다. 장작개비라도 다발로 묶어두면 마음 든든한 법이니까요.

그리고 또 하나 오해를 피하기 위해 한마디 해두고 싶습니다. 뭔가 개인주의라고 하면 좀 국가주의의 반대로 국가주의를 무너뜨리는 것으로 취급하는데, 그렇게 이치에도 맞지 않는 산만한 개념이 아닙니다. 무슨무슨 주의라고 것 자체를 나는 별로 좋아하지 않기 때문에 사람이 그렇게 한 가지 주의로 정리될 수는 없다고 생각합니다만, 설명을 위한 것이니 여기서는 어쩔 수 없이 주의라는 문자 아래 여러 가지를 말씀드립니다. 어떤 사람은 지금의 일본은 뭐니 뭐니 해도 국가주의가 아니면 성립되지 않을 것처럼 선전하거나 그렇게 생각합니다. 심지어 개인주의를 유린하지 않으면 국가가 망할 것처럼 주창하는 사람들도 적지 않습니다. 하지만 그런 바보 같은 이야기는 결코 성립할 수 없지요. 사실 우리들은 국가주의이기도 하면서 세계주의

이기도 하면서, 동시에 또 개인주의이기도 합니다.

개인의 행복의 기초가 되어야 할 개인주의는 개인의 자유가 그 내용이 되는 것임에 틀림없지만, 각자가 향유하는 그 자유라는 것은 국가의 안위에 따라 한랭계와 같이 오르락내리락합니다. 그것은 이론이라기보다는 오히려 사실에서 나온 이론이라고 하는 편이 좋을지도 모릅니다. 즉 자연의 상태가 그렇다는 이야기입니다. 국가가 위험해지면 개인의 자유가 위협받으며 국가가 태평할 때에는 개인의 자유가 확대되는 건 당연한 이야기입니다. 적어도 인격이 존재하는 이상, 잘못 판단하여 국가가 망하느냐 마느냐 하는 경우에 개인의 발전만 생각하는 사람은 없습니다. 내가 말하는 개인주의 속에는, 화재가 나서 불을 끈 뒤에도 또 화재용 두건이 필요하다며 쓸데없는 주장을 하는 사람에 대한 충고도 포함되어 있다고 생각해 주십시오. 예를 더 들자면, 옛날에 제가 고등학교에 있을 때, 어떤 모임을 만든 게 있었습니다. 그 이름도 주의도 자세히는 기억나지 않습니다만, 아무튼 그건 국가주의를 표방한 떠들썩한 모임이었습니다. 물론 나쁜 모임도 좋은 모임도 아닙니다. 당시 교장선생님이었던 기노시타 히로지 씨 등은 상당히 응원했던 모양입니다. 그 회원은 모두 가슴에 메달을 달았습니다. 저는 메달만은 사양했지만, 그래도 회원 등록은 했습니다. 물론 발기인이 아니니 제법 다른 사람과 의견차이가 있었지만, 가입해도 지장 없겠지 하는 주의라서 입회했습니다. 그런데 그 발대식이 넓은 강당에서 진행되고 있을 때 어느 회원이 단상에 올라 연설 같은 걸 했습니다. 그러나 회원이라고는 해도 제 의견에 상당히 반하는 부분이 있었기 때문에 발대식 전에 저는 그 모임의 주의에 대해 신랄하게 공격했던 기억이 납니다. 그런데 드디어 발대식이 시작되어 지금 이야기한 사람의 연설을 듣고 있자니 완전히 제 주장을 반박하는 데 지나지 않았습니다. 고의였는지 우연이었는지 모르겠지만 저는 그 연설에 답변을 해야 할 필요가 생겼습니다. 어쩔 수 없이 그 사람의 뒤를 이어 연단에 올라갔습니다. 당시의 제 태도나 예의범절은 대단히 보잘것없는 것이었다고 기억되지만, 그래도 할 말은 다하고 물러났습니다. 무슨 이야기를 했을까요? 그건 아주 간단한 이야기입니다. 저는 이렇게 말했습니다. ― 국가는 중요할지도 모르지만, 그렇게 아침부터 밤까지 국가 국가 하면서 마치 국가에 홀린 듯이 행동하는 건 도저히 가능한 이야기가 아니다, 앉으나 서나 국가 이외에 다른 것을 생각하지 않는다는 사람은 있을지도 모르겠지만 그렇게 끊임없이 하나만을 생각하는 사람은 사실상 있을 수 없다, 두부장수가 두부를 팔러 다니는 건 결코 국가를 위해 하는 게 아니다, 근본적인 주의는 자신의 의식수를 얻기 위해서다, 그러나 당사자가 어떻든지 그 결과는 사회에 필요한 것을 제공한다는 점에서 간접적으로 국가의 이익이 될지도 모른다, 이와 마찬가지로 오늘 점심에 나는 밥을 세 그릇 먹었고, 밤에는 그 네 배로 양을 늘린다고 해도 그것이 꼭 국가를 위한 건 아니다, 솔직히 말하면 위의 상태에 따라 정하는 것이다, 그러니 이것도 간접의 간접으로 말한다면 세상에 영향을 주지 않는다고 말할 수는 없다, 그렇지만 중요한 건 당사자가 그런 걸 생각하고 국가를 위해 밥을 먹거나 국가를 위해 얼굴을 씻거나, 또 국가를 위해 화장실에 가거나 하는 것은 너무 힘든 일이다, 국가주의를 장려하는 것은 아무리 해도 지장이 없겠지만, 사실상 할 수 없는 일을 국가를 위해 하는 것처럼 꾸미는 것은 위선이다. ― 제 답변은 대충 이런 내용이었습니다.

원래 국가라는 것이 위기에 처한다면 누구라도 국가의 안부를 생각하지 않을 수 없습니다. 나라가 부강하고 전쟁의 우려가 적고, 그래서 다른 나라로부터 침략당할 위험이 없으면 없을수록 국가적 관념은 적어질 수밖에 없으며, 그 공허함을 채우기 위해 개인주의가 들어오는 것은 당연한 이치라고 말씀드립니다. 지금 일본은 그 정도로 안정적이지도 않습니다. 가난한 데다 나라가 작습니다. 따라서 언제 어떤 일이 생길지 모릅니다. 그런 의미에서 보면 우리는 국가를 생각하지 않을 수 없습니다. 하지만 그 일본이 당장 무너지거나 멸망할 위기에 처한 것이 아닌 이상은 그렇게 국가 국가 하면서 소란을 떨 필요는 없습니다. 불이 나기 전부터 방화복을 입고 답답한 상태로 마을을 뛰어다니는 것과 마찬가지입니다. 결국 이런 일은 실제로 정도 문제여서, 결국 전쟁이 났을 때라든가, 위급존망한 경우가 된다면, 생각할 줄 아는 머리를 가진 사람, — 생각하지 않고는 배길 수 없는 인격을 수양한 사람이라면 자연히 그쪽을 향해 갈 것이며 개인의 자유를 속박하고 개인의 활동을 제한할지라도 국가를 위해 진력하게 되는 건 대단히 자연스러운 일입니다. 그러니 이 두 가지 주의는 언제라도 모순되고, 언제라도 서로 박살 낸다든가 하는 그런 성가신 것들은 아니라고 나는 믿습니다. 이 점에 대해서도 더욱 자세히 말씀드리고 싶지만 시간이 허락지 않으니 이 정도에서 마칠까 합니다. 다만 한 가지 더 주의해 주십사 싶은 것은, 국가적 도덕이라는 것은 개인적 도덕과 비교하면 훨씬 단계가 낮은 것처럼 보입니다. 원래 나라와 나라 사이에는 외교적 응대가 아무리 요란스럽다 할지라도 도덕심이 그렇게 있다든가 하지는 않습니다. 그러니까 국가를 표준으로 하는 이상, 국가를 한 덩어리로 보는 이상, 훨씬 낮은 단계의 도덕에 만족하고 아무렇지 않게 지내야 하는데, 개인주의를 기초로 해서 생각하면 기준이 대단히 높아지기 때문에 생각을 할 수밖에 없습니다. 그러므로 국가가 평온할 때에는 도덕심 높은 개인주의를 중시하는 것이 내게는 아무리 생각해도 당연하게 느껴집니다. 그 점에 대해서는 시간이 없으니 오늘은 더이상 말씀드릴 수가 없을 듯합니다.

저는 모처럼의 초대를 받고 여러분 앞에 나서서, 가능한 한 개인으로서의 생애를 살아야 할 여러분에게 개인주의의 필요를 설파하였습니다. 이것은 여러분이 세상에 나아간 후에 조금이라도 참고가 될 거라고 생각하기 때문입니다. 제가 말하는 것이 여러분에게 통했는지 어떤지 저로서는 도저히 알 수 없지만, 만약 제 말의 의미가 불분명한 점이 있다면 그것은 제 말솜씨가 부족하거나 또는 나쁘기 때문일 것입니다. 그래서 제가 한 말에 만약 애매한 점이 있다면 적당히 판단하지 마시고 저희 집을 찾아와 주십시오. 가능한 한 언제라도 설명드릴 테니까요. 또 그런 수고를 하지 않으시더라도 제 본심이 충분히 납득되셨다면, 제게는 더할 나위 없이 만족스러운 일입니다. 시간이 너무 길어졌으니 이것으로 마치겠습니다.

현대 일본의 개화
現代日本の開化 [1911]

너무 덥군요. 이렇게 더워서는 여러 사람이 모여 연설 따위를 듣는 건 아주 괴로운 일이겠지요. 듣자니 어제도 뭔가 강연회가 있었던 모양인데, 그렇게 비슷한 행사가 줄을 이어서야 제아무리 그렇지 않다는 사람이어도 지나치게 유행을 따르는 느낌이 듭니다. 경청하는 입장에서도 상당히 힘들겠지요. 연설을 하는 입장에서도 그렇게 편하지는 않습니다. 특히 지금 마키 씨의 소개로 소세키의 연설은 우여곡절의 묘가 있다든가 하는 광고성 칭찬을 받은 뒤에 연단에 나와 마키 씨가 선전한 대로 하려고 보니 새삼스럽게 우여곡절의 곡예를 보이려고 나온 것 같아서, 적어도 그 묘를 보여드리기 전에는 내려갈 수가 없을 것 같고, 매우 궁지에 몰린 기분입니다. 사실 여기에 나오기 전에 선배인 마키 씨에게 상의를 한 적이 있습니다. 이것은 비밀입니다만, 큰맘 먹고 공개하겠습니다. 그렇다고 그렇게 큰 비밀도 아니지만, 오늘의 강연은 장시간 여러분에게 이야기할 재료가 부족했기 때문에 마키 씨에게 당신이 좀 길게 해달라고 부탁했습니다. 그랬더니 마키 씨는 자기는 '늘리려면 얼마든지 늘릴 수 있다'고 대답하시는 것입니다. 금방 큰 배로 갈아탄 것처럼 안심이 돼서, '그러면 잘 좀 부탁드리겠습니다' 하고 말해 두었지요. 그런 까닭에 머리말인지 서론인지로 제 이야기에 대해 짧게 평가하신 건 처음부터 제가 요청한 일이었으므로 대단히 감사하게는 생각하지만, 그만큼 묘하게 어려워진 것도 사실입니다. 당초 그런 한심한 의뢰를 일부러 하는 수준이라면 곡절을 만들 게 아니라 정면을 향해 끝까지 나아가 깔끔하게 마무리해야 하는 연설입니다. 그러므로 오르락내리락 파란만장한 묘미를 부릴 만한 재료 같은 건 전혀 준비되어 있지 않습니다. 그렇다고 해서 아무 생각 없이 연단에 오른 건 아닙니다. 여기 설 정도의 준비는 틀림없이 해가지고 왔지요.

제가 와카야마에 온 것은 계획에는 없던 일이었어요. 하지만 제가 긴키 지방[9]을 원했기 때문에 신문사에서 와카야마를 배정해 줬습니다. 덕분에 저도 아직 안 가본 장소나 명소를 찾아볼 기회를 얻었으니 잘된 일입니다. 덤으로 연설을 하는 ─ 그게 아니지요. 연설을 하는 김에 다마쓰시마라든가 기미이데라를 보았으니, 이들 유적이나 명승지에 빈손으로 갈 수는 없습니다. 이야기할 제목은 착실하게 도쿄에서 정해 가지고 왔답니다.

그 제목은 〈현대 일본의 개화〉입니다.
현대라는 글자는 앞에 써도 뒤에 써도 같은 의미여서 '현대 일본의 개화'이든 '일본 현대의 개화'이든 상관없습니다. '현대'라는 글자가 있고 '일본'이라는 글자가 있고 '개화'라는 글자가 있

---

9 교토와 오사카를 포함하는 서일본의 핵심지역으로 일본의 전통적인 역사와 문화의 중심지이다. 보통 시가현, 나라현, 효고현, 와카야마현, 미에현이 포함된다.

어서 그 사이 어딘가에 '의' 자가 들어가는 정도로 보면 되는 이야기입니다. 아무런 기교 없이 그저 현재 일본의 개화라고 하는 간단한 이야기예요. 그 개화를 어떻게 한다는 것인가 물으신다면, 사실 제 솜씨로는 도저히 답할 수 없으므로, 저는 그저 개화를 설명하고, 그다음은 여러분의 고견에 맡길 생각입니다. 그러면 개화를 설명해서 뭘 하게? 하고 물으실지 모르지만, 현대 일본의 개화를 여러분은 잘 알지 못하리라 생각합니다. 실례되는 말씀입니다만, 아무래도 일본인 일반이 이에 대해 잘 이해하지 못하고 있다는 생각이 듭니다. 저 역시 그렇게 잘 알지는 못합니다. 하지만 여러분보다 그런 방면에 불필요하게 머리를 쓸 여유가 있으니, 우선 이런 기회를 이용해서 제가 생각한 것을 말씀드리겠습니다.

어차피 여러분도 저도 일본인이고, 현대에 태어났으니, 과거나 미래의 인간도 그 무엇도 아닌 이상, 실제로 개화의 영향을 받고 있기 때문에 현대와 일본과 개화라는 세 단어는, 여러분과 제게 도저히 떼어낼 수 없는 밀접한 관계인 것은 분명하지요. 그런데도 현대 일본의 개화 앞에서 둔감하거나, 분명하게 이해하지 못해서 만사 멋대로라면 좋지는 않을 테니 서로 연구도 하고 또 아는 만큼 알려주는 편이 좋겠다고 생각합니다. 이에 대해서 좀 학구적이긴 합니다만, 일본이라든가 현대라든가 하는 특별한 수식어에 속박받지 않은 채 일반적인 개화에서 출발

해서 그 성질을 알아볼 필요가 있겠습니다. 개화라는 말을 사용하고 또 매일 몇 번씩이나 반복하지만, 도대체 개화란 무엇인지를 끝까지 따져 보면, 지금까지 서로 이해하는 줄로만 알던 말의 의미가 의외로 어긋나거나 뜻밖에 막연하거나 애매해지는 일이 흔하지요. 그래서 저는 우선 개화를 정의하면서 이야기를 시작하고자 합니다.

정의를 내릴 때 어지간히 주의를 기울이지 않으면 터무니없는 뜻이 되지요. 이걸 어렵게 말한다면, 정의를 내리면 그 정의 때문에 정의가 내려진 대상이 풀로 붙인 듯 단단히 굳어져버린다는 겁니다. 복잡한 특성을 간단히 정리하는 학자의 솜씨와 머리는 경탄스럽습니다만, 애석하게도 어리석은 일도 잦습니다. 알기 쉽게 한마디로 말하자면, 정의라는 행위는 살아있는 생물을 사각사면의 관 속에 넣어 일부러 융통성 없게 만듭니다. 기하학에서 '중심으로부터 원주에 이르는 거리가 전부 똑같은 것을 원이라고 한다'는 정의는 그 자체로 문제가 없습니다. 편리하면서도 폐해가 없어 이런 정의는 괜찮겠지요. 이것은 사실 세상에 존재하는 둥근 것을 설명한다기보다는 오히려 머릿속에 있는 이성적인 원을 그리기 위해 정해진 약속이어서 예나 지금이나 변함없이 이 정의 하나로 통용되는 것입니다. 사각형이든 삼각형이든 기하학적인 존재는 각각의 정의로 일단 정리되면 결코 움직일 필요가 없을지 모르지만, 불행히도 현실 세계의 원이나 사각형이나 삼각형은 과거 현재 미래를 통틀어 그 정의대로 생긴 것은 아주 드물지요. 특히 활동력을 갖추고 생존하는 것에는 변화와 성쇠가 언제나 따라다닙니다. 오늘의 사각형은 내일의 삼각형이 되지 말라는 법이 없고 내일의 삼각형이 언제든 둥글게 부서져 나가지 말란 법도 없습니다. 요컨대 기하학처럼 그 정의로부터 사물을 만들어내는 게 아니라 사물이 있어 그 사물을 설명하기 위해 정의를 내리게 되면, 그 사물의 힘찬 변화를 내다보는 의미가 포함되지 못하고, 이른바 획일적인 규정이 돼서는 전혀 섬세하지 못한 정의가 되어버립니다. 마치 기차가 빽빽 달려오는 그 운동의 찰나, 즉 운동의 성질을 알아보기 가장 어려운 순간을 사진으로 찍어 '이게 기차다, 이게 기차다' 하며 마치 기차의 모든 것을 그 한 장 속에 다 담은 양 떠드는 것과 다름없습니다. 당연히 어디에서 보아도 기차임에는 틀림없겠지요. 하지만 기차에서 놓쳐서는 안 될 운동이라는 게 그 사진 속에는 나와 있지 않기 때문에 실제 기차와는 도저히 비교가 안 될 정도로 거리가 있다고 말할 수밖에 없습니다. 호박이라는 보석이 있습니다. 아시다시피 호박에는 때때로 파리가 들어간 것이 있지요. 빛에 비춰 보면 파리임에 틀림없는데, 요컨대 움직일 수 없는 파리입니다. 파리임이 분명하지만 살아있는 파리라고는 말할 수 없겠습니다.

학자가 내리는 정의에는, 이 사진 속의 기차나 호박 속의 파리처럼 선명하게 보이기는 하지만 죽어 있다고 평가할 수밖에 없는 게 있습니다. 그래서 주의를 요합니다. 그러니까 변화하는 것을 다루면서 변화를 허락하지 않는 것처럼 완고하게 정의를 내리는 게 문제입니다. '순사란 하얀 제복을 입고 지휘봉을 차고 있는 사람'이라는 식으로 정의한다면 순사도 못 해 먹겠지요. 집에 돌아가 가벼운 옷으로 갈아입어서는 안 되게 되니까요. 이렇게 더운데 지휘봉만 늘어뜨리고 있어야 한다면 딱한 일입니다. '기병이란 말 타는 사람이다.' 이것도 틀린 말은 아니지만, 아무리 기병이라도 일 년 내내 말을 타고 있을 수는 없지 않겠습니까. 잠깐은 내려오고 싶잖아요. 이런 예를 들자면 끝이 없을 터이니 이쯤에서 적당히 그만두겠습니다.

사실 개화의 정의를 내려보자고 약속하며 이야기했는데, 어쩌다 보니 개화는 멀리 가버리고 어려운 정의론에 빠져버려 죄송합니다. 하지만 이 정도 주의를 기울인 뒤에 개화란 무엇인지 정리한다면 학자가 빠지기 쉬운 함정을 어느 정도 피할 수 있고 그 편의도 얻을 수 있을 거라고 생각합니다.

그래서 어렵사리 개화에 대한 이야기로 돌아왔습니다만, 개화도 기차나 파리나 순사나 기병처럼 움직입니다. 그래서 개화의 일순간을 카메라로 찰칵 찍어서는 이것이 개화다 하며 차고 다닐 수는 없는 노릇입니다. 저는 어제 와카노우라에 다녀왔습니다. 그곳을 구경한 사람 중에는 와카노우라는 대단히 파도가 거친 곳이라고 말한 시인이 있습니다. 그런가 하면 대단히 조용한 곳이라고 말한 사람도 있어요. 어느 쪽이 맞는지 모르겠습니다. 이쪽저쪽 이야기를 들어보니, 한쪽은 파도가 대단히 거칠 때 갔고, 다른 한쪽은 아주 조용한 때 갔기 때문에 이야기가 그렇게 상반된 것이지요. 정말로 본 대로 말한 것이니 두 사람 모두 거짓말은 아닙니다. 하지만 또 두 사람 모두 진실은 아닙니다. 이런 정의가 있다 해서 도움이 안 될 것까지는 없습니다만, 도움이 되는 동시에 피해를 줄 것도 분명하기 때문에, 가능하면 그런 부조리를 포함하지 않도록 개화를 정의하고 싶습니다.

그런데, 그렇게 되면 애매해지지요. 애석하게도 흐릿해집니다. 하지만 흐릿해도 다른 것과 구별할 수 있으면 그걸로 괜찮습니다. 아까 마키 씨의 소개가 있었듯이 나쓰메의 강연은 그 문장처럼 때때로 대문에서 현관으로 가는 동안 질려버리는 분도 있을 것 같아 정말 송구스럽습니다. 이제 드디어 현관까지 온 것 같으니 작정하고 진짜 정의로 옮겨갑시다.

'개화는 인간 활력의 발현 경로다.'라고 저는 말하고 싶습니다. 저뿐 아니라 여러분도 그렇게 말씀하실 것입니다. 그게 따로 책에 쓰여 있을 리도 없지요. 저는 그냥 그리 말하고 싶을 뿐이지

별난 정의도 아닙니다. 하지만 대단히 막연하군요. 앞에서 장황하게 설명한 다음에 이 정도밖에 안되는 정의를 떠들어대다니, 사람을 바보로 아는 게 아닌가 싶으시겠지요. 하지만 그 정도로 정해 두지 않으면 애매해지기 때문에 사실 어쩔 수 없는 일입니다. 인간의 활력이 지금 말씀드리는 대로 시대의 흐름을 따라 발현하면서 개화를 만들어가는 동안, 저는 근본적으로 성질이 다른 두 종류의 활동을 인정하고 싶어요. 아니 확실하게 인정하렵니다.

그 두 가지 중 하나는 적극적인 것이고, 하나는 소극적인 것입니다. 너무 평범한 해석을 해서 죄송합니다만, 인간 활력의 발현을 적극적이라는 말로 풀이하면 힘의 소모를 의미합니다. 또 이와는 반대로 가능한 한 힘의 소모를 막는 활동이나 궁리가 있으므로 전자에 비해 소극적이라고 말씀드린 겁니다. 이 두 가지가 맞물려서는 서로 맞지 않는 활동이 어지럽게 흩어지거나 해서 개화라는 것이 완성됩니다. 그래도 아직 추상적이고 또 알기 어려울지도 모르겠군요. 조금 더 나아가면 제가 말하는 의미는 곧 명료해지리라 믿습니다.

원래 인간의 목숨이라든가 삶이라든가 해석하기에 따라 여러 가지 의미가 되기도 하고 또 어려워지기도 합니다. 그러나 앞에서 말한 것처럼 활력의 시현, 진행, 지속이라는 식으로 평가하는 것 말고는 다른 방법이 없으므로, 이 활력이 외계의 자극에 대하여 어떻게 반응할지를 자세히 관찰한다면 거기서 우리 인류의 생활상태도 거의 이해할 수 있답니다. 그 생활 상태에 있는 다수가 모여 과거로부터 오늘에 이르는 것이 이른바 개화인 건 새삼 이야기할 필요도 없지요.

그렇다면, '자극' 자체가 복잡한 이상 우리들의 활력이 외계의 자극에 반응하는 방법은 처음부터 각양각색 천차만별일 게 분명합니다. 요컨대 자극이 올 때마다 활력을 되도록 제한하고 절약하면서 가능한 한 사용하지 않으려는 노력과, 또 스스로 나아가 자유롭게 자극을 추구하면서 그런 정도의 활력을 소모하여 즐거움을 얻는 방식, 이 두 가지로 귀착된다고 생각합니다. 그래서 전자를 편의상 '활력절약의 행동'이라 하고 후자를 '활력소모의 취향'이라고 가정해 둡시다.

이 활력절약의 행동이 어떤 경우에 일어나는지 말하자면, 우리가 곧잘 사용하는 의무라는 말을 통해 표현할 수 있는 성질의 자극에 맞서 일어나는 것이랍니다. 종래 도덕을 가르치는 법과 현재의 교육이 의무를 다하는 과감하고 씩씩한 기상을 장려하는 것 같지만, 이것은 실상 도덕에 관한 이야기여서 도덕의 문제여야만 한다라거나, 혹은 도덕의 문제라면서 제한을 두는 게 사회의 행복을 위해 좋다고 말하는 수준이지요. 인간 활력의 시현을 관찰할 때, 활력절약의 행동이 활력 조성의 일부를 담당한다는 대전제로부터 출발한다면, 아무래도 지금 제가 말씀드린 것처럼 해석하는 수밖에 없습니다. 우리도 서로 의무를 다해야만 한다고는 생각합니다. 또한 의무를 다한 뒤에는 대단히 뿌듯해하지요. 하지만 그 이면에서 곰곰이 살펴보면, 아무쪼록 이 의무의 속박을 벗어나 빨리 자유로워지고 싶은 마음이 있습니다. 가능한 한 남에게 강요당해 어쩔 수 없이 하는 일을 줄여 가볍게 끝내고 싶은 근성이 항상 마음을 따라다닙니다. 그 근성이 바로 활력절약의 궁리가 되어 개화의 일대 원동력을 구성합니다.

이렇게 소극적으로 활력을 절약하려는 분투노력도 있지만, 한편에서는 적극적으로 활력을 여기저기서 소모하려고 하는 정신이 개화의 절반을 구성합니다. 그 발현 방법도 세상이 변해갈수록 복잡해지는 게 당연하겠지요. 이걸 극단적으로 간단히 말해서 어떤 방식으로 나타날지 설명하자면, 우선 보통 하는 말로 '도락道樂'이라는 이름이 붙는 자극에 호응해 일어난다는 게 이해하기 쉽습니다. 도락은 누구나 아는 말입니다. 낚시를 한다든가 당구를 친다든가, 바둑을 둔다든가, 총을 메고 사냥을 나간다든가, 여러 가지가 있겠지요. 이것들은 모두 설명할 필요도 없이 스스로 나아가 강제받지 않고 자신의 활력을 소모하면서 기쁨을 얻습니다. 또 나아가 이 정신이 문학도 되고 과학도 되고 또 철학도 되는 것이며, 좀 더 생각해 보면 그 어려운 것 모두 도락의 발현에 지나지 않습니다.

이 두 가지의 정신, 즉 의무의 자극에 대한 반응인 소극적인 활력절약과 또 도락의 자극에 대한 반응인 적극적인 활력소모가, 서로 나란히 발전하여 뒤섞이며 변화합니다. 그러면서 이 복잡하기 짝이 없는 개화라는 것이 발생한다고 생각합니다. 그 결과는 무엇일까요? 우리들이 살고 있는 사회의 실황을 목격하면 금방 알 수 있지요.

활력절약 쪽으로 말하자면, 가능한 한 노동을 적게 하고, 가능한 한 적은 시간에 많은 일을 하려는 궁리입니다. 그 궁리가 쌓이고 쌓여 기차와 증기선은 물론, 전신, 전화, 자동차 등 대단한 것들을 이뤄냈습니다. 그러나 근본적으로 말하자면 귀찮음을 피하고 싶은 게으름이 발달시킨 편법에 지나지 않습니다. 이와카야마시에서 와카노우라까지 잠깐 심부름을 다녀오라고 했을 때, 누구라도 거절하고 싶을 겁니다. 하지만 아무래도 가야만 한다면 가능한 한 즐겁게 가고 싶고, 그래서 빨리 돌아오고 싶겠지요. 가능한 한 신체는 쓰고 싶지 않습니다. 그래서 인력거도 생긴 거지요. 좀 더 사치를 하자면 자전거가 되겠죠. 또 멋대로 한다면 이것이 전차로 변화하고 자연스레 자동차도 비행기도 나올 수밖에 없습니다.

이에 반해 전차나 전화 설비가 있어도 오늘은 꼭 거기까지 걸어가고 싶다는 도락심이 커지는 날도 일 년에 두어 번은 있을 수 있습니다. 즐겁게 신체를 사용하면서 피로를 추구하지요. 우리가 매일 하는 산책 같은 사치도 요컨대 이 활력소모의 부류에 속하는 적극적인 생명 사용법입니다. 다행스럽게도 이런 도락심이 클 때 심부름을 다녀오라는 명을 받으면 딱 좋겠지만, 대개는 그런 일이 일어나지는 않습니다. 걷고 싶지 않을 때 심부름이 생기지요. 그러므로 걷지 않고 용무를 보기 위해서는 궁리를 해야 합니다. 그러자니 씩씩한 방문이 우편으로 바뀌고, 우편이 전보가 되고, 그 전보가 또 전화가 되는 이치입니다. 요컨대 인간 생존의 필요상 뭔가 해야 하는 것이 있어도 되도록 움직이지 않고 일을 끝내고 만족스럽게 살고 싶다는 제멋대로 생각이라고 말씀드려야 할까요. 아니면 '그래 그래, 몸이 가루가 되도록 일하며 살아서야 수지가 맞지 않아. 누굴 바보로 아나. 장난해?' 이렇게 분발한 결과가 괴물처럼 수완 좋은 기계의 힘으로 급변했다고 할까요. 이렇게 보면 지장이 없겠습니다.

이 괴물의 힘으로 거리가 단축되고 시간이 단축되며 수고가 줄어듭니다. 모든 의무적인 노력이 최소 최저 금액으로 줄고 줄어 어디까지 줄어들지 모르는 동안에, 그 반대의 활력소모라 이름 붙인 도락 근성도 자유롭게 사용하면서 그칠 줄 모르고 전진합니다.

이 도락 근성의 발전도 도덕가에게는 괘씸할 테지요. 하지만 그건 도덕의 문제이지 사실의 문제는 아닙니다. 사실 말하자면, 활력을 좋아하는 곳에서 활력을 소비하는 이런 정신은 밤낮으로 쉼 없이 일하고 쉼 없이 발전하지요. 본디 사회라는 곳에서 어쩔 수 없이 의무를 강요당하는 사람도 내버려두면 어디까지나 자기본위에 입각하는 건 당연합니다. 그렇기 때문에 자신이 좋아하는 자극에 정신과 신체를 소비함은 어쩔 수 없는 일이지요.

좋아하는 자극에 당연히 반응하고 자유롭게 활력을 소모한다고 해서 그게 나쁜 짓도 아닙니다. 여성을 상대하는 것만 도락이 아닙니다. 좋아하는 걸 흉내 내는 일은 개화가 허락하는 한 모든 방면에 적용되는 이야기입니다. 그림을 그리고 싶다면 가능한 한 그림만 그리려고 하지요. 책을 읽고 싶으면 지장이 없는 범위에서 책만 읽으려고 합니다. 혹은 공부가 좋다며 부모 마음은 아랑곳하지 않고 서재에 들어가 창백해지도록 공부만 하는 아들이 있습니다. 옆에서 보면 무슨 일인지 알 수 없지요. 아버지는 무리하게 학비를 융통해서 졸업시킨 뒤 월급이라도 받게 하고 자신은 빨리 은퇴했으면 싶지만, 아들은 생활에는 완전히 둔감해서 그저 우주의 진리를 발견하고 싶다는 등 태평하게 책상에만 의지하니 못마땅하지요. 부모는 생계를 위한 수업이라고 생각하지만 자식은 도락을 위한 학문으로 이해합니다. 이런 이유로 도락의 활력은 어떤 도덕학자도 없앨 수 없습니다. 현실적으로 도락의 발현이 이 세상에 어떤 형태로 어떻게 나타날까요? 이 경쟁 극심한 세상을 이유로 도락 자체의 권리를 인정하지 않을 만큼 가업에 열심인 사람도 조금만 주의하면 긍정하지 않을 수 없겠지요.

저는 어젯밤에 와카노우라에서 묵었습니다. 와카노우라에 가 보니 기울어진 소나무나 관세음상이나 기미이데라나 여러 가지가 있더군요. 그중에서 동양 제일 해발 이백 척이라고 쓴 엘리베이터가 숙소 안에서부터 좀 높은 돌산의 정상까지 끊임없이 구경꾼을 오르락내리락 태우고 있는 것을 봤습니다. 사실은 저도 동물원의 곰처럼 그 쇳덩이 상자 안에 들어가 산 위에까지 올라갔어요. 그런데 그건 생활에 꼭 필요한 장소에 있는 물건도 아니고 그 정도로 중요한 기계도 아닙니다. 그저 색다른 것입니다. 그저 오르락내리락할 뿐입니다. 의심할 것도 없이 도락심의 발현이지요. 호기심도 있고 광고의 욕망도 있기는 하지만 아무튼 생활과는 관계가 적습니다. 이것은 그저 하나의 예입니다. 개화가 진행됨에 따라 이런 사치품의 수가 늘어나리란 사실은 누구라도 압니다. 뿐만 아니라 사치는 날미다 늘어납니다. 사소한 것까지 말이지요. 안에 링이 몇 개나 있는 커다란 깔때기 모양으로 점점 깊어집니다. 그와 동시에 지금까지 예상치 못했던 방향으로 점점 발전해서는 그 범위가 해마다 넓어집니다.

요컨대 지금 막 말씀드린 두 개의 혼란스러운 경로, 즉 가능한 한 수고를 절약하고 싶은 바람에서 생기는 발명이라든가 기계력이라든가 하는 방면과,
가능하다면 마음대로 힘을 소비하고 싶다는 오락 방면,
이 두 가지 경로가 씨줄도 되고 날줄도 되어 오만가지로 뒤섞이면서 현재와 같이 혼란스러운 개화로, 불가사의한 현상을 낳은 것입니다.

그래서 그런 것을 개화라고 하면, 여기에 일종의 묘한 패러독스랄까, 들어보면 좀 이상하지만 실제로는 누구라도 인정할 수밖에 없는 현상이 일어납니다. 어째서 인간이 개화의 흐름에 따라 앞에서 말한 두 종류의 활력을 발현시키면서 오늘에 이르렀는지 묻는다면 타고나기를 그런 경향을 가지고 태어났다고 말할 수밖에 없어요. 이것을 거꾸로 말하면 우리들의 오늘이 있는 까닭은 본래 그런 경향이 있기 때문입니다. 게다가 마냥 팔짱을 끼고 있어서는 생존할 수 없기 때문에 저곳에서 이곳으로 차례차례 밀리고 밀리면서 발전을 이루었다고 할 수밖에 없습니다. 그러고 보면 자고로 몇 천 년의 노력과 세월을 지나 이윽고 현대의 위치까지 발전해 온 것이며, 적어도 이 두 종류의 활력이 예로부터 오늘에 이르는 긴 시간 동안 궁리하여 얻은 결과이므로 옛날보다 생활이 편리해져 있어야 할 터입니다. 하지만 실제로는 어떻습니까?

툭 까놓고 이야기하자면 생활은 대단히 어렵습니다. 옛날 사람들에 비해 한 걸음도 나아지지 않은 고통 속에서 생활하고 있음을 우리 모두가 자각하고 있습니다. 아니, 개화가 진행되면 진행될수록 경쟁도 점점 심해져서 생활이 더 힘들어지는 것 같습니다. 역시나 앞에서 설명한 두 가지 활력이 분투하여 개화가 얻어졌음에 틀림없습니다만, 이 개화는 일반적으로 생활 정도가 높아졌다는 의미이지, 생존의 고통이 비교적 완화되었다는 의미가 아닙니다. 꼭 초등학생이 학업 경쟁을 힘들어하는 것과 대학생이 학업 경쟁으로 괴로운 것이 그 정도는 다르지만 비례하는 것처럼, 옛날 사람과 요즘 사람이 어느 정도 행복의 정도가 다른가 하면 ― 혹은 불행의 정도가 다른가 하면 ― 활력소모, 활력절약의 궁리에 큰 차이가 있을지 모르지만, 생존 경쟁에서 생기는 불안이나 노력은 결코 옛날보다 편하지 않습니다. 아니 옛날보다 오히려 괴로워졌는지도 모르지요.

옛날에는 죽느냐 사느냐 하는 문제를 가지고 경쟁했습니다. 어쩔 수 없었으니까요. 뿐만 아니라 도락의 개념은 그만두더라도 도락의 길도 열리지 않았기 때문에, 이렇게 하고 싶다, 저렇게 하고 싶다는 방향이나 성도도 미약해서, 어찌다 발을 뻗어보거나 손을 쉬며 만족했던 수준이었을 거라고 생각합니다.

오늘날은 죽느냐 사느냐의 문제는 대부분 초월했지요. 그것이 바뀌어서 오히려 사느냐 사느냐 하는 경쟁이 되어 버린 것입니다. 사느냐 사느냐 하는 말이 좀 이상하지만, A의 상태에서 사느냐 B의 상태에서 사느냐의 문제로 속을 썩여야 한다는 의미입니다.

활력절감 쪽에서 예를 들면, 인력거를 끌면서 살아갈 것인가, 아니면 자동차 핸들을 잡고 살아갈 것인가의 경쟁이 된 셈입니다. 어느 쪽을 가업으로 삼은들 목숨에 별 영향은 없을 게 틀림없지만, 어느 쪽으로 가더라도 노력이 마찬가지라고 할 수는 없습니다. 인력거를 끌면 땀이 엄청나겠죠. 자동차 운전사가 되어 손님을 태우면 — 당연히 자동차를 가질 정도라면 손님을 태울 필요도 없지만 — 짧은 시간에 먼 곳까지 달릴 수 있습니다. 뚝심을 발휘하지 않고도 살 수 있지요. 활력절약의 결과 편하게 일을 할 수 있습니다. 그렇다면 자동차가 없던 옛날이라면 몰라도 적어도 자동차가 발명된 이상 인력거는 자동차에 질 수밖에 없습니다. 뒤쳐지면 따라잡아야 합니다. 그러므로 조금이라도 노력을 절감할 수 있고 우세한 것이 지평선 위로 나타나서는 하나의 파란을 일으키면, 마치 일종의 저기압과 같은 현상이 개화 중에 일어나고, 각 부분의 비례가 맞고 평균이 회복될 때까지 동요를 멈추지 못하는 것이 인간의 본성이지요.

적극적 활력의 발현 쪽에서 보아도 이 파동은 마찬가지여서 요컨대 지금까지는 시키시마[10]인지 뭔지를 피우며 참고 있었건만, 이웃 남자가 맛있다는 듯 이집트 담배를 태우고 있으면 역시 그걸 피워보고 싶어집니다. 막상 피워보면 그쪽이 맛있을 게 분명합니다. 결국 시키시마 따위를 태우는 자는 사람 축에도 못 끼는 듯한 기분이 들고, 어떻게든 이집트 담배 쪽으로 갈아타야겠다는 경쟁이 일어납니다. 통속적인 말로 하면 인간이 사치스러워지지요. 도덕학자는 윤리적인 입장에서 계속 낭비를 경계합니다. 나쁠 거야 없지만 자연의 대세에 반하는 훈계이므로 언제든 실패로 끝납니다. 예부터 지금까지 인간이 얼마나 사치스러워졌는가를 생각해 보면 알 수 있습니다.

이렇게 적극적, 소극적 양면의 경쟁이 격해지는 것이 개화의 추세라고 한다면 우리들은 오랜 시간 동안 각양각색의 궁리를 하고 지혜를 짜내며 이윽고 오늘날까지 발전해 온 것입니다. 그런 까닭에 생활이 우리 마음에 주는 심리적 고통을 논한다면, 지금이나 50년 전에나 또 백 년 전에나 괴로움의 정도는 그다지 다르지 않을지도 모른다는 생각이 듭니다. 그러니까 이 정도 노력을 절감하는 기계를 갖춘 오늘날, 다시 말해 활력을 자유롭게 쓸 수 있는 오락의 길이 열린 오늘날에도, 생존의 고통은 의외로 괴로운 것이므로 '대단한'이라는 수식어를 붙여야 할지

---

10 1904년부터 1943년까지 판매된 일본 담배.

도 모릅니다. 이 정도로 노력을 절감할 수 있는 시대에 태어나서도 그 감사함이 느껴지지 않거나, 이 정도로 오락의 종류나 범위가 확대되어도 전혀 고맙지 않거나 한 이상, 고통 앞에 '대단한'이라는 글자를 붙여도 좋겠습니다. 이것이 개화가 낳은 일대 패러독스라고 저는 생각합니다.

지금부터 일본의 개화 쪽으로 이야기를 바꿔볼까 합니다만, 도대체 일반적인 개화가 그러하다면, 일본의 개화 역시 개화의 일종이므로 그걸로 됐지 않느냐 하는 수준에서 이 강의를 마치면 되겠지요. 하지만 거기에 일종의 특별한 사정이 있어서, 일본의 개화는 그렇게 가지 않습니다. 왜 그럴까요? 그것을 설명하는 것이 오늘 강연의 핵심입니다. 이렇게 말씀드리면 현관을 지나 이제 겨우 거실 근처까지 왔구나 하는 기분이 들어 놀라시겠지요? 그러나 그렇게 길지는 않습니다. 안방까지는 의외로 짧은 강연입니다. 저도 오래하는 것은 피곤합니다. 가능한 한 노력절감의 법칙에 따라 빨리 마무리할 생각이니, 조금 더 참고 들어주십시오.

그래서 현대 일본의 개화는 앞에서 말씀드린 일반적인 개화와 어디가 다른지의 문제입니다. 만약 한마디로 이 문제를 결론짓게 된다면 저는 이렇게 마치고 싶습니다.

― 서양의 개화(즉 일반적인 개화)는 '내발적'이며, 일본 현대의 개화는 '외발적'이다.

여기서 내발적이라는 말은 안에서 자연적으로 나와 발전한다는 의미입니다. 마치 꽃이 피듯이 스스로 꽃봉오리가 터져 꽃잎이 얼굴을 내미는 것을 뜻하지요. 외발적이란 밖으로부터 몰려온 다른 힘에 의해 어쩔 수 없이 일종의 형식을 취하는 것을 나타냅니다. 한마디 더 설명을 덧붙이자면, 서양의 개화는 행운유수行雲流水와 같이 자연스럽게 움직이고 있지만, 유신 후 외국과 교섭을 시작한 이후의 일본 개화는 상황이 많이 다릅니다.

물론 어느 나라든 이웃과 교류가 있는 이상 그 영향을 받는 게 당연하지요. 그러나 우리 일본이 예로부터 그렇게 초연하게 그저 자기 활력으로만 발전해 왔을 리가 없습니다. 어느 때는 삼한, 어느 때는 중국 하는 식으로 대부분 외국의 문화를 덧씌운 시대로 있었습니다. 긴 세월을 계산하고 대체로 일별하여 보면 비교적 내발적인 개화로 진행되어 왔다고 말할 수 있을지도 모릅니다. 그러나 적어도 쇄국과 외세배척의 공기에 이백 년이나 마취된 나머지 서양문화의 자극처럼 튀어 오를 정도로 강렬한 영향을 유사 이래 받은 적 없다고 말하는 게 옳겠지요. 일본의 개화는 그때부터 급격히 굴절하기 시작했습니다. 또 굴절하지 않으면 안 될 정도의 충격을 받았습니다.

이것을 앞에서 했던 말로 표현하면 지금까지 내발적으로 전개되어 왔던 것이 갑자기 자기본위의 능력을 잃어버리고, 밖에서부터 무리하게 밀려들어서는 싫고 좋고 할 경황도 없이 그대로 받아들여야 하는 상황이 되고만 것입니다. 일시적이지도 않았습니다. 사오십 년 전에 한 번 눌려 계속 유지되고 있다니 편안한 자극은 아닙니다. 시시각각 눌리면서 오늘에 이르렀습니다. 그뿐 아니라 향후 몇 년 동안, 또는 아마도 영구히 오늘날처럼 눌려 지내야 한다면 일본이 일본으로서 존재하지 못할 테니 외발적이랄 수밖에 달리 표현할 방법이 없습니다.

그 이유는 물론 명백합니다. 앞에서 자세히 말씀드렸던 개화의 정의로 돌아가서 말씀드리면, 우리가 사오십 년 동안 비로소 부딪혔던, 또 지금도 접촉을 피할 수 없는 서양의 개화는 우리보다도 수십 배 노력절약의 기관을 소유한 개화이며, 또 우리보다 수십 배 오락과 도락 방면에서 적극적으로 활력을 사용한 방법을 갖춘 개화입니다. 보잘것없는 설명이지만, 결국 우리가 내발적으로 전개하여 그 복잡도가 10 정도로 개화를 진행해 오다가, 하필 짐작할 수도 없는 하늘 저편에서 갑자기 20, 30 정도로 복잡하게 진행된 개화가 느닷없이 우리들을 공격한 셈입니다. 이 압박으로 말미암아 우리는 어쩔 수 없이 부자연스러운 발전을 해왔기 때문에 지금 일본의 개화는 견실하게 느릿느릿 걸어가는 게 아니라, '얍!' 하고 기합을 넣어 획획 날아가고 있습니다. 개화의 모든 단계를 차례로 밟아 갈 여유를 갖지 못했으니 가능한 한 커다란 바늘로 드문드문 꿰매면서 지나가는 것입니다.

한 걸음에 1척 걷는 걸음이면서 10척을 날아가니 나머지 9척은 걷지 않은 셈입니다. 이로써 제가 외발적이라고 한 말의 의미는 거의 이해가 되셨을 거라고 생각합니다.

그런 외발적 개화가 심리적으로 우리에게 어떤 영향을 주는가 생각해 보면 좀 이상스러워지지요. 심리학 강연도 아닌데 어려운 이야기를 하는 것도 뭣합니다만, 필요한 곳만 극히 간단히 말하고 다시 본론으로 돌아갈 생각이니 잠시 참아 주시기 바랍니다.

우리들의 마음은 쉼 없이 움직입니다. 여러분은 지금 저의 강연을 듣고 있습니다. 저는 지금 여러분을 앞에 두고 뭔가 말하고 있지요. 쌍방에 그런 자각이 있습니다. 게다가 서로의 마음은 움직이고 있지요. 움직입니다. 이런 것을 의식이라고 합니다. 이 의식의 일부분을, 쉬지 않고 움직이는 기다란 의식으로부터 1분 정도의 의식을 떼어내 보면 그 역시 움직이고 있습니다. 그 움직임은 특별히 제가 발명한 것도 아니고 그저 서양 학자가 책에 쓴 내용을 지당하다고 생각되어 알려드릴 뿐이지만,

1분간의 의식이든 30초간의 의식이든 그 내용이 명료하게 떠오른다는 관점에서 말한다면, 줄곧 같은 정도의 강도를 유지하는 것도 아니고 시간이 어떻게 흐르든 괘념치 않고 마치 한곳에 들러붙은 듯 고정된 그런 것도 아닙니다. 반드시 움직입니다. 움직임에 따라 밝은 부분과 어두운 부분이 생깁니다. 그 높낮이를 선으로 나타내면 평평한 직선으로 표현하는 건 무리이므로, 역시 어느 정도 기울기가 있는 곡선, 즉 활모양의 곡선으로 나타납니다.

이렇게 설명하니까 오히려 더 어려워졌는지 모르겠군요. 하지만 학자는 알게 된 것을 알기 어렵게 말하고, 초보자는 모르는 것을 이해한 척하므로, 비난은 반씩 받아야겠지요. 지금 말씀드린 곡선이나 활모양을 좀 더 섬세하게 다뤄보지요. 사물을 좀 바라볼 때에도, 이게 뭔지 분명하게 알려면 어느 정도 시간이 필요합니다. 그렇기 때문에 의식은 그 순간부터 일정 시간을 거쳐 어느 정점에 올라가면서 점점 분명해지고 '아, 이거였구나!' 하는 순간이 오게 마련이에요. 그것을 또 바라보고 있으면 이번에는 시각이 둔해져서 의식이 좀 흐릿해지기 시작하므로 처음엔 위를 향하던 의식이 아래를 향하며 어두워지기 시작합니다. 이건 실험을 해보면 압니다. 기계 같은 건 필요 없습니다. 머릿속이 그렇게 되어 있으니까 그저 시험만 해보면 압니다. 책을 읽을 때도 A라는 말과 B라는 말과 C라는 말이 차례로 나온다면, 이 세 개의 단어를 순서대로 이해하는 것이 당연하기 때문에 A 쪽이 좀 애매하면서 점점 더 인식 영역에 가까이 가지요. B에서 C로 옮겨갈 때도 이와 같은 과정을 반복하기 때문에 아무리 예를 길게 늘어놓아도 결과는 같습니다.

이것은 극히 짧은 시간 동안의 의식을 학자가 해부하여 우리에게 보여준 이야기입니다. 개인의 1분간의 의식뿐 아니라 일반 사회의 집합의식에도, 그리고 또 하루, 한 달, 혹은 일 년 내지 십 년의 의식에도 응용 가능한 해부입니다. 그런 특색은 많은 사람을 개입시키거나 긴 시간에 걸쳐 실험하더라도 전혀 변함없는 일이라고 저는 믿고 있지요. 예를 들면 여러분 다수가 지금 여기에서 제 강연을 듣고 있습니다. 듣고 있지 않은 사람도 있을지 모르지만, 아무튼 듣고 있는 걸로 하겠습니다. 그렇다면 개인이 아니라 집합인 여러분의 의식 속에 지금 제 강연이 분명하게 들어갑니다. 그와 동시에 이 강연에 오기 전 여러분이 경험한 일, 그러니까 도중에 비가 내려 옷이 젖었다든가, 또 무더워서 오는 길에 힘들었다든가 하는 의식은 강연하는 쪽에 마음을 빼앗겨서 점점 불분명하고 불확실해집니다. 또 이 강연이 끝나고 밖으로 나갔는데 시원한 바람이 불어온다면, 아아 기분 좋다 하는 의식에 마음을 점령당하고 강연 내용은 모두 잊게 됩니다. 제 입장에서는 전혀 고맙지 않은 이야기지만 사실이니 어쩔 수 없는 일이지요. 제 강연을 항상 기억하시라고 말

쏨드려봤자 심리작용에 반하는 주문이므로 누구도 귀담아 두지 않을 겁니다.

이와 마찬가지로 여러분 한 집단 내에 있는 의식을 검토해 보면 설령 한 달이 걸리든 일 년이 걸리든, 한 달에는 한 달을 묶을 만한 명료한 의식이 있고, 또 일 년에는 일 년을 정리하기 충분한 의식이 있는데, 저는 그것이 순차적으로 지워지면서 기억될 일이라고 단정합니다. 우리도 과거를 돌아보면 중학교 때라든가 대학 때라든가 특별한 이름이 붙는 시절은, 그 시절 시절마다 의식이 한 덩어리로 통합되어 있습니다. 일본인 전체의 집합의식은 과거 사오 년 전에는 러일전쟁에 대한 기억으로만 이루어져 있었습니다. 그 후 영일동맹에 대한 의식이 점령했던 시기도 있습니다. 추론을 통해 심리학자의 해부를 확장해서 집합의식이나 장시간의 의식에 대해 응용해 보면, 인간활력의 발전 경로인 개화가 움직이는 라인도 역시 파동을 그리며 곡선을 몇 개나 이어가면서 진행된다고 해야 하겠습니다. 물론 그려지는 파동의 수는 무한 무수이며, 그 일파 일파의 장단도 고저도 천차만별이겠지만, 역시 갑이라는 파도가 을이라는 파도를 부르고, 을이라는 파도가 병이라는 파도를 또 부르며 순차적으로 변합니다. 한마디로 말해 개화의 추이는 아무래도 내발적이지 않으면 거짓이라는 말씀입니다.

단순한 이야기를 저는 지금 여기서 강연하고 있지요. 그러면 그것을 듣는 여러분의 입장에서는, 처음 십 분 정도는 제가 무엇을 핵심으로 이야기하는지 잘 모르고, 이십 분 정도 지나 이윽고 줄기를 잡으며, 삼십 분 정도 지나면 마침내 이야기에 물이 올라 조금 재미있어지며, 사십 분째는 또 애매해졌다가 오십 분째에는 심심하다가, 한 시간째가 되면 하품이 나옵니다. 그렇게 저의 상상대로 갈지 안 갈지 모르겠지만, 만약 그렇다고 한다면, 제가 무리하게 여기서 두 시간 세 시간 이야기하는 건 여러분의 심리작용에 반하여 고집을 부리는 것과 마찬가지여서 결코 성공할 수 없습니다. 왜냐하면 이 강연이 여러분의 본성에 역행하는 외발적인 것이기 때문입니다. 아무리 목을 쥐어짜는 소리를 내며 외쳐본들 이미 제 강연은 요구하는 정도를 경과했기 때문이지요. 여러분은 강연보다 과자가 먹고 싶거나 술이 마시고 싶거나 빙수가 먹고 싶거나 그럴 겁니다. 그 편이 내발적인 것이니 자연의 추이에 따라 무리가 없겠군요.

이 정도 설명해 두고, 현대 일본의 개화로 돌아가면 어느 정도 괜찮겠지요. 일본의 개화는 자연의 파동을 그려 갑이라는 파도가 을이라는 파도를 낳고, 을이라는 파도가 병이라는 파도를 만들어내듯이 내발적으로 나아가고 있는가, 그 점이 당면 과제겠습니다만, 유감스럽게도 그렇지 않다는 게 문제입니다.

아까도 말씀드렸다시피 활력절약과 활력소모 두 방면의 복잡도가 예컨대 20을 유지하고 있었던 곳이 갑자기 외부의 압력을 받아 30까지 튀어 오르게 생겼으니 마치 귀신 씐 사람처럼 정신없이 날아가는 것입니다. 그 경로는 거의 자각하지 못할 정도예요. 본디 개화가 갑이라는 파도로부터 을이라는 파도로 옮겨가려면 이미 갑에 질렸기 때문에 내발적 욕구와 필요에 의해 슬쩍 새로운 파도를 전개하는 것이므로 파도 갑의 장점도 단점도, 신맛도 단맛도 다 맛본 다음에 신기축을 개척한 셈입니다. 따라서 이미 모든 것을 경험한 파도 갑에게는 껍질을 벗은 뱀처럼 미련도 없고 아쉬움도 없습니다. 뿐만 아니라 새롭게 옮겨간 파도 을에 몸을 맡기며 남의 옷을 입고 체면을 차린다는 느낌이 조금도 들지 않습니다.

그런데 일본 현대의 개화를 지배하는 파도는 서양의 조류이며, 그 파도를 넘는 일본인은 서양인이 아닙니다. 그러므로 새로운 파도가 밀려올 때마다 스스로 그 안에서 더부살이를 하며 마음을 쓰는 듯한 기분이 듭니다. 새로운 파도는 아무튼, 지금 막 빠져나온 낡은 파도의 특질이나 진상마저 분별할 틈도 없이 버려야 합니다. 식탁 앞에서 음식을 모두 맛보기는커녕 원래 어떤 맛난 음식이 나왔는지 파악하기도 전에 상을 물리고 새로운 요리가 나오는 것과 마찬가지입니다.

이런 개화의 영향을 받는 국민은 어딘가 공허함을 느끼지 않을 수 없습니다. 또 어딘가 불만과 불안을 안을 수밖에 없습니다. 그것을 마치 이 개화가 내발적이기라도 한 양 우쭐대는 사람이 있는데 좋지 않습니다. 대단한 하이칼라입니다만 바람직하지 않지요. 그건 허위입니다. 경박하기도 합니다. 제대로 맛조차 모르는 어린애 주제에 담배를 태우며 맛있다는 듯 가장한다면 건방져 보이겠지요. 애써 그러지 않고는 배길 수 없는 일본인은 정말 비참한 국민이라고 할 수밖에요.

개화라는 이름은 붙일 수 없을지도 모르지만, 서양인과 일본인의 사교방식을 봐도 알아챌 수 있습니다. 서양인과 교제하는 이상, 일본 본위로 해서는 도저히 친해지기 어렵습니다. 교제하지 않아도 좋다면 그만이지만 한심하게도 교제하지 않고는 견딜 수 없는 게 일본의 현재 상황이겠지요. 그러나 강한 자와 교제하려면, 자기를 버리고 상대방의 습관에 따르지 않으면 아무래도 안 됩니다. 그 사람은 포크 잡는 법도 모른다든가, 나이프 잡는 법도 익히지 못했다든가 하며 남을 비평해서 이득을 볼 것은 결국 없습니다. 그저 서양이라서 우리보다 강하기 때문입니다. 우리가 강하면 여기저기 모방하도록 하고 주객의 위치를 쉽게 바꿀 수 있습니다. 하지만 그럴 수 없으니 우리가 상대를 모방합니다. 그것도 자연적으로 발전해 온 풍속을 급격히 바꿀 수는 없으니 다만 기계적으로 서양의 예식 등을 배우는 것

밖에 도리가 없지요. 자연히 안에서 발효되고 우러나온 예식이 아니므로 떼다 붙인 것처럼 대단히 보기 괴롭습니다. 이것은 개화가 아니지요. 개화의 일단도 될 수 없을 정도의 소소한 일이지만, 그런 작은 일까지 우리가 하고 있는 일은 내발적이 아니라 외발적입니다. 이것을 한마디로 말하면 현대일본의 개화는 피상적인 수박 겉핥기식의 개화라는 사실로 귀착되는군요. 물론 하나부터 열까지 모두라고 할 수는 없습니다. 복잡한 문제에 대해 그렇게 과격한 말은 삼가야겠지만, 우리가 하는 개화의 일부분 혹은 대부분은 아무리 자부심 있어 보여도 수박 겉핥기라고 평가할 수밖에 없습니다. 그러나 '그건 나쁘니까 그만두세요'라고 말하는 게 아닙니다. 사실 어쩔 수 없는 일이고, 눈물을 삼키며 수박 겉핥기라도 해야 하니까요.

그러면 아이가 등에 업혀 어른과 함께 걷는 것 같은 시늉을 그만두고, 착실하게 발전의 과정을 밟으며 나아가는 일은 도저히 할 수 없는가, 이런 이야기 나올지도 모릅니다. 그런 질문이 나온다면 '할 수 없을 것도 없다'고 답하겠습니다. 하지만 서양에서 백 년 걸려 이윽고 오늘날처럼 발전한 개화를, 일본인이 십 년으로 단축시키자고, 그것도 불필요한 비방도 없이 누가 봐도 내발적이라고 인정할 만한 변화를 보여주자고 한다면, 이 역시 중대한 결과에 빠집니다. 백 년의 경험을 십 년의 겉핥기도 없이 이루어내려 한다면, 시간이 십 분의 일로 줄어들지만 우리의 활력을 열 배로 늘려야 합니다. 이건 수학을 막 배우기 시작한 사람조차 쉽게 수긍할 일입니다.

학문을 예로 들어 이야기하면 가장 빠릅니다. 서양의 새로운 학설을 수박 겉핥기로 받아들이며 허풍을 떠는 것은 논외로 하고, 정말로 스스로가 연구실적을 쌓아 갑이라는 학설에서 을이라는 학설로 옮겨가고 또 을에서 병으로 나아가서는, 유행을 따르는 추태를 결코 보이지 않고, 더욱이 신기함을 자랑하는 허영심도 없이, 완전히 내발적이며 자연적인 순서로 단계를 거친다고 가정해 보지요. 그것도 저들 서양인이 백 년이나 걸려 겨우 도착할 수 있었던 분화의 극단에, 우리가 유신 이후 사오 십 년간 교육의 힘으로 달성했다고 가정합시다. 체력, 두뇌 모두 우리보다 왕성한 서양인이 백 년의 시간을 들였는데 제아무리 선구자의 난관을 계산에 넣지 않는다 해도 고작 그 반에도 못 미치는 시간에 갑자기 통과하여 끝낸다는 것인데, 그때 우리는 이 놀랄만한 지식의 수확을 자랑할 수는 있겠지요. 그와 동시에 패배하거나 재기 불가능한 신경쇠약에 걸려 당장이라도 숨이 넘어갈 듯 길가에서 신음하는 건 필연적인 결과입니다. 확실히 일어날 수밖에 없는 현상입니다.

현실적으로 조금 차분히 생각해 보면, 대학 교수로 십 년간 열심히 일했다면 대부분 쉽게 신경쇠약에 걸리지 않을까요? 팔

팔한 사람은 모두 거짓 학자라고 단정한다면 어폐가 있지만, 그래도 어느 쪽인가 하면 신경쇠약에 걸리는 쪽이 당연하다고 생각합니다. 학자를 예로 든 까닭은 단지 알기 쉽기 때문입니다. 그 원리는 개화의 어느 방면에나 응용할 수 있습니다.

개화가 아무리 진보해도 의외로 그 개화의 선물로 우리가 얻는 안심도는 미약합니다. 경쟁과 그 밖의 다른 이유로 초조해지는 걸 계산에 넣어야 합니다. 그런 의미에서 우리의 행복이 야만시대와 그다지 다르지 않음은 말씀드린 대로이며, 게다가 지금 말한 현대 일본이 놓인 특수한 상황으로 말미암아 우리의 개화가 기계적인 변화를 불가피하게 만들기 때문에, 그리고 단지 수박 겉핥기이면서도 미끄러지지는 않을 거라 생각하며 버티기 때문에 신경쇠약이 된다면 아무래도 일본인은 안됐다고 할까 불쌍하다고 할까, 정말로 언어도단의 궁지에 빠지겠지요. 이것이 제 결론입니다. 이렇게 하라든가, 저렇게 해야 한다든가 하는 게 아닙니다. 어떻게도 할 수가 없습니다. 실로 곤란하고 탄식할 만한, 극단적으로 비관적인 결론이지요. 이런 결론에는 오히려 도달하지 않는 편이 나았을까요? 때때로 진실은 모르는 동안은 알고 싶지만 알고 나면 오히려 '아아, 모르는 편이 나았다'고 생각하게 마련입니다.

모파상의 소설에 어떤 남자가 내연녀에게 싫증이 난 시점에서 편지인지 뭔지를 두고 여자를 떠나 친구 집에 숨어버렸다는 이야기가 있습니다. 그러자 여자는 대단히 화가 나서 결국 남자가 있는 곳을 찾아 화를 냈는데, 남자는 보상금을 주며 헤어지자고 담판을 겁니다. 그러자 여자는 그 돈을 바닥에 던지며 '이런 게 갖고 싶어서 온 게 아니야, 만약 정말 당신이 나를 버리고 싶다면 나는 죽을 거야. 거기 있는 (3층인가 4층의) 창에서 뛰어내려 죽어 버릴 거야' 하고 말했습니다. 남자는 아무렇지 않은 얼굴을 하고 '그러든가' 하면서 여자를 창 쪽으로 안내하는 몸짓을 했습니다. 그러자 여자는 갑자기 달려가 창에서 뛰어내렸습니다. 죽지는 않았지만 돌이킬 수 없는 불구가 돼버렸습니다. 이만큼 여자의 마음이 눈앞에서 증명된 이상, 남자는 보통 경박한 매춘부를 보듯 그녀의 정절을 의심했던 것을 후회하고, 다시 부인에게 돌아가 병든 아내의 간호에 몸을 바쳤다는 게 모파상 소설의 줄거리입니다. 남자의 의심도 어지간한 정도에 머물렀다면 이 정도로 큰 사건에 이르지는 않았을지 모르지만, 그러면 그의 의심은 평생 풀리지 않았겠지요. 또 여자의 진심이 분명해지긴 했지만 되돌릴 수 없는 잔혹한 결과에 빠진 뒤에 돌이켜 보면, 역시 에누리 없는 진실을 몰라도 좋으니 여자를 불구로 만들지 않았더라면 싶이지겠죠.

일본의 현대 개화의 진상도 이 이야기와 마찬가지로 모르는 동안에는 연구도 해보고 싶어지지만, 이렇게 노골적으로 그 성질을 알고 보면 오히려 모르는 때가 행복했다는 기분이 듭니다.

아무튼 제가 해부한 것이 사실이라면 우리는 일본의 장래를 아무래도 비관하게 됩니다. 외국인에게 우리나라에는 후지산이 있다고 말하는 바보는 요즘 별로 없지만, 전쟁 이후 일등국가라는 거만한 목소리가 도처에서 들립니다. 대단히 낙관적인 시각으로 보면 괜찮겠지요. 그러면 어떻게 이 절박한 위기를 빠져나갈 것인지, 앞에서 말씀드린 것처럼 제게는 모범답안이 없습니다. 그저 가능한 한 신경쇠약에 걸리지 않는 정도에서, 내발적으로 변화해 가는 게 좋겠다는 모양 좋은 이야기밖에 할 수 없습니다.

쓰디쓴 진실을 주저 없이 여러분 앞에 드러내고, 행복한 여러분에게 설령 한 시간일지라도 불쾌한 생각을 갖게 했다면 정중히 사과합니다. 그러나 제가 말한 것 역시 상당한 논거와 응분의 사색의 결과로 얻은 진정성 있는 의견이라는 점 헤아려 주시고 나쁜 점은 넓은 마음으로 이해해 주시기를 바랍니다.

소설

열흘 밤의 꿈

문조

봄날의 소나티네

열흘 밤의 꿈
夢十夜 [1908]

첫 번째 꿈

이런 꿈을 꾸었다.

팔짱을 끼고 베갯머리에 앉아 있자니 천장을 보고 누운 여자가 조용한 목소리로 말한다. 이제 죽을 거예요. 여자는 긴 머리채를 베개 위에 풀어두고, 그 속에 부드러운 윤곽의 오이씨 같은 얼굴을 가로누인다. 새하얀 뺨에 따뜻한 혈색이 알맞게 비치고 입술 빛깔은 역시나 붉다. 도저히 죽을 사람 얼굴로는 보이지 않는다. 그러나 여자는 조용한 목소리로, 이제 죽을 거예요, 분명하게 말했다. 나도 이제 죽겠구나 생각했다. 그래서 정말, 벌써 죽는 거야? 하고 위에서 내려다보며 물어보았다. 죽고말고요. 여자는 눈을 크게 떴다. 커다랗고 물기 어린 눈이었다. 긴 속눈썹에 에워싸인 곳은 온통 검었다. 그 검은 눈동자 깊은 곳에 내 모습이 선명하게 비친다.

나는 맑고 깊게 빛나는 그 검고 윤이 나는 눈동자를 바라보며, 이런데도 죽는 걸까, 생각했다. 그래서 다정하게 베개 옆으로 입을 맞대며 또다시 물었다. 죽는 건 아니겠지? 괜찮겠지? 그러자 여자는 검은 눈에 졸음을 가득 담은 채, 역시나 조용한 목소리로 답했다. 그래도 죽는걸요, 어쩔 수 없어요.

그럼, 내 얼굴이 보이냐고 마음을 다해 물었더니, 보이냐고요?
그야 거기 다 비쳐 보이잖아요. 빙긋 웃어 보였다. 나는 조용히
베개에서 얼굴을 뗴었다. 팔짱을 끼면서 꼭 죽어야 하는 건가
라고 생각했다.

잠시 후, 여자가 또 이렇게 말했다.

"죽으면, 묻어주세요. 커다란 진주조개로 구멍을 파서. 그리고
하늘에서 떨어지는 별 조각을 묘비로 세워주세요. 그런 다음
무덤 옆에서 기다려주세요. 다시 만나러 올 테니까."

나는 언제 만나러 오는 거냐고 물었다.

"해가 뜰 거잖아요. 그러고 나서 해가 지겠죠. 또 떠오를 테죠.
그리고 다시 가라앉겠죠……. 붉은 해가 동에서 서로, 동에서
서로 떨어져 가는 동안에……. 당신, 기다려 줄 수 있나요?"

나는 말없이 고개를 끄덕였다. 여자는 조용하던 목소리를 높이
며 단호한 목소리로 말했다.

"백 년만 기다려주세요."

"백 년만, 내 무덤 옆에 앉아서 기다려 주세요. 꼭 만나러 올 거니까."

나는 그저 기다리고 있겠다고 대답했다. 그러자 검은 눈동자 안에 또렷하게 비치던 내 모습이 흐릿하게 흐트러졌다. 잔잔한 수면이 흔들려 물 위에 비친 그림자를 흐트러뜨리듯 밀어내는가 싶더니 여자가 맑은 눈을 굳게 닫았다. 기다란 속눈썹 사이로 눈물이 흘러 뺨에 맺혔다……. 이미 죽은 것이다.

나는 뜰로 내려가 진주조개로 땅을 팠다. 진주조개는 커다랗고 매끄러우며 가장자리가 예리한 조개였다. 흙을 퍼올릴 때마다 조개껍질 위에 달빛이 부서지며 반짝였다. 젖은 흙냄새도 났다. 구멍은 금방 파낼 수 있었다. 여자를 그 안에 눕혔다. 그리고 부드러운 흙을 조심스럽게 뿌렸다. 흙을 뿌릴 때마다 진주조개 뒤에 달빛이 반짝였다.

그다음 별 조각 떨어진 것을 주워다가 묘지 위에 살짝 얹었다. 별 조각은 둥글었다. 오랫동안 넓은 하늘에서 떨어지는 동안에 모서리가 닳아 매끄러워진 거라고 생각했다. 안아 올려 흙 위에 세우는 사이, 내 가슴과 손이 조금 따뜻해졌다.

나는 이끼 위에 앉았다. 이제부터 백년 동안 이렇게 앉아있는 거야. 팔짱을 끼고 둥근 묘비를 바라보았다. 그러는 사이 여자가 말한 대로 동쪽에 해가 떴다. 커다랗고 빨간 해였다. 그것이 또 여자가 말한 대로, 이윽고 서쪽으로 기울었다. 빨간색 그대로 툭 떨어졌다. 나는 하나, 하고 헤아렸다.

얼마 후에 붉은 태양이 천천히 떠올랐다. 그리하여 조용히 산 너머로 잠겨 들어갔다. 두울, 하고 다시 헤아렸다.

이런 식으로 하나둘 헤아리는 동안, 빨간 해를 얼마나 많이 보았는지 모른다. 헤아려도, 헤아려도 다 헤아릴 수 없을 만큼 붉은 해가 머리 위를 지나갔다. 그래도 백 년은 아직 오지 않았다. 이윽고 이끼로 덮인 둥근돌을 바라보며, 나는 여자에게 속은 것인지도 모른다고 생각했다.

그러자 돌 아래서 내 쪽으로 비스듬히 푸른 줄기가 뻗어 나왔다. 눈앞에서 자라더니 딱 내 가슴께까지 와서 멈추었다. 멈추었나 싶더니 부드럽게 휘청거리는 줄기 끝에서 약간 고개를 숙이고 있던 가냘픈 꽃봉오리 하나가, 소담스럽게 꽃잎을 열었다. 새하얀 백합이 코끝에서 뼛속까지 스며들 것처럼 진한 향기를 뿜어냈다. 저 먼 하늘로부터 이슬이 툭, 꽃잎 위에 떨어지자, 꽃은 자신의 무게를 이기지 못하고 휘청거렸다. 내가 백합으로부터 물러나며 무심결에 먼 하늘을 보는데, 새벽별이 홀로 떠 있었다.

"벌써 백 년이 지난 거구나."

그때서야 비로소 깨달았다.

두 번째 꿈

이런 꿈을 꾸었다.

주지승의 방을 나와서 복도를 따라 내 방으로 돌아와 보니 희미하게 등불이 켜져 있다. 한쪽 무릎을 방석 위에 대고 심지를 돋우자 꽃 같은 등잔불이 툭 하고 붉은 칠을 한 받침대 위에 떨어졌다.

장지문에 있는 건 부손[11]의 그림이다. 검은 버드나무를 진하고 흐리게, 멀고 가깝게 그려서 추운 듯이 보이는 어부가 삿갓을 비스듬히 쓰고서 제방 위를 지난다. 도코노마[12]에는 바다를 배경으로 문수보살이 그려진 족자가 걸려 있다. 어두운 구석에는 아직도 타다 남은 선향 냄새가 난다. 넓은 절이라 고요하고 한적하다. 검은 천장에 달아 둔 등불의 둥근 그림자가 고개를 드

---

11 요사 부손(与謝蕪村: 1716 1784). 에도시내 하이쿠의 거장이며 저명한 화가다.
12 일본 전통가옥 다다미방 벽 한쪽에 마련된 공간을 의미한다. 방바닥보다 높은 바닥에는 화분이나 인형을 놓고, 벽에는 그림이나 붓글씨를 걸어 놓는다.

는 순간 마치 살아있는 듯했다.

무릎을 세운 채, 왼손으로 방석을 젖히고 오른손을 밑으로 넣어보니 있어야 할 곳에 얌전히 있다. 있기만 한다면야 안심이니까 방석을 원래대로 고치고 그 위에 털썩 앉았다.

너는 사무라이다. 사무라이라면 깨닫지 못할 리 없지. 주지승이 말했다. 그렇게 언제까지고 깨달음을 얻지 못하는 걸 보니 너는 사무라이가 아닌 게야. 인간쓰레기로구나. 하하, 화났냐? 하고 웃었다. 억울하면 깨달음을 얻었다는 증거를 가져오너라. 그렇게 말하더니 휙 하고 등을 돌렸다. 괘씸하다.

넓은 옆방의 도코노마에 놓인 탁상시계가 다음 시각을 알릴 때까지 반드시 깨달음을 보여줄 테다. 깨닫는 데 그치지 않고 오늘밤에 다시 입실하겠다. 그래서 주지승의 모가지와 나의 깨달음을 맞바꿔 줄 테다. 깨달음을 얻지 못하면, 주지승의 목숨을 취할 수가 없다. 아무래도 깨달음을 얻어야겠다. 나는 사무라이다.

이렇게 생각했을 때, 내 손은 나도 모르게 또다시 방석 밑으로 들어갔다. 그리하여 붉은 칼집에 꽂힌 단도를 꺼냈다. 칼자루를 꽉 쥐고 붉은 칼집을 저쪽으로 집어던지자, 어두운 방 차가운 칼날이 날카롭게 빛났다. 무시무시한 어떤 것이 손에서 술술 빠져나가는 기분이 든다. 그 빠져나간 것들이 모두 손끝으로 모여 하나의 살기로 집결되고 있다. 나는 이 예리한 칼이 원통하게도 바늘귀처럼 작아지더니 비수 끝에서 어쩔 수 없이 뾰족해져 있는 것을 보고는 당장에 푹 찌르고 싶은 충동을 느꼈다. 온몸의 피가 오른쪽 손목으로 흘러들어 가서 쥐고 있던 칼자루가 끈적끈적하다. 입술이 떨렸다.

단도를 칼집에 넣어 오른쪽 옆구리에 끼고 가부좌를 틀었다. 조주[13] 가라사대 '무'라 하였다. 무란 무엇인가? 땡중 새끼, 하면서 이를 악물었다.

어금니를 세게 물었더니 코에서 뜨거운 김이 거칠게 새어 나온다. 관자놀이가 당기며 아프다. 눈을 보통 때보다 두 배나 크게 떴다.

벽걸이가 보인다. 등불이 보인다. 다다미가 보인다. 주지승의 주전자 같은 대머리가 얼핏얼핏 보인다. 악어 같은 입을 벌리며 조롱하듯 웃던 목소리까지 들린다. 괘씸한 중놈이다. 어떻게든 그 주전자 대가리를 잘라버려야겠다. 깨달음을 얻고야 말겠어.

---

13 趙州 778~897. 중국 후당시대의 유명한 선승.

무다, 무다 하고 입속에서 빌었다. 무라고 중얼거리는데 예의 선향 냄새가 났다. 뭐냐 넌, 선향 주제에.

나는 갑자기 주먹을 불끈 쥐어 악 소리가 나도록 내 머리를 쳤다. 그리고 어금니를 악물었다. 양쪽 겨드랑이에 진땀이 난다. 등줄기가 막대기처럼 느껴졌다. 무릎관절이 갑자기 아파왔다. 무릎이 부러진들 어떠랴 생각했다. 하지만 아프다. 괴롭다. 무는 좀처럼 나타나지 않는다. 나오나 싶으면 그 순간 머리가 아파진다. 화가 난다. 원통스럽다. 너무 열 받는다. 눈물이 뚝뚝 떨어진다. 단숨에 몸을 거대한 돌덩이에 던져 뼈고 살이고 모두 가루가 되어버렸으면 좋겠다.

그렇지만 꾹 참고 앉았다. 참기 어려울 만큼 절박한 것을 가슴에 담은 채로 견뎠다. 그 절박함이 몸속 근육을 들어올리며 모공 밖으로 빠져나오려 안달이었지만 그 어디나 완전히 막혀 있어 정말 출구가 없는 듯 잔혹하기 짝이 없는 상태였다.

그러는 동안 머리가 이상해졌다. 등불도 부손의 그림도 다다미도 선반도, 있지만 없는 듯 없지만 있는 듯 보였다. 그렇다고 해서 무가 내 앞에 나타난 것은 아니다. 그저 적당히 앉아 있었던 것 같다. 홀연히 옆방 시계가 땡 하고 울리기 시작했다.

번쩍 생각이 났다. 재빨리 오른손을 단도에 댔다. 시계가 다시 두 번째 종을 울렸다.

세 번째 꿈

이런 꿈을 꾸었다.

여섯 살 난 어린애를 업고 있었다. 분명 내 자식이다. 다만 이상한 건 어느 틈엔가 눈먼 까까머리가 되어 있다. 넌 언제 눈이 멀었느냐고 묻자, 무슨 소리, 옛날부터였잖아, 하고 대답했다. 목소리는 어린아이 목소리임에 틀림없는데 말투는 완전히 어른 같았다. 게다가 어른과 맞먹는 말투다.

양옆으로 벼가 푸른 논이다. 길은 좁다. 왜가리 그림자가 때때로 어둠을 가른다.

"논 쪽으로 날아들었네." 등 뒤에서 말했다.

"어떻게 알아?" 얼굴을 뒤로 돌리며 묻자,

"그냥, 백로가 울잖아." 하고 대답했다.

그러자 과연 백로가 두 번 정도 울었다.
내 자식이지만 조금 무서워졌다. 이런 녀석을 업고 있으면 앞으로 무슨 일이 생길지 모른다. 어딘가 팽개칠 곳은 없을까. 맞은편을 보니 어둠 속으로 커다란 숲이 보였다. 저기라면 괜찮겠다 생각한 순간, 등에서

"흐흥" 하는 소리가 났다.

"뭘 보고 웃는 거냐?"

아이는 대답을 하지 않았다. 그저
"아빠, 무거운가?" 하고 물었다.

"무겁지는 않아." 라고 대답하자,

"금세 무거워질 거야."

나는 조용히 숲을 이정표 삼아 걸었다. 밭으로 난 길이 불규칙하게 구불구불해서 좀처럼 마음같이 나아갈 수가 없다. 좀 지나자 갈림길이 나왔다. 나는 길이 갈라지는 곳에 서서 조금 쉬었다.

"돌이 서 있을 터인데." 꼬맹이가 말했다.
정말 여덟 치 되는 돌이 허리 높이로 서 있었다. 표면엔, 왼쪽

히게쿠보, 오른쪽 홋타하라, 라고 쓰여 있다. 어둠 속이었지만 붉은 글씨가 선명하게 보였다. 붉은 글씨는 도마뱀의 배를 닮은 색이었다.

"왼쪽이 좋겠지?" 꼬맹이가 명령했다. 왼쪽을 보니 아까 보았던 숲이 하늘 높이에서 우리들 머리 위로 어두운 그림자를 던지고 있었다. 나는 조금 망설였다.

"망설일 것 없어."
꼬맹이가 또 말했다. 나는 어쩔 수 없이 숲으로 걸음을 옮겼다. 속으로는 장님 주제에 잘도 뭐든지 알고 있군 생각하면서 외길이 숲에 가까워 오자, 등에서 말했다.

"장님은 아무래도 불편해서 안 돼."

"그러니까 업어주는 거잖아."

"업어 달래서 미안하지만 아무래도 사람들이 바보 취급해서 안 되겠다는 거지. 부모까지 그러니 말이야."

뭔가 기분이 나빠졌다. 빨리 숲으로 가서 버려버리자 생각하며 서둘러 걸었다.

"좀 더 가면 알게 될 거야. —딱 이런 밤이었지." 등에서 혼잣말을 하듯이 말했다.

"뭐가?" 절박한 목소리로 물었다.

"뭐가 라니, 알고 있잖아?"

아이는 조롱하듯이 대답했다. 그러자 정말 알고 있는 듯한 기분이 들었다. 하지만 완전히는 알 수 없었다. 그저 이런 밤이었으려니 싶었다. 그리고 조금 더 가면 알 것 같았다. 알면 큰일이니까 모르는 사이에 빨리 버려버리고 안심하고 싶었다. 나는 점점 더 발걸음을 재촉했다.

아까부터 비가 내리고 있었다. 길은 점점 어두워진다. 거의 꿈속이다. 그저 등에 업은 꼬맹이가 찰싹 달라붙어 그 꼬맹이의 과거, 현재, 미래를 모두 비추면서 약간의 사실도 빠트리지 않는 거울처럼 빛나고 있었다. 심지어 그것이 내 자신의 자식이다. 그리고 장님이다. 나는 견딜 수가 없어졌다.
"여기야, 여기. 바로 그 삼나무 뿌리가 있는 곳이지."

빗속에서 꼬맹이의 목소리가 분명하게 들렸다. 나는 나도 모르게 걸음을 멈추었다. 어느 사이엔가 숲속으로 기어들어가고 있었다. 불과 여섯 자 앞에 있는 검은 것은 확실히 꼬맹이가 말한 대로 삼나무였다.

"아빠, 그 삼나무 뿌리쯤이었지?"

"응, 그렇지."
나는 나도 모르게 대답해버렸다.

"문화 5년[14] 용의 해였지."

정말 문화 5년이었던 것처럼 생각되었다.

"네가 나를 죽인 건 지금으로부터 딱 백 년 전이었지."

이 말을 듣자마자, 지금으로부터 백 년 전 이렇게 어두운 밤, 이 삼나무 밑에서 맹인 한 사람을 죽인 기억이 돌연히 내 머릿속에 되살아났다. 내가 살인자였다는 사실을 비로소 깨달은 순간, 등 뒤의 아이가 돌부처럼 무거워졌다.

---

14 양력으로 1808년이다.

네 번째 꿈

넓은 마당 한가운데 평상 같은 것이 있고, 그 주변에 작은 의자가 늘어서 있다. 평상은 검은빛으로 빛난다. 한구석에는 네모난 상을 앞에 두고 노인이 혼자서 술을 마신다. 안주는 조림요리 같다.

노인은 술에 얼큰하여 제법 얼굴이 붉다. 게다가 얼굴은 반짝반짝해서 주름이라고는 찾아볼 수가 없다. 그저 흰 머리카락을 제멋대로 자라게 두었으니 노인이라는 걸 알 수 있을 뿐이다. 나는 아이였고 이 노인의 나이는 얼마나 되었을까 생각했다. 마침 뒤뜰 물통에서 바가지로 물을 떠 온 안주인이 앞치마에 손을 닦으면서 물었다.

"노인장은 몇이나 먹었수?"

노인은 볼이 미어지도록 조림요리를 집어삼키며

"몇인지 잊어버렸네."

하고 만다. 안주인은 물기를 닦은 손을 폭 좁은 허리띠 사이에 집어넣고 옆에서 노인의 얼굴을 보며 서 있었다. 노인은 사발 같은 커다란 그릇으로 술을 벌컥 마시더니, 후우 하고 하얀 수염 사이로 긴 숨을 내쉬었다. 그러자 안주인이 물었다.

"노인장 댁은 어디신가?"

노인은 긴 숨을 쉬다 말고 답했다.

"배꼽 속인데?"

안주인은 손을 허리띠 사이에 찔러 넣은 채 물었다.

"어디 갈 거요?"

그러자 노인이 다시 사발 같은 큰 그릇으로 따끈한 술을 꿀꺽 삼키더니 아까처럼 긴 숨을 후우, 쉬었다.

"저쪽으로 가네."

"똑바로 말이오?"
하고 안주인이 말했을 때, 후우 하고 쉬던 숨이 장지문을 통과하여 버드나무 아래를 빠져나가 강가 모래밭 저편으로 나아갔다.

노인이 밖으로 나갔다. 나도 뒤따라 나갔다. 노인의 허리에 작은 표주박이 달려 있다. 어깨에서부터 네모난 상자를 옆구리 쪽으로 늘어뜨리고 있다. 연노랑 바지를 입고 연노랑 소데나시를 입고 있다. 버선만 황색이다. 어쩐지 가죽으로 만든 버선처럼 보였다.

노인이 똑바로 버드나무 아래까지 왔다. 버드나무 아래에 아이가 서너 명 있었다. 노인은 웃으면서 허리에서 연노랑 손수건을 꺼냈다. 그것을 종이 노끈처럼 꼬았다. 그리고 땅바닥 한가운데 놓았다. 그다음엔 손수건 주변에 커다란 동그라미를 그렸다. 마지막으로 어깨에 걸친 상자 속에서 놋쇠로 만든 엿장수 피리를 꺼냈다.

"이제 그 손수건이 뱀이 될 거니까 보거라. 보거라." 하고 되풀이해서 말했다.

아이들은 열심히 손수건을 보았다. 나도 보았다.

"보기라, 보기라, 됐을까?"

노인은 피리를 불고 동그라미 위를 빙글빙글 돌기 시작했다. 나는 손수건만 보고 있었다. 하지만 손수건은 전혀 움직이지 않았다.

노인은 피리를 삐이삐이 불었다. 그리고 동그라미 위를 몇 번이나 돌았다. 짚신으로 발돋움하듯이, 살금살금 몰래 걷듯이, 손수건을 향해 체면을 차리듯이 돌았다. 두려워하는 것 같기도 했다. 재미있어 보이기도 했다.

이윽고 노인은 피리를 딱 멈췄다. 그리고 어깨에 걸친 상자를 열고 손수건의 목을 휙 잡아채서 쏙 집어넣었다.

"이렇게 두면, 상자 속에서 뱀이 된단다. 좀 이따가 보여 주마. 좀 이따가 보여 주마." 하고 말하면서 노인이 똑바로 걷기 시작했다. 버드나무 아래를 빠져나가, 가느다란 길을 똑바로 내려갔다. 나는 뱀이 보고 싶어서 가느다란 길을 어디까지고 쫓아갔다. 노인은 가끔 '곧 된다'고도 했다가 '뱀이 된다'고도 했다가 하면서 걸어간다. 마지막에는

"곧 된다, 뱀이 된다."
"꼭 된다, 피리가 운다."

그렇게 노래하면서 이윽고 물가로 나왔다. 다리도 배도 없으므로 여기에서 쉬며 상자 속 뱀을 보여주리라고 생각하고 있자니,

노인네는 첨벙첨벙 물속으로 들어가기 시작했다. 처음에는 무릎 정도의 깊이였지만 점점 허리, 가슴까지 물이 차올라 보이지 않게 되었다. 그래도 노인은

"깊어진다, 밤이 된다."

"쭉 펴진다."

노래를 하면서 어디까지고 똑바로 걸어나갔다. 그리하여 수염도 얼굴도 머리도 두건도 완전히 보이지 않게 돼버렸다.

나는 노인이 강 저쪽 물가로 올라가면 뱀을 보여줄 거라 믿고 갈대가 우는 곳에 서서, 언제까지고 혼자서 기다렸다. 하지만 노인은 끝내 올라오지 않았다.

다섯 번째 꿈

이런 꿈을 꾸었다.

모든 게 정말이지 오래된 일이며 호랑이 담배 먹던 시절의 일이었던 것 같은데, 나는 군대를 이끌고 전쟁터에 나갔다가 운 나쁘게도 패배했고 생포당하여 적장 앞에 끌려갔다.

그 무렵 사람들은 모두 키가 컸다. 모두들 길게 머리를 길렀다. 가죽 끈을 동여서 거기에 칼을 찼다. 활은 두터운 등나무 덩굴을 그대로 쓴 것처럼 보였다. 옻칠도 안 했을 뿐 아니라 다듬지도 않았다. 아주 소박한 것이었다.

적장은 활의 중앙부를 오른손에 쥐고 그 활을 풀밭 위에 세워 술독을 엎어 놓은 것처럼 생긴 물건 위에 앉아 있었다. 그 얼굴을 보니 코 위로 양쪽 눈썹이 두껍게 이어져 있다. 그 무렵엔 면도칼 같은 건 물론 없었다.

나는 포로이므로 걸터앉을 수는 없다. 풀밭 위에 가부좌를 틀고 앉았다. 발에는 커다란 짚신을 신고 있었다. 이 시대의 짚신은 속이 깊었다. 일어서면 무릎까지 올라오는 것이었다. 그 끝부분은 짚대기를 조금 남기고 술처럼 늘어뜨려서 걸을 때는 찰랑찰랑 움직이도록 장식되어 있었다.

대장은 화톳불에 비친 내 얼굴을 보고 죽고 싶은지 살고 싶은지 물었다. 모든 포로에게 일단 그렇게 묻는 것이 그 무렵의 관습이었다. 산다고 말하면 항복한다는 뜻이고 죽겠다고 말하면 굴복하지 않겠다는 뜻이 된다. 나는 죽겠노라고 한마디로 대답했다. 대장은 풀 위에 꽂아 세웠던 활을 저편으로 내던지고 허리에 찼던 막대기 같은 칼을 쑥 뽑아 들었다. 옆쪽에서 불어온 바람을 타고 화톳불의 불똥이 세차게 칼에 부딪히며 흩날렸다. 나는 오른손을 단풍잎처럼 펴고 손바닥을 대장 쪽을 향해 높이 들어올렸다. 기다리라는 신호다. 대장은 두꺼운 검을 칼집에 척 꽂았다.

그 무렵에도 사랑은 있었다. 나는 죽기 전에 사모하는 여인을 한 번만 만나고 싶다고 말했다. 대장은 닭이 울 때까지 기다려주겠다고 했다. 닭이 울 때까지 여인을 여기로 불러야 한다. 닭이 울어도 여자가 오지 않으면 나는 그녀를 만나지 못한 채 죽을 것이다.

대장은 걸터앉은 채로 화톳불을 바라본다. 나는 커다란 짚신을 가지런히 둔 채 풀밭 위에서 여자를 기다린다. 밤은 점점 깊어간다.

때때로 화톳불에서 장작 무너지는 소리가 난다. 장작이 무너질 때마다 당황하기라도 한 듯 불기둥이 대장 앞으로 뻗친다. 새까만 눈썹 아래로 대장의 눈이 반짝반짝 빛난다. 누군가 찾아와서 새로운 가지를 불속에 많이 집어던지고 간다. 시간이 좀 지나자 불이 톡톡 소리를 낸다. 어둠을 튕겨낼 듯한 믿음직한 소리였다.

이때 여자는 졸참나무에 묶여 있는 하얀 말을 끌고 나왔다. 갈기를 세 번 쓰다듬고서 높은 등에 휙 올라탔다. 안장도 없고 등자도 없는 맨몸의 말이었다. 길고 흰 다리로 배를 차자 말은 쏜살같이 달리기 시작했다. 누군가가 장작을 채웠으므로 먼 하늘이 어스름히 밝게 보인다. 말은 이 밝은 것을 등불 삼아 어둠 속을 달린다. 코에서는 불기둥 같은 숨을 두 줄기로 뿜어내며 달려온다. 그런데도 여자는 가냘픈 발목으로 쉴 틈 없이 말을 재촉했다. 말은 말발굽 소리가 밤하늘에 닿도록 빨리 달려온다. 여자의 머리칼은 바람에 흐르듯 어둠 속에 여운을 남기고 있었다. 그런데도 아직 화톳불이 있는 곳에 닿지 못한다.

그러자 칠흑같이 어두운 길가에서 순식간에 꼬끼오 하고 닭이 울었다. 여자는 몸을 하늘 쪽으로 세우고 양손에 쥔 고삐를 힘차게 감아쥐었다. 말은 앞발의 발굽을 단단한 바위 위로 쏜살처럼 박으며 날아올랐다.

또 한 번 꼬끼오 하고 닭이 울었다.

여자는 아차 하며 쥐었던 재갈을 순간 놓았다. 말은 무릎을 접는다. 사람과 함께 앞으로 앞으로 고꾸라졌다. 바위 아래는 깊은 못이었다.

말발굽 자국은 아직도 바위 위에 남아 있다. 닭 우는 흉내를 낸 것은 악녀[15]였다. 이 말발굽 자국이 바위에 새겨져 있는 한, 악녀는 나의 원수다.

---

15 아메노사구메(天探女). 고사기 일본신화에 등장하는 하급 여신. 울음소리가 불길하다며 자기가 모시던 신 아메노와키히코를 꾀어 하늘 신의 전령으로 온 꿩을 화살로 쏴서 죽이게 했다. 그 화살로 인해 아메노와키히코가 죽는다. 악귀이자 악녀의 상징으로 후세에 전해졌다.

여섯 번째 꿈

승려 운케이[16]가 호국사 산문에서 인왕仁王을 조각하고 있다는 소문을 듣고 산책길에 가봤더니 나보다 앞서 모인 사람들이 열심히 하마평을 하고 있었다.

산문 앞에서 대여섯 길 떨어진 곳에 커다란 적송이 있었고 그 줄기가 비스듬히 산문 기와를 덮고 저 멀리 푸른 하늘까지 뻗어 있다. 소나무의 푸른빛과 붉은 칠을 한 절 문이 서로 어울려 멋지게 보인다. 게다가 소나무 위치가 좋다. 문 왼쪽 끝이 눈에 거슬리지 않도록 비스듬히 자르며 위로 올라갈수록 폭이 넓어져서 지붕까지 솟아오른 것이 어쩐지 고풍스럽다. 가마쿠라 시대인 것도 같다.

그런데 모여 있는 사람들은 모두 나와 마찬가지로 메이지시대 사람들이다. 그중에서도 인력거꾼이 가장 많다. 손님을 기다리다가 따분해서들 서 있는 게 틀림없다.

---

16 雲慶. ?~1224. 일본 헤이안시대 말기 가마쿠라시대 초기에 활동한 승려. 도다이지의 대일여래좌상을 포함한 일본 역사에 남는 불상을 제작한 장인이기도 하다.

"커다란 나무네."

"사람 치장하는 것보다 더 힘들겠다."

그렇구나 싶은 참에,

"오오, 인왕이네. 요즘도 인왕을 조각하는구나. 오, 그런가 보네. 나는 또 인왕은 모두 오래된 거라고만 생각했어." 라고 말하는 사내가 있었다.

"진짜 강해 보이네. 뭐라 해야 하나. 옛날부터 누가 세다고 해도 인왕만큼 센 사람은 없다고 하잖아요. 잘은 몰라도 야마토 다케루노미코토[17]보다도 세다고 하니까 말이야." 하고 말을 건넨 사람도 있다.

이 사내는 옷자락을 걷어올려 허리춤에 끼워 넣고 모자를 쓰지 않은 채였다. 대단히 교양 없는 사내로 보인다.

---

17 日本武尊. 일본의 야마토 왕조의 왕자. 일본서기에 기록되어 있으며, 일본고대사의 전설적인 영웅이다. 12대 게이코 천황의 아들이자 14대 주아이 천황의 아버지.

운케이는 구경꾼들의 입방아는 아랑곳없이 끌과 망치를 움직이고 있다. 한눈 한 번 팔지 않는다. 높은 곳에 올라 인왕의 얼굴을 부지런히 새겨넣는다.

운케이는 머리에 작은 망건 같은 것을 썼고 무사의 옷인지 뭔지 알 수 없는 커다란 소매로 뒷짐을 지고 있었다. 그 모습이 너무나도 고리타분하다. 시끌벅적 떠드는 구경꾼들과는 도저히 균형이 맞지 않는다. 나는 어째서 운케이가 지금까지 살아 있는 걸까 생각했다. 정말 이상한 일도 다 있구나 생각하면서 나도 함께 서서 바라보았다.

그러나 운케이는 이상하다고도 신기하다고도 전혀 느낄 수 없는 모습으로 열심히 조각을 한다. 고개를 들며 이 태도를 지켜보던 한 남자가 내 쪽을 돌아보며 칭찬을 시작했다.

"역시 운케이네. 우리는 안중에도 없네. 천하의 영웅은 그저 인왕과 나뿐이라는 태도잖아."

나는 이 말이 재미있다고 생각했다. 그래서 살짝 젊은 남자 쪽을 보자, 젊은 남자는 때를 놓치지 않고,

"저 끌과 망치 쓰는 방법을 보라고. 신의 경지에 이르렀어."

운케이는 이제 두꺼운 눈썹을 한 치 높이 위로 파 올리며 끌날을 세울락 말락 비스듬하게 두고 망치를 내리쳤다. 단단한 나무를 한 점씩 파내면서 두툼한 나무 조각이 망치소리에 맞추어 튀나보다 했더니, 작은 콧구멍을 활짝 벌린 화난 표정의 코 옆면이 금방 나타났다. 그 칼 쓰는 솜씨가 너무나도 거침없었다. 그리하여 약간의 의심도 품지 않은 듯이 보였다.

"저렇게 간단히 끌을 쓰면서 잘도 생각대로 눈썹이나 코를 만들어내는구나."

나는 너무나 감탄한 나머지 혼잣말하듯이 중얼거렸다. 그러자 아까 그 남자가 말했다.

"뭐라고? 저건 끌이나 망치를 가지고 눈썹이나 코를 만드는 게 아니지. 저 모양 그대로 눈썹이나 코가 나무속에 묻혀 있는 거라서 결코 틀릴 수가 없는 거지."

나는 이때 처음으로 조각이란 그런 것이라고 생각했다. 정말 그렇다면 누구라도 할 수 있는 일이라고 생각했다. 그래서 급히 나도 인왕을 조각하고 싶어져서 구경을 그만두고 집으로 돌아갔다.

도구상자에서 끌과 쇠망치를 꺼내 뒤뜰로 나가니, 일전에 폭풍으로 쓰러진 떡갈나무가 장작을 패려고 톱질해둔 채로 가득 쌓여 있었다.

나는 가장 커다란 것을 골라 힘차게 쪼기 시작했지만, 불행하게도 인왕은 나오지 않았다. 그다음에도 운이 나빠서 나오지 않았다. 세 번째에도 인왕은 없었다. 나는 쌓여있는 장작을 모조리 파냈지만 어느 것도 인왕을 감추고 있는 것은 없었다. 결국 메이지의 나무에는 절대 인왕이 깃들어 있지 않음을 깨달았다. 그래서 운케이가 지금까지 살아 있는 이유를 대략 알듯하였다.

일곱 번째 꿈

어쨌든 커다란 배에 타고 있다.

이 배가 몇 날 며칠 잠시도 쉴 틈 없이 검은 연기를 뿜어내며 파도를 가르며 나아간다. 엄청난 소리다. 그렇지만 어디로 가는지 알지 못한다. 그저 파도 아래로부터 벌겋게 달아오른 부젓가락처럼 태양이 솟는다. 해는 돛의 높은 꼭대기까지 올라와 걸려있더니 어느새 커다란 배를 지나 저 앞으로 가버린다. 그리하여 결국에는 벌건 부젓가락처럼 치익 소리를 내더니 또 파도 밑으로 가라앉는다. 그때마다 파란 물결이 먼 수평선에서 주황색으로 끓어오른다. 그러자 배는 엄청난 소리를 내며 그 뒤를 따라간다. 하지만 결코 따라잡을 수 없다.

어느 순간 나는 뱃사람을 붙잡고 물어보았다.

"이 배는 서쪽으로 가는 겁니까?"

뱃사람은 수상쩍다는 표정을 하고 잠시 나를 보더니 이윽고 "왜요?" 하고 되물었다.

"저무는 해를 쫓는 거 같으니까요."

뱃사람은 껄껄 웃었다. 그리고 건너편으로 가버렸다.

"서쪽으로 가는 해, 도착지는 동쪽일까? 그것은 진짜인가? 동쪽으로 뜨는 해, 고향은 서쪽일까? 그것은 진짜일까? 몸은 파도 위. 배 위의 나그네. 배를 띄워, 띄워라."

하고 장단을 맞춘다. 뱃머리로 나가보니 어부가 많이 모여 있었고 두꺼운 마룻줄을 당기고 있었다.

나는 매우 의기소침해졌다. 언제 뭍으로 올라갈지 알 수 없다. 그리고 어디로 가는지도 모른다. 단지 검은 연기를 토해내며 파도를 가르고 나아간다는 것만이 분명하다. 바다는 아주 넓었다. 한없이 푸르다. 때로는 보랏빛이 되었다. 다만 배가 움직이는 주변에만 새하얗게 물거품이 일고 있었다. 나는 몹시 의기소침했다. 이런 배에 있으니 차라리 몸을 던져 죽어버릴까 생각했다.

같은 배를 탄 사람은 많았다. 대개는 이방인 같았다. 하지만 얼굴 생김새는 제각각이었다. 하늘이 흐리고 배가 흔들릴 때, 한 여자가 난간에 기대어 엉엉 울고 있었다. 눈을 닦는 손수건 색이 하얗다. 몸에는 사라사 같은 서양식 옷을 걸치고 있었다. 이 여자를 보고 슬픈 것은 나뿐이 아니구나, 깨달았다.

어느 날 밤 갑판 위로 나가 혼자서 별을 보고 있노라니 이방인 한 사람이 다가와 천문학을 아냐고 물었다. 나는 삶이 시시해서 죽을 지경이다. 천문학 따위를 알 필요가 없다. 침묵했다. 그러자 그 이방인이 황소자리 꼭대기에 있는 북두칠성 이야기를 들려주었다. 그리하여 별도 바다도 모두 신이 만든 것이라고 말했다. 마지막으로 내게 신을 믿느냐고 물었다. 나는 하늘을 보며 침묵했다.

한번은 살롱에 들어갔더니 화려한 의상을 입은 젊은 여자가 대합조개 같은 모양으로 피아노를 치고 있었다. 그 옆에는 키 크고 멋진 남자가 서서 노래를 부른다. 그 입이 아주 크게 보였다. 하지만 두 사람은 두 사람 이외의 일에는 전혀 괘념치 않는 모양이었다.

나는 점점 더 삶이 지루해졌다. 드디어 죽기로 결심했다. 그러던 어느 날 밤, 주변에 사람이 없을 때 큰맘 먹고 바닷속으로 뛰어들었다. 그런데 내 발이 갑판을 떠나 배와 연이 끊어진 그 찰나에 갑자기 목숨이 아까워졌다. 마음속 저 깊은 곳으로부터 배를 잡고 싶다고 생각했다. 그러나 이미 때는 늦었다. 나는 좋든 싫든 바닷속으로 들어가야 한다. 다만 매우 높게 만들어진 배라서 내 몸은 배를 떠났지만 발은 쉽게 물에 닿지 않는다. 그러나 붙잡을 것이 없으니 점점 물에 가까워진다. 아무리 발을 오므려도 가까워진다. 물 표면은 검은빛이었다.

그사이 배는 예의 검은 연기를 뿜으며 지나가버렸다. 나는 어디로 가는지 알 수 없는 배라도 역시 타고 있는 편이 나았다는 걸 비로소 깨달았지만, 그 각오를 살릴 일도 없이 무한한 후회와 공포를 안고 검은 파도를 향해 조용히 떨어져 갔다.

여덟 번째 꿈

이발소 문턱을 넘으려는데 하얀 옷을 입고 굳은 듯 서 있던 서너 명이, 일제히 "어서 오십시오!" 하고 말했다.

한가운데 서서 둘러보니, 사각형의 방이다. 창이 두 방향으로 나 있고 남은 두 벽에는 거울이 걸려 있다. 거울 수를 세어보니 여섯 개였다.

나는 그중 하나 앞에 앉았다. 그러자 엉덩이가 푹 가라앉았다. 아주 기분 좋은 의자다. 거울에는 내 얼굴이 근사하게 비쳤다. 얼굴 뒤에는 창이 보였다. 그리고 계산대의 낮은 칸막이 격자가 비스듬하게 보였다. 격자 안에 사람은 없었다. 창밖을 지나는 사람의 허리 위쪽이 잘 보였다. 쇼타로가 여자를 데리고 지나간다. 쇼타로는 어느새 파나마모자를 사 쓰고 있다. 여자까지 어느새 조달했지? 좀 이해가 안 된다. 양쪽 다 우쭐거리는 모양새였다. 여자 얼굴을 자세히 보려고 하는 사이 지나가버렸다.

두부장수가 나팔을 불며 지나갔다. 나팔을 입에 대고 있으니 볼이 벌에 쏘인 것처럼 부풀어 올랐다. 볼이 팽팽하게 부푼 채로 지나갔기 때문에 궁금해서 견딜 수가 없다. 평생 벌에 쏘여

온 듯하다.

게이샤가 나왔다. 아직 화장을 하지 않았다. 올림머리의 뿌리가 느슨해져서 어딘지 머리가 단정하지 않다. 잠도 덜 깬 얼굴이다. 안쓰러울 정도로 윤기가 없다. 인사를 하며 "안녕하십니까? 아무개입니다." 하고 말했지만 아무리 보려 해도 상대방은 거울 속에 나오지 않는다.

그러자 흰옷을 입은 큰 남자가 내 뒤로 와서 가위와 빗을 잡고 내 머리를 쳐다보기 시작했다. 나는 성긴 수염을 만지며, 어떤 모양이 될지 물었다. 하얀 남자는 아무 말도 없이 손에 쥔 호박색 머리빗으로 가볍게 머리를 두들겼다.

"글쎄, 머리도 그렇고, 어떨 거 같나? 모양이 나오겠나?"

하얀 남자에게 물었다. 하얀 남자는 역시 아무 대답도 없이 사각사각하며 가위를 놀리기 시작했다.

거울에 비친 풍경을 무엇 하나 남김없이 볼 생각으로 눈을 크게 떴지만 가위가 울릴 때마다 검은 털이 날아왔기 때문에 겁이 나서 결국은 눈을 감았다. 그러자 하얀 남자가 이렇게 말했다.

"손님께서는 밖에 있는 금붕어 장수를 보셨습니까?"

나는 보지 못하였다고 답했다. 하얀 남자는 그대로 아무 말 없이 부지런히 가위질을 했다. 그때 갑자기 커다란 소리로 '위험해' 하고 외치는 사람이 있다. 번쩍 눈을 뜨니 하얀 남자의 소매 아래로 자전거 바퀴가 보였다. 인력거의 끌채가 보였다. 그런데 하얀 남자가 양손으로 내 머리를 옆으로 휙 돌려버렸다. 자전거와 인력거는 아예 보이지 않게 되었다. 가위 소리가 사각사각 난다.

이윽고 하얀 남자는 내 옆으로 와서 귀 언저리를 깎기 시작했다. 머리털이 앞으로 튈 수 없게 되었으므로 안심하고 눈을 떴다. "좁쌀떡이요, 떡이요, 떡!" 하고 외치는 소리가 바로 그곳에서 난다. 작은 절굿공이를 일부러 절구 쪽에 대고 박자를 맞춰 떡을 찧고 있다. 좁쌀떡 장수는 어릴 때 보았을 뿐이므로 좀 봤으면 좋겠다. 하지만 좁쌀떡 장수는 결코 거울 속에 나오지 않는다. 떡 찧는 소리가 날 뿐이다.

나는 가능한 시력을 동원하여 거울 모퉁이를 엿보려고 했다. 그러자 계산대 격자 안에 어느새 한 여자가 앉아 있다. 거무스름한 얼굴에 눈썹 짙은 몸집 큰 여자가 머리를 틀어 올려 묶고 검정 비단 겹옷에 깃을 꽂은 채 한쪽 무릎을 세우고 앉아 돈을 센다. 돈은 십 엔짜리 같다. 여자는 긴 속눈썹을 내리깔고 얇은 입술을 다문 채 열심히 돈을 세는데, 그 돈 헤아리는 소리가 너무도 빨랐다. 게다가 지폐의 숫자는 끝이 날 줄 모른다. 무릎 위에 올려놓은 건 기껏해야 백 장 정도지만, 그 백 장이 아무리 세어도 백 장이다.

나는 망연히 여자의 얼굴과 십 엔짜리 지폐를 바라보았다. 그러자 귓전에서 하얀 남자가 큰 소리로 "씻으시죠." 하고 말했다. 마침 잘 됐다 하면서 의자에서 일어나자마자 계산대 쪽을 돌아보았다. 하지만 계산대에는 여자도 돈도 아무것도 보이지 않았다.

이발비를 내고 나오자 문 왼쪽에 타원형 술통이 다섯 개가 늘어서 있고 그 속에 빨간 금붕어랑 얼룩무늬 금붕어, 마른 금붕어, 뚱뚱한 금붕어들이 잔뜩 들어 있었다. 그리고 금붕어 장수가 그 뒤에 있었다. 금붕어 장수는 내 앞에 늘어선 금붕어를 응시한 채로 턱을 괴고 앉아 움직이지 않는다. 나는 한참을 서서 금붕어 장수를 바라보았다. 하지만 내가 바라보고 있는 동안, 금붕어 장수는 조금도 움직이지 않았다.

아홉 번째 꿈

세상이 뭔지 모르게 술렁거리기 시작했다. 금방이라도 전쟁이 일어날 듯하다. 불탄 외양간에서 튀어나온 말이 밤낮없이 저택 주변을 뛰어 돌아다니고 그걸 또 졸병들이 밤낮없이 북적거리면서 쫓는 기분이다.

집에는 젊은 어머니와 세 살 난 아이가 있다. 아버지는 어딘지 가고 없다. 아버지가 나간 것은 달이 뜨지 않는 밤이었다. 마루 위에서 짚신을 신고 검은 두건을 쓰고 뒷문으로 나갔다. 그때 어머니가 가지고 있던 초롱불이 짙은 어둠 속에서 가늘고 긴 빛을 내며 산울타리에 서 있는 오래된 노송나무를 비추었다.

아버지는 집을 나간 채 돌아오지 않았다. 어머니는 매일 세 살 짜리 아이에게 "아빠는?" 하고 묻는다. 아이는 아무 말도 없었다. 좀 자라서 "쩌어기"라고 대답할 수 있게 되었다. 어머니가 "언제 오실까?" 하고 물어도 "쩌어기" 하고 대답하며 방글거렸다. 그때는 어머니도 웃었다. 어머니는 '금방 돌아와'라는 말을 수도 없이 반복해서 가르쳤다. 하지만 아이는 '금방'이라는 말만 기억할 뿐이었다. 때때로 "아빠는 어디?" 하고 물었는데 "금방" 하고 대답하는 일도 있었다.

밤이 되어 사방이 조용해지면, 어머니는 오비[18]를 고쳐 매고 상어가죽으로 만든 칼집의 단도를 오비 사이에 찔러 넣은 채 아이를 등에 업고 가만히 쪽문을 빠져나갔다. 어머니는 언제나 짚신을 신고 있었다. 아이는 이 짚신 소리를 들으면서 어머니 등에서 잠들어버리는 일도 있었다.

대저택의 토담이 이어진 마을을 서쪽으로 내려가 완만한 언덕을 내려가면 커다란 은행나무가 있다. 이 은행나무를 이정표로 삼아 오른쪽으로 꺾으면 딱 백 미터 안쪽으로 신사의 돌기둥이 서 있다. 한쪽은 논이고 한쪽은 조릿대만 잔뜩 있는 곳을 지나 신사의 기둥 문까지 와서 그 아래를 빠져나가면 어두운 삼나무 숲이 나온다. 거기서 삼사십 미터 자갈길을 따라가면 낡은 배례전[19] 계단 밑으로 이어진다. 잿빛으로 벗겨진 봉헌함 위로 큰 방울을 단 끈이 매달려 있는데 낮에 보면 그 방울 옆에 '八幡宮'[20]라고 쓰인 현판이 걸려 있다. 여덟 '八'자가 비둘기 두 마리가 마주보는 듯한 서체로 쓰여 있는 것이 흥미롭다. 그 밖에도 여러 개의 액자가 있다. 대개는 무사가 쏘아 명중한 금

---

18 일본 전통의상 기모노의 허리띠. 15번 각주를 참조.
19 배례하기 위해 신사 본진 앞에 있는 건물.
20 '하치만구'로 읽는다. 일본 신사 중에서 활과 화살의 무신 하치만신을 모시는 신사를 통칭하는 말.

빛 과녁에 쏜 사람의 이름을 덧붙인 것이 많다. 간혹 무사의 칼을 바친 경우도 있다.

돌기둥을 빠져나가면 삼나무 가지 끝에서 언제나 부엉이가 운다. 그리고 짚으로 만든 조리가 찰싹찰싹 난다. 그 소리가 배례전 앞에서 멈추자 어머니는 우선 종을 울리고는 바로 몸을 웅크려 손뼉을 마주친다. 대개는 이때 갑자기 부엉이가 울음을 멈춘다. 그리고 어머니는 간절히 남편의 무사안전을 기원한다. 어머니는 남편이 사무라이인 만큼 활과 화살의 신인 하치만을 향해 이렇듯 간절히 소원을 빌어두면, 설마하니 안 들어주고는 못 배기리라고 진심으로 믿는 것이다.

사방이 칠흑 같으니 그 종소리에 눈을 뜬 아기가 갑자기 등 뒤에서 우는 일도 자주 있다. 그때 어머니는 입 속으로 뭔가 기원하면서 등을 흔들어 달래려고 한다. 그러면 뚝 그치는 경우도 있다. 또 점점 더 심하게 우는 경우도 있다. 어느 쪽이든 어머니에게는 쉽지 않은 일이다.

오로지 남편이 무사하기를 기원하고 나면, 이번에는 포대기를 풀어 등에 업은 아이를 스르륵 앞으로 돌려 양손에 안고 배례전 위로 올라가서 "착하지 아가? 잠깐 기다려." 하고 자신의 뺨을 아이의 뺨에 비빈다. 그리고 포대기 끈을 길게 뽑아 아이를 묶고, 그 한쪽 끝을 배례전 난간에 묶어 둔다. 그리고 계단을 내려와 삼사십 미터 자갈길을 오가며 백번 길 고행[21]을 한다.

배례전에 묶인 아이는 짙은 어둠 속에서 포대기 끈이 허락하는 한도 내에서 마루 위를 기어 다닌다. 그러면 어머니에겐 대단히 편안한 밤이다. 하지만 묶인 아이가 빽빽 울어대면 어머니는 정신이 하나도 없다. 백번 길을 걷는 속도가 아주 빨라진다. 숨이 거칠어진다. 어쩔 수 없으면 도중에 배례전으로 올라가 아이를 어르고 다시 백번 길을 걸어야 할 때도 있다.

이런 식으로 어머니가 수많은 밤 애타게 잠 못 이루고 걱정했건만 아버지는 벌써 오래전에 떠돌이 무사에게 죽임을 당했다.

이런 슬픈 이야기를 꿈속에서 어머니한테 들었다.

---

21 오하쿠도(お百度). 일본의 민간신앙으로 염원을 담아 기도하며 신사 경내의 일정 거리를 100회 왕복하는 일을 뜻한다.

열 번째 꿈

쇼타로가 여자에게 납치당했다가 이렛날 밤에 홀연히 돌아온 뒤, 갑자기 열이 나서 덜컥 자리에 누웠다고 켄 씨가 전해주었다.

쇼타로는 마을 최고의 미남으로 지극히 선량하고 정직한 사람이다. 그에게 단 하나의 도락이 있다면 파나마모자를 쓰고 저녁이 되면 과일가게 앞에 걸터앉아서 오가는 여자들의 얼굴을 바라보는 것이다. 그리고 계속해서 감탄한다. 그밖에는 이렇다 할 특색도 없는 사람이다.

여자들이 별로 다니지 않을 때는 과일을 본다. 과일은 여러 가지가 있다. 수밀도나 사과나 살구나 바나나를 예쁘게 바구니에 담아, 곧장 선물로 가져갈 수 있도록 가지런히 두 줄로 늘어놓았다. 쇼타로는 이 바구니를 보고 아름답다고 말한다. 장사는 역시 과일 장사라고 말한다. 그러면서 자신은 파나마모자를 쓰고 빈둥빈둥 논다.

이게 색이 좋다는 둥 여름밀감을 품평하는 일도 있다. 하지만 일찍이 돈을 내고 과일을 산 적은 한 번도 없다. 물론 공짜로는 먹지 않는다. 색깔만 칭찬한다.

어느 날 저녁 돌연히 한 여자가 가게 앞에 섰다. 높은 신분으로 보이는 훌륭한 복장이었다. 그 옷의 빛깔이 쇼타로의 마음에 쏙 들었다. 게다가 쇼타로는 그 여자의 얼굴에도 감탄하고 말았다. 그래서 소중한 파나마모자를 벗고 정중히 인사를 하자 여자는 제일 큰 바구니를 가리키며 "이거 주세요." 하고 말했다. 쇼타로는 곧 그 바구니를 꺼내 주었다. 그러자 여자가 잠시 내려다보더니 "좀 무겁네." 라고 말했다.

"그러면 댁까지 들어드리죠." 쇼타로는 원래 시간이 많은 데다 매우 친절한 사람이었으므로 여자와 함께 과일가게를 나섰다. 그길로 돌아오지 않았다.

제아무리 쇼타로지만 너무나 태평하다. 두고 볼 일이 아니라며 친척이나 친구들이 술렁거리는데 이렛날 밤이 되어 홀연히 돌아왔다. 모두들 모여들어 쇼타로에게 어디를 다녀왔느냐 물었더니 쇼타로는 전차를 타고 산으로 갔다고 대답했다.

굉장히 긴 전차임에 틀림없다. 쇼타로의 말에 의하면, 전차에서 내리자 곧장 들판으로 나갔다고 한다. 대단히 넓은 들판으로 어디를 보아도 파란 풀만 자라고 있었다. 여자와 함께 풀밭을 걸어가자 갑자기 절벽 꼭대기에 이르렀다. 그때 여자가 쇼타로에게 "여기서 뛰어내려 보세요." 라고 말했다. 바닥을 보니 벼랑은 보이지만 바다는 보이지 않는다. 쇼타로는 또 파나마모자를 벗고 세 번 거절했다. 그러자 "만일 큰맘 먹고 뛰어내리지 않으면 돼지가 핥으러 올 텐데 괜찮은가요?" 여자가 물었다. 쇼타로는 돼지와 구모에몽[22]이 정말 싫었다. 하지만 목숨과 바꿀 수는 없지 싶어 역시 뛰어내리는 걸 미뤘다. 그곳으로 돼지 한 마리가 콧소리를 내며 달려왔다. 쇼타로는 어쩔 수 없이 들고 있던 가느다란 빈랑나무 지팡이로 돼지의 콧마루를 때렸다. 돼지는 꿀꿀거리며 데굴데굴 굴러서 절벽 아래로 떨어졌다. 쇼타로가 겨우 숨을 돌리자 또 한 마리의 돼지가 다가왔다. 쇼타로는 어쩔 수 없이 또 지팡이를 휘둘렀다. 돼지는 꿀꿀 소리를 내며 또 구멍 아래 거꾸로 처박혔다. 그러자 또 한 마리가 나타났다. 쇼타로가 문득 정신을 차리고 앞을 보았는데 저 넓은 푸른 초원 아득히 몇 만 마리인지 셀 수도 없이 돼지 떼가 일직선으로 줄을 서서 절벽에 서 있는 쇼타로를 향해 콧소리를 내며 다가오고 있었다. 쇼타로는 진심으로 두려웠다. 하지만 어쩔 수 없이 다가오는 돼지 콧등을 하나하나 빈랑나무 지팡이로 때렸다. 이상하게도 지팡이가 코에 닿기만 하면 계곡 밑으로 떨어진다. 들여다보면 바닥이 보이지 않는 그 절벽에 거꾸로 뒤집힌 돼지가 줄줄이 떨어진다. 이리도 많은 돼지를 바닥으로 밀어

---

22 雲右衛門 1873~1916. 당시 유행한 일본 전통음악의 저명한 예인. 무사도를 노래했다.

열흘 밤의 꿈 | 151

냈나 생각하자, 쇼타로는 두려워졌다. 하지만 돼지는 계속 온다. 검은 구름에 발이 달린 듯 초원을 짓밟을 기세로 끝없이 꿀꿀거리며 온다.

쇼타로는 필사적으로 용기를 내어 여섯 밤 일곱 낮 돼지 코만 두들겼다. 하지만 드디어 기력이 다하고 손이 곤약처럼 약해져서 결국에는 돼지에게 핥이고 말았다. 그리고 절벽 아래로 떨어졌다.

켄 씨는 쇼타로 이야기를 여기까지 하고서 그러니까 여자를 너무 보는 건 좋지 않다고 말했다. 나도 별로라고 생각했다. 하지만 켄 씨는 쇼타로의 파나마모자가 갖고 싶다고 했다.

쇼타로는 살 가망이 없다. 이제 파나마모자는 켄 씨의 것이다.

문조
文鳥 [1908]

시월, 와세다로 옮겼다. 절간 같은 서재에 나 혼자, 말끔한 얼굴로 턱을 괴고 있자니 미에키치가 와서 새를 길러 보라고 했다. 길러도 좋다고 대답했다. 하지만 혹시 몰라서 뭘 키울지 물으니, 문조文鳥라는 대답이 돌아왔다.

문조는 미에키치의 소설에 나올 정도니까 아름다운 새가 틀림없을 것 같다는 생각이 들어, 그러면 사다 줘 하고 부탁했다. 그런데 미에키치는 꼭 기르시라며 같은 말을 반복한다. 그래, 기를게 길러 하면서 역시 턱을 고인 채로 웅얼웅얼하는 동안 미에키치는 입을 다물어 버렸다. 어쩌면 턱을 괴고 있는 것에 마음이 상했을 수 있다는 걸 이때 처음 알았다.

그러자 3분 정도 뒤에 이번에는 새장을 사라고 했다. 역시 좋다고 대답하자, 꼭 사라고 당부하는 대신에 새장에 대해 강의를 시작했다. 그 강의는 제법 정교한 것이었으나 미안하게도 모두 잊어버렸다. 다만 좋은 것은 20엔 정도 한다는 대목이 되자 갑자기 그런 비싼 것이 아니어도 좋다고 말했다. 미에키치는 맥없이 웃었다.

그래서 다 어디서 사는지 묻자, 그야 새 파는 가게라면 어디에나 있다고, 정말 평범한 대답을 했다. 새장은? 하고 묻자, 새장 말인가요, 새장은 그 저기요, 어딘가 있겠죠 하고 마치 구름 잡는 듯 속 편한 소리를 한다. 그래도 믿음직한 말을 해야 하는 거 아닌가 하는 표정을 짓자, 미에키치는 볼에 손을 대고, 고마고메에 새장 명인이 있는 것 같은데, 아무래도 나이가 있어서 이미 죽었을지도 모른다고, 대단히 자신 없게 대답했다.

역시 말을 꺼낸 사람에게 책임을 지우는 것은 당연한 일이므로, 재빨리 만사를 미에키치에게 의뢰하기로 했다. 그러자 곧 돈을 내놓으라고 한다. 돈은 확실히 내주었다. 미에키치는 어디에서 샀는지 표면이 오톨도톨한 지갑을 품에 넣고 다니는데, 남의 돈 자기 돈 할 것 없이 모두 그 지갑에 넣는 습관이 있다. 나는 미에키치가 5엔짜리를 분명히 이 지갑 안에 밀어넣는 것을 목격했다.

이렇게 해서 돈은 확실하게 미에키치의 손에 들어갔다. 그러나 새도 새장도 쉽게 오지 않는다. 그러는 사이 계절은 가을에서 음력 시월이 되었다. 미에키치는 때때로 온다. 곧잘 여자 이야기 따위를 하고는 돌아간다. 문조와 새장 강의는 전혀 나오지 않았다. 유리창을 비추며 다섯 자 툇마루에는 볕이 잘 들었다. 기왕에 문조를 기른다면, 이런 따뜻한 계절에, 이 툇마루에 새장을 두면 문조도 분명히 기분 좋게 지저귀겠지 하는 정도였다.

미에키치의 소설에 의하면, 문조는 치요치요 운다고 한다. 그

울음소리가 대단히 마음에 들었는지 미에키치는 치요치요라는 말을 몇 번이나 했다. 아니면 치요라는 여자에게 반한 적이 있는지도 모른다. 하지만 당사자는 일절 그런 이야기를 하지 않는다. 나도 묻지 않는다. 그저 툇마루에 볕이 잘 든다. 문조는 울지 않는다.

그러는 사이 서리가 내렸다. 나는 매일 절간 같은 서재에서, 추운 얼굴을 가다듬거나 찡그리거나 턱을 괴거나 풀거나 하면서 지냈다. 문은 이중으로 잠겨 있었다. 화로에 숯만 계속 넣고 있었다. 문조는 잊었다.

그즈음 미에키치가 기세 좋게 문을 젖히며 들어왔다. 때는 초저녁 무렵이었다. 추운 터라 화로에 가슴 위쪽을 쪼이며, 일부러 얼굴이 달아오르도록 내버려두었더니, 갑자기 마음이 밝아졌다. 미에키치는 호류를 데리고 왔다. 호류에게는 제대로 민폐다. 두 사람이 새장을 하나씩 들고 있었다. 게다가 미에키치가 커다란 상자를 모시듯 끌어안고 있었다. 5엔짜리가 문조와 새장과 상자가 된 것은 그 초겨울의 밤이었다.

미에키치는 득의양양했다. 뭐, 한번 보시죠. 호류, 그 서양 램프를 좀 더 이쪽으로 가져와 봐. 날이 추워서 콧등이 조금 보랏빛이 되어 있다.

역시나 훌륭한 새장이 왔다. 횟대가 옻칠이 되어 있다. 대나무는 가늘게 갈아서 색을 입혔다. 그래서 3엔이라고 한다. '싸지?' 호류는 '응, 싸네.'라고 말했다. 나 자신은 싼지 비싼지 판단이 안 서지만, 그냥 싸다고 말했다. 좋은 건 20엔도 한다고 한다. 20엔은 이걸로 두 번째 언급이다. 20엔에 비한다면야 싼 것은 물론이다.

이 옻칠은 말이죠, 선생님. 양지에 내어놓고 볕을 쬐면 점점 검은 빛이 사라지면서 붉은색이 올라와요. 그리고 이 대나무는 한번 잘 쪄서 괜찮아요. 자세하게 설명해 준다. 뭐가 괜찮다는 건가? 하고 묻자, 자, 새를 잘 보세요, 예쁘죠? 라고 말했다.

과연 예뻤다. 옆방에 새장을 두고 네 자 정도 떨어진 이쪽에서 보니 조금도 움직이지 않는다. 옅은 어둠 속에서 새하얗게 보인다. 새장 안에 웅크리고 있지 않다면 새라는 생각도 들지 않을 정도로 희다. 어쩐지 추워 보인다.

춥겠는데 하고 물으니, 그래서 상자를 만들었다고 말한다. 밤이 되면 이 상자에 넣어주는 거라고 한다. 새장이 두 개 있는 것은 왜냐고 물었더니, 이 허름한 쪽에 넣어 때때로 목욕을 시켜주는 것이라고 한다. 이것은 조금 귀찮겠다 생각하고 있는데, 그 다음엔 똥을 싸서 새장이 더러워지면 때때로 청소도 해 주라고 덧붙였다. 미에키치는 문조를 위해 상당히 강경한 태도를 보였다.

네네, 알겠습니다, 하고 답하자, 이번엔 미에키치가 소맷자락에서 좁쌀을 한 주머니 꺼냈다. 이걸 매일 아침 먹여야 합니다. 만약 사료를 먹지 않으면 사료 항아리를 꺼내서 껍질만 불어버리고 다시 주세요. 안 그러면 문조가 알맹이 없는 좁쌀을 하나하나 가려내야 하니까요. 물도 매일 아침 갈아 주세요. 선생님은 늦잠을 주무시니 딱 좋을 거라며 극도로 문조 입장에서 말을 한다. 그래서 나도 좋다고, 전적으로 받아들였다. 그때 호류가 소매에서 항아리와 물통을 꺼내서 신중하게 자기 앞에 늘어놓았다. 이렇게 모든 걸 갖추어 두고 실행을 강요받으니, 의리로라도 문조를 보살피지 않을 수가 없다. 내심 아주 불안했지만, 우선 해보자는 데까지는 결심이 섰다. 만약 못 하게 되면 집 식구들이 어떻게든 하겠지 생각했다.

이윽고 미에키치는 새장을 조심스럽게 상자 안에 넣어 툇마루에 가져다 놓고, 여기에 둘게요, 하고는 돌아갔다. 나는 절간 같은 서재 한가운데 자리를 깔고 한기를 느끼며 잤다. 얼결에 문조를 떠안게 된 일로 좀 겁이 났지만, 잠든 뒤에는 여느 때처럼 평온한 밤이었다.

다음 날 아침 눈을 뜨자 유리문에 해가 들고 있었다. 바로 문조에게 먹이를 주어야겠다고 생각했다. 하지만 일어서는 것이 큰일이었다. 곧 해야지 곧 해야지 생각하는 동안, 드디어 8시가 지났다. 어쩔 수 없이 세수하러 가는 김에 차가운 마루를 맨발로 밟으면서 상자 뚜껑을 열어 새장을 밝은 곳에 내놓았다. 문조는 눈을 깜빡이고 있었다. 좀 더 일찍 일어날 걸 그랬구나 싶어지면서 애처로웠다.

문조의 눈은 새까맣다. 눈꺼풀 주변에 가느다란 담홍색과 노란색 비단실을 꿰매 붙인 것처럼 줄이 있다. 눈을 깜빡일 때마다 비단실이 급하게 붙어 한 줄이 된다. 그런가 하면 금방 동그랗게 된다. 새장을 상자에서 꺼내자마자 문조는 하얀 목을 조금 갸웃하면서 그 까만 눈을 움직여 내 얼굴을 보았다. 그리고 지저귀는 것이었다.

나는 조용히 새장을 상자 위에 놓았다. 문조는 순식간에 횃대를 내려왔다. 그리고 다시 횃대로 올라갔다. 횃대는 두 자루 있다. 거무스름한 빛이 도는 푸른 횃대는 적당한 거리에 다리를 걸치고 나란히 걸려 있었다. 그중 하니를 가볍게 밟은 발을 보는데 어찌나 가녀리게 생겼는지. 가늘고 긴 연분홍 끝에 진주를 갈아 만든 것처럼 발톱이 붙었고, 꼭 맞는 횃대를 능숙하게 거머쥐고 있다.

문득, 가볍게 시선이 움직였다. 문조는 이미 횃대 위에서 방향을 바꾸고 있었다. 목을 좌우로 갸웃거린다. 갸웃한 목을 획 되돌렸다가 앞으로 쭉 늘렸는가 하면 하얀 날갯죽지가 다시 스르륵 움직였다. 문조의 발은 건너편 횃대의 한가운데에 꼭 맞게 떨어졌다. 치르치르 운다. 그리고 멀리서 내 얼굴을 엿본다.

나는 세수를 하러 욕실에 들어갔다. 나오는 길에 부엌에 들러 선반을 열고 어제저녁 미에키치가 사 온 좁쌀 주머니를 내어 먹이통에 먹이를 주고, 다른 하나에는 물을 가득 담아 다시 서재 툇마루로 갔다.

미에키치는 용의주도한 사람이어서 어젯밤 꼼꼼하게 먹이 줄 때의 마음가짐을 설명해 주고 갔다. 그의 설명에 따르면, 함부로 새장 문을 열어 두면 문조가 도망가 버린다. 그러니 오른손으로 새장 문을 열 때 밖에서 출구를 막듯이 왼손을 그 아래쪽에 두지 않으면 위험하다. 먹이통을 꺼낼 때도 똑같이 해야 한다. 그렇게 손 움직임까지 보여주었지만, 그렇게 양손을 사용하면서 어떻게 먹이통을 안에 넣을 수가 있는 것인지, 미처 물어보지 못했다.

나는 어쩔 수 없이 먹이통을 쥔 채로 손 등으로 새장 문을 가만히 위로 올렸다. 동시에 왼손으로 열린 입구를 막았다. 새는 살짝 돌아보았다. 그리고 치르치르 울었다.

나는 출구를 막은 왼손의 처리에 곤란을 겪었다. 사람의 틈을 보아 도망칠 것 같은 새로 보이지도 않아서, 어쩐지 애처로웠다. 미에키치는 못된 걸 가르쳐 주었다.

커다란 손을 살살 새장 안에 넣었다. 그러자 문조는 급히 날갯짓을 시작했다. 가늘게 갈아 둔 대나무 눈에서 따뜻한 새털이, 하얗게 날릴 정도로 날개를 퍼덕였다. 나는 갑자기 나의 커다란 손이 싫어졌다. 좁쌀 항아리와 물그릇을 횃대 사이에 걸치자마자 손을 뺐다. 새장 문은 저절로 철컥 내려왔다. 문조는 횃대 위로 돌아갔다. 하얀 목을 반쯤 옆으로 돌리고 새장 밖에 있는 나를 올려다보았다. 그리고 기울였던 목을 바로 세워 발아래 잇는 좁쌀과 물을 바라보았다. 나는 식사를 하러 거실로 갔다.

그 무렵은 일과 중 하나로 소설을 쓰던 시절이었다. 식사와 식사 사이에 대부분 책상 앞에 앉아 글을 썼다. 조용할 때는 스스로 종이 위를 달리는 펜 소리를 들을 수 있었다. 절간 같은 서재에 아무도 들어오지 않는 것이 관습처럼 되어 있었다. 펜 소리에 쓸쓸함을 느낀 아침도 점심도 밤도 있었다. 그러나 때때로 이 펜 소리가 뚝 끊어지는, 멈추지 않을 수 없는 때도 꽤 있었다. 그때는 손가락 마디에 펜을 끼운 채 손바닥으로 턱을 괴고 유리창 너머 바람 부는 정원을 바라보는 것이 습관이었다. 그 다음엔 괴었던 턱을 일단 잡아본다. 그래도 펜과 종이가 일치하지 않을 때는, 잡았던 턱을 두 번 손가락으로 늘려 본다. 그러면 툇마루에서 문조가 곧 치요, 치요 두 번 울었다.

펜을 내려두고, 가만히 나가 보니, 문조는 내 쪽을 향한 채, 횃대 위에서 고꾸라질 것처럼 하얀 가슴을 내놓고 소리 높여 치요 하고 외쳤다. 미에키치가 들었다면 상당히 기뻐했을 거라고 생각할 만큼 아름다운 소리로 치요 하고 울었다. 미에키치는 익숙해지면, 치요 하고 울 거예요, 꼭 울 거예요, 라고 장담하고 돌아갔었다.

나는 또 새장 옆에 쭈그리고 앉았다. 문조는 부풀린 목을 두세 번 가로세로로 흔들었다. 이윽고 한 송이의 하얀 몸이 휙 하고 횃대를 벗어났다. 그 순간 아름다운 발톱이 반쯤 먹이 항아리 가장자리에서 뒤쪽으로 나왔다. 새끼손가락을 걸면 금방 엎어져 버릴 것 같은 모이통은 범종처럼 잠잠했다. 과연 문조는 가벼운 존재다. 뭔가 싸락눈의 정령 같은 기분이 들었다.

문조는 부리로 모이 항아리 한가운데를 콕 찍었다. 그리고 두세 번 좌우로 흔들었다. 깔끔하게 평평하게 만들어 넣어 준 좁쌀이 흩어져 새장 바닥에 쏟아졌다. 문조는 부리를 들었다. 목 부분에서 희미한 소리가 난다. 또 부리가 좁쌀 한가운데로 들어간다. 다시 희미한 소리가 난다. 그 소리가 재미있다. 조용히 듣고 있자니 둥글고 가늘고 심지어 대단히 빨랐다. 제비꽃처럼 작은 사람이 황금 망치로 마노석 바둑돌을 연달아 두드리고 있는 것 같았다.

부리 색을 보니 보라색을 엷게 섞은 주홍색 같았다. 그 붉은색이 점점 흘러내려 좁쌀을 쪼는 부리 끝은 하얗게 보였다. 상아를 반투명으로 만든 것 같은 희색이었다. 이 부리가 좁쌀 안으로 들어갈 때는 대단히 빠르다. 좌우로 흔드는 좁쌀 알갱이도 아주 가벼워 보였다. 문조는 물구나무를 서지 않을 만큼 뾰족한 부리를 노란 알갱이 사이에 꽂아 넣었다가는 부풀어오른 목을 망설임 없이 좌우로 흔들었다. 새장 바닥에 흩어진 좁쌀 수는 몇 개나 되는지 알 수 없다. 그래도 모이 항아리만은 의연하고 조용하다. 묵직하다. 모이통의 직경은 약 4.5센티 정도일 것 같다.

나는 조용히 시재로 돌아가 쏠쏠하게 종이 위로 펜을 놀렸다. 툇마루 쪽에서 문조가 치르치르 울었다. 때때로 치요치요 라고도 운다. 밖에서는 건조한 바람이 불고 있었다.

저녁에는 문조가 물을 마시는 모양을 보았다. 좁은 발을 항아리 가장자리에 걸치고 작은 부리로 떠올린 한 방울의 물을 소중하다는 듯, 고개를 들고 마셨다. 이대로라면 물 한 통이 다 없어지는 데 열흘 정도는 걸릴 거라 생각하며 다시 서재로 돌아갔다. 밤에는 상자에 넣어 주었다. 잘 때 유리문으로 밖을 내다보면 달이 뜨고 서리가 내렸다. 문조는 상자 안에서 꼼짝도 하지 않았다.

다음 날도 미안하게 늦게 일어나서 상자에서 새장을 꺼낸 것은 역시 여덟 시 지나서였다. 상자 안에서 진작부터 눈을 뜨고 있었겠지. 그래도 문제는 전혀 불평하는 얼굴이 아니었다는 점이다. 상자가 밝은 곳으로 나오자마자 갑자기 눈을 깜빡이며, 고개를 조금 움츠리고 내 얼굴을 보았다.

예전에 아름다운 여인을 알고 지냈다. 그 여인이 책상에 기대어 뭔가 생각에 잠겨 있을 때 뒤쪽으로 다가가서 보라색 오비아게[23] 끝에 달린 술을 길게 늘어뜨려 그녀의 가느다란 목줄기를 간질이자 여인은 못마땅한 기색으로 뒤돌아보았다. 그때 그 여인의 눈썹은 여덟 팔자를 그리고 있었다. 그러더니 눈꼬리와 입꼬리에는 웃음기가 어리기 시작했다. 동시에 멋진 목선을 어

---

23 기모노의 허리띠(오비)의 윗부분을 장식하는 천이다.

깨까지 움츠렸다. 문조가 나를 보았을 때 나는 문득 그 여인을 떠올렸다. 그녀는 지금 시집을 갔다. 내가 보라색 오비아게로 장난을 친 것은 혼담이 정해진 이삼일 뒤였다.

모이 항아리에는 아직 좁쌀이 8부 정도 들어 있었다. 그러나 껍질도 많이 섞여 있었다. 물통에는 좁쌀 껍질이 가득 떠있고 보기 딱할 정도로 흐려져 있었다. 바꾸어 주어야 했다. 또 커다란 손을 새장 안에 넣었다. 아주 조심해서 넣었지만, 문조는 하얀 날개를 크게 퍼덕이며 소란을 피웠다. 작은 깃털 하나만 빠져도 나는 문조에게 미안했다. 껍질은 깨끗이 불어냈다. 날아간 껍질은 찬바람이 어딘가로 실어 갔다. 물도 갈아 주었다. 수돗물이어서 아주 차가웠다.

그날은 종일 쓸쓸한 펜 소리를 들으며 보냈다. 그사이 때때로 치요치요 하는 소리도 들었다. 문조도 쓸쓸하니 우는 것일까 생각했다. 그러나 툇마루 쪽으로 나가 보면 두 개의 횃대 사이를 이리 날아갔다가 저리 날아갔다가 하며 끊임없이 옮겨 다니고 있었다. 불만스러운 기색은 조금도 없었다.

밤에는 상자에 넣었다. 다음 날 아침 눈을 뜨니 바깥은 하얀 서리로 덮여 있었다. 문조도 눈을 떴을 텐데, 좀처럼 일어날 마음이 들지 않았다. 베갯머리에 있는 신문을 잡는 것조차 귀찮

왔다. 그래도 담배는 한 대 피웠다. 이 한 대를 피우면 일어나서 꺼내 주어야지 생각하면서 입에서 나오는 연기의 방향을 보고 있었다. 그러자 이 연기 속으로 목을 움츠리고 눈을 가늘게 뜬, 게다가 살짝 눈썹을 모으던 옛 여인의 얼굴이 얼핏 보였다. 나는 자리에서 일어났다. 잠옷 위에 하오리를 걸치고 곧 툇마루로 나갔다. 그리고 상자 뚜껑을 열고 문조를 꺼냈다. 문조는 상자에서 나오면서 치요치요 두 번 울었다.

미에키치의 이야기에 따르면, 문조는 좀 익숙해지면 사람 얼굴을 알아보게 된다고 했다. 정말 미에키치가 기르던 문조는 미에키치가 옆에 오기만 하면, 반드시 치요치요 울었다는 것이다. 뿐만 아니라 미에키치의 손가락 끝에서 먹이를 먹었다고 한다. 나도 언젠가 손가락 끝으로 먹이를 줘 보고 싶다고 생각했다.

다음 날 아침엔 또 게으름을 부렸다. 옛 여인의 얼굴도 생각나지 않았다. 얼굴을 씻고 식사를 마치고 비로소 생각이 났다는 듯 툇마루로 가 보니 어느 사이 새장이 상자 위에 올려져 있다. 문조는 벌써 횃대 위를 즐겁다는 듯 이쪽저쪽 옮겨다니고 있다. 그렇게 해서 때때로 목을 늘이며 새장 밖을 내다보았다. 그 모습이 너무나 천진난만했다. 옛날 보라색 오비아게로 장난을 치던 여자는 목덜미가 길고 등이 날씬해서, 약간 목을 굽히면서 사람을 보는 습관이 있었다.

좁쌀은 아직 있다. 물도 아직 있다. 문조는 만족하고 있다. 나는 좁쌀도 물도 바꿔주지 않고 서재로 들어갔다.

점심때가 지나서 다시 툇마루에 나갔다. 식후 운동 겸, 십여 미터쯤 되는 바깥 툇마루를 걸으면서 책을 읽을 생각이었다. 그런데 나와보니 좁쌀이 벌써 7부쯤으로 줄어 있었다. 물도 완전히 흐려져 버렸다. 책을 툇마루에 팽개치고 급히 모이와 물을 갈아 주었다.

다음 날도 늦잠을 잤다. 심지어 세수를 하고 밥을 먹을 때까지는 툇마루를 내다보지 않았다. 서재에 돌아와서, 혹시 어제처럼 식구들이 새장을 꺼내 놓지 않았나 하고 마루 쪽으로 얼굴을 내밀어 보니, 과연 꺼내져 있었다. 게다가 모이도 물도 새것으로 갈아져 있었다. 나는 그제야 안심하고 목을 서재로 돌렸다. 그 순간 문조가 치요치요 울었다. 그래서 다시 고개를 밖으로 내밀었다. 하지만 문조는 다시 울지 않았다. 미심쩍은 얼굴을 하고 창문 너머 마당의 서리를 바라보았다. 나는 결국 책상 앞으로 돌아갔다.

서재 안에서는 변함없이 펜 소리가 사각사각 난다. 막 쓰기 시작한 소설은 제법 진척이 있었다. 손끝이 시렸다. 오늘 아침에 넣은 사쿠라 숯[24]은 하얗게 되었고, 사쓰마 고토쿠[25]에 걸어둔 주전자도 거의 식어 있었다. 숯통은 비어 있었다. 손뼉을 쳤으나 부엌까지 소리가 닿지 않는다. 일어서서 문을 열자 문조는 평소와 달리 횃대 위에 가만히 앉아 있었다. 자세히 보니 다리가 하나뿐이었다. 나는 탄 그릇을 마루에 두고, 위에서 웅크리고 들여다보았다. 아무리 봐도 다리는 하나밖에 없다. 문조는 이 가녀린 한 다리에 온몸을 맡기고 묵묵히 새장 속에 웅크리고 있다.

나는 이상하다고 생각했다. 문조에 대한 모든 걸 설명했던 미에키치도 이것만은 빠뜨린 것 같다. 내가 숯통에 숯을 넣어 돌아왔을 때, 문조의 발은 아직 하나였다. 한참을 추운 툇마루에 서서 바라보았지만, 문조는 움직일 기색도 보이지 않았다. 소리를 내지 않고 보고 있자니, 문조는 둥근 눈을 점점 가늘게 만들었다. 많이 졸린가 보다 싶어, 살짝 서재로 돌아오려고 한 발을 막 움직이려는데, 문조는 또 눈을 떴다. 동시에 새하얀 가슴에서 가느다란 다리를 하나 내놓았다. 나는 문을 닫고 화로에 숯을 넣었다.

---

24 넛나무로 만든 일본 전통 숯.
25 사츠마 지역의 전통 화로 받침대.

소설 작업은 점점 바빠진다. 아침엔 여전히 늦잠을 잤다. 한번 집안사람이 문조를 돌봐준 이후로, 어쩐지 내 책임이 가벼워진 기분이 들었다. 집안사람이 잊었을 때는 내가 먹이를 주고 물을 준다. 새장을 넣고 빼는 것도 한다. 하지 않을 때는 집안사람을 불러 시키기도 했다. 나는 그저 문조의 노래를 듣는 것만이 역할인 듯 되었다.

그래도 툇마루에 나갈 때는 반드시 새장 앞에 서서 문조의 상태를 살폈다. 대체로는 좁은 새장을 개의치 않고 두 개의 횃대를 만족스럽다는 듯 오가고 있었다. 날씨가 좋은 날이면 창문 너머로 엷은 햇살을 받으며 지저귀곤 했다. 그러나 미에키치가 말한 것처럼, 내 얼굴을 보고 우는 기색은 없었다.

내 손가락 끝에서 직접 먹이를 먹는다든가 하는 일은 물론 없었다. 때때로 기분이 좋을 때는 보리빵 가루를 집게손가락 끝에 묻혀 대나무 사이로 살짝 넣어보는 일이 있지만 문조는 절대 가까이 오지 않는다. 무심코 손가락을 찔러넣으면, 문조는 두꺼운 손가락에 놀랐는지 하얀 날개를 요란하게 움직이며 새장 속을 날아다닐 뿐이었다. 두세 번 시도한 뒤에, 나는 안쓰러운 생각이 들어서 이런 재주는 영영 단념해 버렸다. 지금 세상에 이런 걸 할 수 있는 사람이 있는지 의심스럽다. 아마도 고대 성인의 솜씨였겠지. 미에키치의 말은 틀림없이 거짓말이다.

어느 날, 서재에서 언제나처럼 펜 소리를 내며 쓸쓸한 글을 이어가고 있자니 문득 묘한 소리가 귀에 들어왔다. 툇마루에서 사락사락, 사락사락 소리가 난다. 여자가 긴 옷자락을 끌며 걷는 소리 같기도 하지만, 그냥 여자의 그것이라기엔 너무나 과장되게 들렸다. 장식장 인형의 옷자락 주름이 스치며 나는 소리라고 표현하면 좋을까 싶었다. 나는 막 쓰기 시작한 소설을 밀쳐두고 펜을 쥔 채로 마루로 나가 보았다. 문조가 물장구를 치고 있었다.

마침 물은 막 갈아준 것이었다. 문조는 가벼운 발을 물통 한가운데 담그고 가슴의 털까지 담근 채, 때때로 하얀 날개를 좌우로 펼치면서, 물그릇에 배를 붙이고 웅크리듯 하다가 한 번에 온몸의 털을 털었다. 그런 다음 물그릇 가장자리로 가볍게 날아올랐다. 잠시 후에 또 뛰어들었다. 물그릇 직경은 한치 반 정도에 불과했다. 뛰어들 때는 꼬리도 남고 머리도 남고 배도 물론 남는다. 물에 잠기는 것은 발과 가슴뿐이다. 그래도 문조는 기분 좋게 물장구를 쳤다.

나는 급히 다른 새장을 가지고 왔다. 그리고 문조를 옮겼다. 그리고 물뿌리개를 들고 욕조에 가서 수돗물을 채운 후 새장 위에 시원하게 뿌려 주었다. 물뿌리개 물이 다할 무렵, 하얀 깃털 끝에 맺힌 물방울이 굴러떨어졌다. 문조는 끊임없이 눈을 깜빡였다.

예전의 보라색 오비아게로 장난을 쳤던 여자, 그녀가 앉아서 일을 하고 있을 때, 안채 2층에서 손거울로 여자의 얼굴에 봄 햇살을 반사시키며 장난친 적이 있다. 여자는 살짝 붉어진 얼굴을 들어 가느다란 손으로 이마를 가리며 이상하다는 듯 눈을 깜빡였다. 그 여자와 이 문조는 어쩌면 같은 심정일지도 모르겠다.

날이 지남에 따라 문조는 더 잘 지저귀었다. 하지만 곧잘 잊는다. 어떤 때는 먹이통이 좁쌀 껍질로 가득 찬 일이 있었다. 어떤 때는 새장 바닥이 똥으로 가득해진 일도 있다. 어느 날 밤 연회가 있어 늦게 귀가하니 겨울 달이 유리창 너머로 비치면서 그 가장자리가 넓게 퍼지는 가운데 새장이 동그마니 상자 위에 얹혀 있었다. 그 틈으로 문조의 몸이 뿌옇게 보였는데 횃대 위에 있는지 아닌지 모를 정도였다. 나는 외투를 벗고 곧바로 새장을 상자 안에 넣어주었다.

다음 날 문조는 여느 때처럼 씩씩하게 지저귀었다. 그 뒤로는 가끔 추운 밤임에도 상자에 넣어주는 걸 잊을 때가 있었다. 어느 날 밤 평소처럼 서재에서 벤 소리만 듣고 글을 쓰고 있는데, 갑자기 마루 쪽에서 덜컹하고 물건 부딪히는 소리가 났다. 그러나 나는 일어서지 않았다. 그대로 서둘러 소설을 썼다. 일부러 갔는데 아무 일도 아니면 기분 나쁘니까, 잠시 귀를 기울였을 뿐 신경 쓰지 않고 그냥 넘겼다. 그날 밤 잠이 든 것은 자정 넘어서였다. 화장실 가는 김에 마음이 걸려 마루에 가보니―

상자 위에서 떨어진 새장은 옆으로 쓰러져 있었다. 물통도 먹이통도 뒤집혀 있었다. 좁쌀은 마루 전체에 흩어졌다. 횃대는 밖으로 쑥 빠졌다. 문조는 조용히 새장의 창살에 가만히 앉아 있었다. 나는 내일부터 맹세코 마루에 고양이를 들이지 않으리라 결심했다.

이튿날 문조는 울지 않았다. 좁쌀을 듬뿍 넣어주었다. 물을 넘치도록 부어 주었다. 문조는 한쪽 다리인 채로 오랫동안 횃대 위에서 움직이지 않았다. 점심을 먹고 나서 미에키치에게 보낼 편지를 두세 줄 써내려가자, 문조가 치르치르 울었다. 나는 편지 쓰던 손을 멈추었다. 문조가 또 치르치르 울었다. 나가보니 좁쌀도 물도 많이 줄어있었다. 편지는 그대로 찢어 버렸다.

이튿날 문조는 또 울지 않았다. 횃대를 내려와 새장 바닥에 배를 깔고 있었다. 가슴이 조금 부풀어서 작은 털이 물결치듯 흔들리는 것이 보였다. 나는 이날 아침, 미에키치로부터 예의 건으로 모처까지 와달라는 편지를 받았다. 열 시까지라는 부탁이었기 때문에 문조를 그대로 두고 나갔다. 미에키치를 만나 예의 건이 여러 가지로 길어졌고 함께 점심을 먹었다. 함께 저녁을 먹었다. 그리고 다음 날 아침 모임까지 약속하고 집으로 돌아왔다. 돌아온 것은 밤 아홉 시경이다. 문조의 일은 완전히 잊고 있었다.

피곤해서 곧바로 이부자리에 들어가 잠들어 버렸다.

다음 날 아침 눈을 뜨자마자 예의 건이 생각났다. 아무리 당사자가 승낙했다고 해도 그런 곳으로 시집보내는 것은 앞날을 위해 좋지 않아. 아직 어린 탓에 어디든 가라고 하면 가는 마음이 생기겠지. 일단 가고 나면 마음대로 빠져나올 수 없다. 세상에는 만족해하면서 불행에 빠지는 사람이 많다. 그런 생각을 하면서 이를 닦고 아침을 먹은 뒤에 다시 그 건을 처리하러 나갔다.

돌아온 것은 오후 세 시쯤이다. 현관에 외투를 걸고 복도를 지나 서재로 들어갈 생각으로 마루에 나가보니, 새장이 상자 위에 나와 있었다. 하지만 문조는 새장 바닥에 몸을 뒤집은 채 누워있었다. 두 다리를 딱딱하게 모은 채 몸과 직선으로 뻗어 있었다. 나는 새장 옆에 서서 물끄러미 문조를 지켜보았다. 검은 눈은 감겨 있었다. 눈꺼풀 색은 푸르스름하게 변해 있었다.

먹이통에는 좁쌀 껍질만 쌓여 있었다. 먹을 만한 것은 한 톨도 없었다. 물통은 바닥이 빛날 정도로 말라 있었다. 서쪽으로 기울어진 햇살이 유리문 너머로 비스듬히 새장을 비춘다. 받침대에 바른 옻은 미에키치가 말한 대로 어느새 검은색이 빠지고 붉은 기운이 올라왔다.

나는 겨울 햇볕에 물든 붉은 받침대를 바라보았다. 텅 빈 모이 항아리를 바라보았다. 허무하게 걸친 두 줄의 횃대를 바라보았다. 그리고 그 아래 뻣뻣하게 굳은 채 누워있는 문조를 바라보았다.

나는 웅크리고 앉아 양손으로 새장을 감쌌다. 그리고 서재로 가지고 들어갔다. 열 장짜리 다다미 한가운데 새장을 내려놓고 그 앞에 정좌하고 새장 문을 열어 큰 손을 넣고 문조를 쥐어 보았다. 보드라운 깃털은 식어 있었다.

주먹을 새장에서 꺼내어 쥐었던 손을 펴자 문조는 조용히 손바닥 위에 있었다. 나는 손을 펼친 채 한동안 죽은 새를 들여다보았다. 그리고 가만히 방석 위에 내려놓았다. 그리고 힘껏 손뼉을 쳤다.

열여섯 살이 된 어린 여자아이가 네 하며 문가에 엎드렸다. 나는 느닷없이 방석 위에 있는 문조를 쥐고 여자아이 앞으로 내

던졌다. 여자아이는 고개를 숙이고 다다미를 바라보는 채로 말이 없었다. 나는 모이를 주지 않아 결국 죽어버렸다고 말하면서 하녀의 얼굴을 노려보았다. 하녀는 그래도 말이 없었다.

나는 책상 앞으로 향했다. 그리고 미에키치에게 엽서를 썼다. '집안사람이 먹이를 주지 않아서 문조는 결국 죽어버렸다네. 부탁하지도 않았는데 새장에 넣어놓고, 게다가 먹이를 줄 의무조차 다하지 않은 건 잔혹하기 짝이 없는 일이다'라는 글이었다.

나는 이걸 우체통에 넣고 와, 그리고 그 새를 저리로 가져가 하고 하녀에게 말했다. 하녀는 어디로 가져갈까요? 하고 물었다. 어디든 마음대로 가져가라고 호통을 쳤더니, 놀라서 부엌으로 가져갔다.

잠시 후 뒤뜰에서 아이가 문조를 묻는 거야? 묻는 거야? 하면서 소란을 피운다. 정원 청소 때문에 불러온 정원사가, 아가씨, 이쯤이 좋을까요? 하고 묻는다. 나는 잘되지도 않으면서 서재에서 펜을 움직이고 있었다.

이튿날은 어쩐지 머리가 무거워 열 시 무렵이 되어서야 겨우 일어났다. 얼굴을 씻으면서 뒤뜰을 보니, 어제 정원사의 목소리가 난 자리에 푸른 속새 한 포기와 작은 팻말이 나란히 서 있었다.

팻말 높이는 속새보다 훨씬 낮았다. 정원용 나막신을 신고 햇살 받은 서리를 밟으며 다가가 보니 팻말에는 이 흙무덤에 올라오지 말 것, 이라고 쓰여 있었다. 아이의 글씨였다. 오후에 미에키치로부터 답장이 왔다. 문조는 불쌍하게 되었습니다. 그것뿐으로 집안사람이 나쁘다거나 잔혹하다거나 하는 말은 한마디도 없었다.

봄날의 소나티네

永日小品 [1909]

설날

떡국을 먹고 서재에 돌아오자 얼마 되지 않아 서너 명이 찾아왔다. 모두 젊은 남자들이다. 그중 하나는 프록코트를 입고 있다. 아직 옷이 몸에 익지 않은 탓인지 멜튼 원단을 조심스러워했다. 나머지 둘은 모두 일본 옷인 데다가 평상복이어서 도무지 설날 같지 않다. 두 친구들이 프록코트를 보면서, '여~, 여~' 하고 한마디씩 한다. 모두 놀랐다는 증거다. 나도 맨 나중에 '여어~' 하고 말했다.

프록코트는 하얀 손수건을 꺼내서 쓸데없이 얼굴을 닦았다. 그리고 연거푸 설날 축하주를 마셨다. 다른 젊은이도 가득 차려진 음식을 먹고 있다. 마침 교시가 인력거를 타고 왔다. 이 녀석, 검은 두루마기에 가문의 문장이 수놓인 검은 예복을 입은 것이 완전 구식이다. '자네는 검은 예복을 입는데, 역시 노[26]를 해서 필요한가 보네' 라고 묻자 '네, 그렇습니다' 라고 대답했다. 그러고는 '한 곡 부를까요?' 라며 운을 뗐다. 나는 '좋네' 라고 답했다.

---

26 노(能)는 일본의 가무극의 일종이다. 가면을 사용하는 것이 특징이며 출연자는 모두 남성이다.

그런 다음 둘이서 '도보쿠'라는 곡을 불렀다. 너무 오래전에 배웠을 뿐 거의 불러본 적도 없고 해서 군데군데 정말 애매하다. 게다가 목에서 이상한 소리가 났다. 간신히 소리가 끝나자 듣고 있던 젊은 녀석들이 서로 약속이나 한 듯 내 소리가 형편없다고 말했다. 그중에서도 프록코트는 '선생님 목소리는 비실비실합니다!' 라고 말했다. 이 패거리들은 원래 소리의 소자도 모르는 녀석들이다. 따라서 교시와 나의 우열을 도저히 알지 못할 거라고 생각했다. 그렇지만 비평을 듣고 나서 생각해 보니 문외한이라도 당연한 건 어쩔 수 없겠구나. 바보 같은 소리라고 말할 용기가 나지 않았다.

그러자 교시가 요즘 장구를 배운다는 이야기를 꺼냈다. 소리의 소자도 모르는 녀석들이 한번 해보라며, 꼭 듣고 싶다고 청한다. 교시가, '그럼, 선생님이 소리를 좀 맡아주시겠습니까?' 하고 부탁했다. 장단이 뭔지 모르는 나로서는 곤혹스러운 부탁이었지만, 한편으로 참신하고 흥미롭기도 했다. '한 곡 해 보겠네' 하고 수락했다. 교시는 인력거꾼을 시켜 장구를 가져오도록 했다. 장구가 오자 부엌에서 풍로를 가지고 오라고 하더니, 활활 타오르는 화롯불 위로 장구의 가죽을 덥히기 시작했다. 다들 놀란 눈으로 바라본다. 나도 그토록 맹렬한 불 위에서 장구를 굽는 데는 놀라버렸다. '괜찮을까?' 하고 묻자 '예, 괜찮습니다' 라고 대답하면서 손가락 끝으로 부풀어오른 가죽을 통 하고 튕긴다. 제법 좋은 소리가 났다. 이만하면 됐다고 하더니 화롯불에서 장구를 내리고 장구채를 거머쥐었다. 전통 옷을 입은 사내가 빨간 채를 잡고 있는 모습이 어쩐지 품위 있어 좋다. 이번에는 모두 감탄하며 바라본다.

교시는 이윽고 두루마기를 벗었다. 그리고 장구를 끌어안는다. 나는 좀 기다려달라고 부탁했다. 우선 그가 어디서 장구를 칠지 짐작이 가지 않았기 때문에 좀 맞춰보고 싶었다. 교시는 몇 번 목청을 돋우더니 이쯤에서 장구를 이렇게 칠 테니 해보라고 친절히 설명했다. 아무래도 내가 소화하기엔 어렵다. 수긍이 될 때까지 하려면 두세 시간은 걸릴 것이다. 어쩔 수 없이 적당한 선에서 합의를 봤다. 그리고 날개옷이라는 곡을 부르기 시작했다. '봄 안개 피었도다' 반 소절 가는 도중에 아무래도 시작이 좋지 않았다는 후회가 들었다. 노래에 너무 힘이 없다. 하지만 중간에 갑자기 크게 하면 전체적인 균형이 깨지니 가냘프고 박력 없는 채로 조금 소리를 자제하면서 간다. 그러자 교시가 느닷없이 큰 소리로 추임새를 넣으며 둥 하고 장구를 쳤다.

나는 교시가 이렇게 맹렬히 나오리라고는 꿈에도 생각 못했다. 원래가 우아하고 느긋한 곡이라고만 생각했던 추임새가 마치 진검승부라도 하듯 내 고막을 울렸다. 내 노래는 그 추임새 때문에 두세 번 파도를 탔다. 간신히 잦아들기 시작했을 때 교시는 또다시 뱃속 가득히 기합을 넣어 놀라게 했다. 내 목소리는 놀랄 때마다 휘청휘청한다. 그러다 보니 듣고 있던 녀석들이 키득키득 웃기 시작했다. 나도 내심 내가 우스꽝스러워졌다. 그때 프록코트가 맨 먼저 웃음을 터뜨렸다. 나도 그참에 웃음을 터뜨렸다.

그러고는 아주 제대로 혹평을 받았다. 그중에서도 프록코트가 가장 비아냥거렸다. 교시는 웃으면서 어쩔 수 없이 자기가 장구 치고 자기가 노래하며 멋지게 노래를 마무리했다. 그리고 교시는 아직 돌아볼 곳이 있다며 인력거를 타고 떠났다. 그가 가고 난 뒤에도 이래저래 젊은 녀석들에게 비웃음을 샀다. 마누라마저 한통속이 되어 남편을 깎아내린 끝에 다카하마 씨가 장구를 칠 때 속옷 자락이 살짝살짝 보였는데 정말 색이 예뻤다고 칭찬한다. 프록코트가 곧바로 찬성했다. 나는 교시의 속옷 색깔도 옷자락이 살짝살짝 비치는 것도 결코 좋다고는 생각하지 않는다. 나무문을 열고 밖으로 나서니 커다란 말발자국에 빗물이 가득 고여 있었다. 흙을 밟으면 흙탕물 소리가 발바닥으로 덤벼든다. 뒤꿈치를 드는 것이 아플 정도였다. 들통을 손에 들고 있어 발을 마음대로 움직일 수 있는 형편이 못 되었다. 아슬아슬 발이 땅에 닿을 때에는 허리 위로 균형을 잡기 위해 손에 들고 있는 걸 팽개쳐 버리고 싶어진다. 결국 들통 바닥을 첨벙 흙바닥에 박고 말았다. 하마터면 쓰러질 뻔한 순간 들통 손

잠이에 걸려 건너편을 보니 삼촌이 2미터 앞에 서 있었다. 도롱이를 한 어깨 뒤로 삼각형으로 펼쳐진 그물이 밑으로 축 늘어져 있다. 이때 쓰고 있던 삿갓이 살짝 움직였다. 삿갓 속에서 '길이 엉망이구나'라는 말이 들리는 것 같았다. 도롱이 그림자는 얼마 안 있어 비를 맞았다.

뱀

돌다리 위에 서서 아래쪽을 보니 흙탕물이 풀 사이로 밀려온다. 평소엔 복숭아뼈 위로 한 뼘을 넘지 않는 깊이에 기다란 수초가 흔들흔들 흔들리며, 보기에도 아름다운 물결이었는데, 오늘은 밑바닥부터 탁하다. 냇물 바닥은 흙탕물을 뿜고 빗줄기는 위에서 세차게 두들기니 여러 갈래의 물줄기가 뒤엉키며 소용돌이친다. 한참 이 소용돌이를 지켜보던 삼촌은 혼잣말처럼 말했다.
"잡을 수 있겠네."

우리는 다리를 건너 곧장 왼쪽으로 꺾었다. 소용돌이는 푸른 밭을 구불구불 지나간다. 어디까지 이어지는지 알 수 없는 물줄기를 따라 백 미터쯤 지나왔다. 넓은 밭이 펼쳐진 들판 위에 우리 두 사람만 동그마니 서 있었다. 시야엔 온통 빗물뿐이다. 삼촌은 도롱이 속에서 하늘을 올려다보았다. 하늘은 찻주전자 뚜껑처럼 어둡게 봉인되어 있었다. 거기서부터 빈틈없이 비가 떨어진다. 서 있으면 착착 소리가 난다. 이것은 몸에 걸친 삿갓과 도롱이에 부딪히는 소리나. 그리고 사방을 둘러싼 밭에 떨어지는 소리다. 저 건너에 보이는 기오 숲으로 떨어지는 빗소리도 섞여서 들려오는 듯하다.

숲 위 하늘에는 검은 구름이 모여들어 삼나무 꼭대기로 겹겹이 층을 이루고 있다. 그것이 무게를 견디지 못하고 아래로 떨어진다. 구름의 발은 지금 삼나무 머리에 엉켜 있다. 조금 있으면 숲속으로 떨어질 참이다.

정신이 들어 발목을 보니 소용돌이는 끝도 없이 상류로부터 흘러내려왔다. 기오 숲 뒤쪽의 연못 물을 그 구름이 덮친 것이겠지. 물살이 거세게 소용돌이쳤다. 삼촌은 또 소용돌이치는 물살을 지켜보다가,
"잡히겠네." 이미 다 잡았다는 듯 말했다. 잠시 후 삼촌은 도롱이를 입은 채 물속으로 뛰어들었다. 엄청난 기세에 비해서는 물이 그리 깊지 않군. 서서 허리까지 잠길 정도. 삼촌은 냇물 한가운데 앉아 기오의 숲 정면으로 상류를 향해, 어깨에 메었던 그물을 던졌다.

두 사람은 빗소리 속에 우두커니 서서 정면으로 몰려오는 소용돌이 모양을 바라보았다. 기오의 연못에서 쓸려 나온 물고기는 틀림없이 이 소용돌이 속을 통과할 것이다. 잘하면 커다란 놈을 잡을 수 있겠다는 일념으로 엄청난 물빛을 노려보았다. 물은 당연 탁하다. 물 표면이 움직이는 모양만으로는 어떤 녀석이 물밑을 헤엄치는지 알기 어렵다. 그래도 눈도 깜빡거리지 않고 물밑까지 가라앉은 삼촌의 손목이 움직이기를 기다렸다.

그 손목은 좀처럼 움직이지 않는다.

빗발이 점점 검어진다. 물빛은 점점 무거워진다. 소용돌이무늬는 물가에서부터 격렬히 휘돌아 들어온다. 이때, 거무죽죽한 파도가 세차게 눈앞을 통과하려는 순간, 이상한 색깔이 힐끗 지나갔다. 이건 분명히 커다란 뱀장어구나 생각했다.

순간 물살을 거스르며 그물을 잡고 있던 삼촌의 오른쪽 손목이 도롱이 아래서 어깨 위까지 튀어나오듯 힘차게 솟아올랐다. 이어서 기다란 것이 삼촌의 손을 떠났다. 그것은 빗줄기가 세차게 내리는 어둠 속에서 무거운 밧줄처럼 곡선을 그리며 건너편 기슭에 떨어졌다. 떨어졌다 싶은 순간 풀섶에서 낫처럼 굽은 고개를 한 자쯤 들어올린다. 고개를 쳐든 채 우리를 노려보았다.

"기억해 두어라."

목소리는 틀림없는 삼촌의 목소리였다. 순식간에 고개는 풀숲으로 사라졌다. 삼촌은 얼굴이 파래져서 뱀이 사라진 곳을 바라본다.

"삼촌, 지금, 기억해 두어라고 말한 건 삼촌이에요?"

삼촌은 겨우 나를 향해 고개를 돌렸다. 그리고 낮은 목소리로, 누구인지 잘 모르겠다고 대답했다. 지금도 삼촌에게 이 이야기를 할 때마다 누군지 잘 모르겠다고 대답하고는 묘한 표정을 짓는다.

도둑

잠을 자려고 옆방으로 나가자 코타츠[27] 냄새가 훅 풍겼다. 뒷간에 다녀오는 길에 불이 너무 센 것 같으니 조심하라며 아내에게 주의를 주고는 내 방으로 돌아갔다. 벌써 열한 시가 넘었다. 마룻바닥에서 꾸는 꿈은 언제나처럼 평온했다. 추운 날씨에 비해서는 바람도 불지 않고 경종소리도 들리지 않았다. 시간의 세계가 술에 취해 제정신을 잃은 듯 잠에 빠졌다.

그런데 홀연히 여자 우는 소리가 잠을 깨웠다. 들어보니 모요라는 하녀의 목소리다. 이 하녀는 놀라서 당황하면 언제나 울음소리를 낸다. 최근에 우리집 갓난아기를 욕조에 넣었을 때, 아기가 물에서 나와 경련을 일으키자 하녀는 5분 정도 울음소리를 냈다. 내가 그녀의 이상한 소리를 들은 건 그때가 처음이었다. 홀쩍이듯 빠른 어조로 말한다. 호소하는 듯도 하고 애원하는 듯도 한, 사죄하는 듯도 하고 연인의 죽음을 비통해하는 듯도 한 소리. 경기를 일으켰을 때 보통 낼 법한 날카롭고 짧은

---

27 일본 전통방식의 실내 온열기구로 이불이나 담요로 밥상을 덮고 그 안쪽에 화로를 두었다. 오늘날에는 전기식으로 발열하되 나무 상판은 노출시킨다.

감탄사의 어조가 아니다.

나는 지금 말한 대로 이 이상한 소리에 눈을 떴다. 목소리는 분명히 아내가 자고 있는 옆방에서 난다. 동시에 장지문을 새어 나와 빨간 불이 훅하고 어두운 서재를 비추었다. 방금 뜬 눈꺼풀 안에 그 빛이 닿자마자 나는 불이 난 줄 알고 벌떡 일어났다. 그리고 갑자기 칸막이 장지문을 드르륵 열었다.

그때 나는 뒤집힌 코타츠를 상상했다. 타들어간 이불을 상상하고 있었다. 넘쳐흐르는 연기와 불타는 다다미를 상상했다. 그런데 막상 문을 열어보니, 램프는 여느 때처럼 타고 있었다. 아내와 아기는 언제나처럼 자고 있다. 코타츠는 저녁때 놓아둔 위치에 얌전히 있다. 모든 것이 잠들기 전에 본 풍경 그대로다. 평화롭다. 따뜻하다. 다만 하녀만은 울고 있는 게다.

하녀는 아내의 이불 끝을 누르듯 붙잡고 빠른 어조로 말한다. 아내는 눈을 깜빡깜빡하며 특별히 일어날 기세가 아니다. 나는 무슨 일인지 거의 판단이 서지 않아 문지방에 선 채로 멍하니 방 안을 둘러보았다. 순간, 하녀의 울먹임 속에서 도둑이라는 두 글자가 나왔다. 그 말이 내 귀에 들어오기가 바쁘게 모든 것이 해결된 듯 나는 곧바로 방을 성큼성큼 가로질러 그다음 방으로 뛰어나가며 '어느 놈이냐?' 하고 외쳤다. 하지만 뛰어나가서 맞닥뜨린 다음 방은 캄캄했다. 이어지는 부엌의 덧문 하나가 벗겨져 있고 아름다운 달빛이 방 입구까지 흘러들어오고 있었다. 나는 한밤중에 남의 집 방안을 비추는 달그림자를 보고 저절로 추위를 느꼈다. 나는 맨발로 마루에 나가 부엌의 개수대까지 가보았지만 사방이 고요하다. 밖을 내다보아도 달빛뿐이다. 나는 문에서 한 발짝도 나가고 싶지 않았다.

돌아서서 아내 방으로 와서는 도둑은 도망쳤으니 안심하라고, 아무것도 훔쳐가지 않았다고 말했다. 아내는 그제서야 겨우 일어나 있었다. 아무 말도 없이 램프를 들고 어두운 방까지 와서 서랍장 앞에 꽂았다. 옷장 문이 뜯어져 있었다. 서랍은 열린 채였다. 아내는 내 얼굴을 보고, '역시 훔쳐갔어요.' 하고 말했다. 나도 결국 도둑이 훔친 뒤에 도망갔음을 알았다. 뭔가 갑자기 어리석게 느껴졌다. 한쪽을 보니 울며 깨우러 온 하녀의 이불이 있다. 그 베갯머리에 또 하나의 서랍장이 있다. 그 서랍장 위에 또 작은 머릿장이 올려져 있다. 연말에 있었던 일이라 의사의 진단서 같은 것이 그 안에 들어 있다고 했다. 아내에게 살펴보라고 하니 그곳은 원래대로라고 했다. 하녀가 울며 툇마루 쪽에서 들어왔으니 도둑도 어쩔 수 없이 중간에 도망친 것인지도 모른다.

그러는 동안 다른 방에서 자고 있던 사람들도 모두 일어나서

왔다. 그리고 각자 이런저런 이야기를 한다. '좀 전에 소변보러 일어났었는데'라든가, '오늘 밤엔 잠이 안 와서 두시까지 눈을 뜨고 있었는데'라든가, 모든 게 아쉬운 모양이었다. 그중에서 열 살이 된 큰딸은 도둑이 부엌에서 들어온 것도 도둑이 삐걱삐걱 툇마루를 걷는 것도, 다 알고 있었다고 말했다. 어머나, 하고 오후사가 놀랐다. 오후사는 열여덟 살로 큰딸과 같은 방에서 자는 친척 딸이다. 나는 다시 내방으로 돌아와서 잤다.

이튿날은 간밤의 소동 탓에 다른 때보다 조금 늦게 일어났다. 세수를 하고 아침식사를 하는데 부엌에서 하녀가 도둑의 발자국을 보았다든가, 안 보인다든가 하며 소란을 떤다. 성가셔서 서재로 돌아왔다. 돌아와서 십 분이나 지났을까, 현관에서 '실례합니다'라는 소리가 났다. 늠름한 목소리다. 부엌 쪽에서 못 들은 것 같아 내가 대신 나갔더니 순사가 격자문 앞에 서 있었다. '도둑이 들었다는 말씀을 들어서요.' 하며 웃고 있었다. '문단속은 잘하셨습니까?' 하고 물어서 '아니요 아무래도 그렇지 않은 것 같습니다.' 하고 대답했다. '그럼 어쩔 수 없었네요. 문단속이 안되면 어디로든 들어옵니다. 일일이 덧문마다 못을 박아두셔야 합니다.'라고 주의를 준다. 나는 '예, 예' 대답을 해두었다. 이 순사를 만나고 난 뒤, 나쁜 것은 도둑이 아니라 문단속을 잘 못한 주인인 것 같은 기분이 들었다.

순사는 부엌을 향해 돌았다. 부엌에서 아내를 붙잡고 분실한 물건을 수첩에 적고 있다. '금실 은실로 짠 마루오비[28] 하나가 없어졌군요.' — '마루오비라는 게 뭡니까? 마루오비라고 써 두면 알 수 있는 겁니까? 아아 그래요? 그럼 금실 은실로 짠 마루오비 하나, 그리고……'

하녀가 방긋방긋 웃고 있다. 이 순사는 마루오비도 하라아와세[29]도 전혀 알지 못한다. 아주 단순하고 재미있는 순사다. 이윽고 분실 목록을 열 점 정도 적은 뒤 그 밑에 가격을 기입하고 '그러면 합쳐서 백오십 엔 상당의 금액이군요.' 하고 확인을 한 뒤 돌아갔다.

나는 이때야 비로소 무엇을 잃어버렸는지 확실하게 알았다. 잃어버린 것은 열 점, 전부 오비다. 어젯밤 들어온 것은 오비도둑이었다. 설날을 코앞에 맞은 아내는 묘한 표정을 짓고 있다. 아이들이 정초 사흘간 갈아입을 옷이 없다고 한다. 어쩔 수 없는 일이다.

---

28 丸帶. 일본여성의 전통의상 중에서 천의 폭을 두 겹으로 접어 만든 폭인 넓은 허리띠(오비).

29 腹合せ. 일본여성의 전통의상 중에서 안팎이 다른 천으로 된 허리띠.

점심때가 지나 형사가 왔다. 객실로 올라오더니 이것저것 살핀다. 나무통 속에 촛불이라도 붙여서 일을 하지는 않았을까 하며, 부엌의 작은 나무통까지 조사했다. 차라도 드시라고 하고 볕이 잘 드는 응접실로 안내하여 이야기를 했다.

도둑은 대체로 시타야, 아사쿠사에서 전차를 타고 와서 다음 날 아침 전차를 타고 돌아간다고 한다. 대체로는 잡히지 않는다는 것이다. 잡히면 형사 쪽이 손해라고 했다. 도둑을 전차에 태우면 전차 값을 손해 보기 때문이다. 재판을 하면 도시락 값을 손해 본다. 기밀비는 경시청이 반을 가져가버린다고 한다. 경시청이 취하고 남은 것을 각 경찰에 나누어준다는 것이다. 우시고메에는 형사가 겨우 서너 명밖에 없다고 한다. — 경찰이라면 그 힘으로 웬만한 일은 다 할 수 있다고 믿던 나는 몹시 의기소침한 기분이 들었다. 이야기하는 형사도 의기소침한 표정이었다.

자주 드나드는 업자를 불러 문을 고치려고 했더니 설밑이라 일이 몰려 올 수가 없다고 한다. 그러는 동안 밤이 되었다. 어쩔 수 없이 원래대로 해두고 잠자리에 들었다. 모두 찜찜해하는 듯했다. 나도 결코 좋은 기분은 아니다. 도둑은 각자 알아서 단속하라고 경찰이 선언한 것이나 마찬가지이기 때문이다. 그래도 어제 그런 일이 있었으니 오늘은 괜찮으려니 하며 마음을 편히 갖고 자리에 누웠다. 그런데 또 한밤중에 아내가 깨웠다. 아까부터 부엌 쪽에서 달그락달그락 소리가 난다는 것이다. 예감이 좋지 않으니 일어나 보라고 한다. 정말 달그락달그락한다. 아내는 이미 도둑이 들어온 것 같은 표정을 하고 있었다.

나는 조용히 밖으로 나갔다. 살금살금 아내 방을 가로질러 칸막이 장지문 옆까지 갔더니 그다음 방에서 자고 있는 하녀의 코 고는 소리가 들린다. 나는 되도록 조용히 장지문을 열었다. 그리하여 새까만 어둠이 깔린 방 안에 혼자 섰다. 덜거덕덜거덕 하는 소리가 난다. 분명히 부엌 입구 쪽에서 나는 소리다. 어둠을 가르며 그림자가 움직이듯 조심스럽게 소리 나는 쪽을 향해 세 걸음 정도 걸어가니 장지문이 막고 있다. 밖은 바로 마룻바닥이다. 나는 장지문에 몸을 붙이고 어둠 속에 귀를 기울였다. 이윽고 덜그럭 소리가 났다. 한동안 가만히 있다가 또 덜그럭한다. 나는 이 수상한 소리를 네다섯 번가량 들었다. 그리고 이것은 마룻바닥 왼쪽에 있고, 선반 안에서 나는 소리임에 틀림없다는 것을 확인했다. 곧장 평소 때의 걸음 평소 때의 몸짓으로 아내 방으로 돌아왔다. 쥐가 무언가 갉아대고 있는 것이니 안심하라고 말하자 아내는 '그런 기였군요.' 하고는 고마운 듯 대답했다. 그리고 두 사람 모두 안심하고 잠이 들었다.

이튿날 아침 세수를 하고 거실로 갔더니 아내가 쥐가 갉은 가다랭이포를 밥상 위에 놓으며 '어젯밤에 난 소리는 이거였어요.' 하며 설명했다. 나는 '아, 역시…' 하고 하룻밤 새 무참히 갉힌 가다랭이포를 바라보고 있었다. 그러자 아내는 '당신이 일어난 김에 쥐도 쫓아 주고 가다랭이포도 잘 챙겨두셨더라면 좋았을걸요.' 하고 불평 섞인 말을 했다. 그제서야 나도 그랬으면 좋았을 것을 하는 생각이 들었다.

감

기이짱이라는 아이가 있다. 매끄러운 피부와 선명한 눈동자를 가진 아이지만, 뺨 색깔은 발육이 좋은 다른 아이처럼 맑아 보이지는 않았다. 어떻게 보면 온통 누렇다는 느낌이 든다. 엄마가 너무 애지중지해서 밖으로 나와 놀지 않은 탓이라고 단골집 미용사가 말한 적이 있다. 어머니는 서양식 트레머리가 유행하는 요즘 세상에 나흘마다 꼭 한 번씩 옛날식 올림머리로 틀어 올리는 여인으로 자기 자식을 기이짱, 기이짱 하며 언제나 '짱'을 붙여 부른다. 이 어머니 위에 또 기리사케 머리[30]를 하고 다니는 할머니가 있어 그 할머니 역시 기이짱, 기이짱 하고 부른다. '기이짱, 비파 배우러 갈 시간이에요', '기이짱, 무턱대고 밖에 나가서 동네 애들이랑 놀면 안 돼요' 하고 말한다.

이러니 기이짱은 좀처럼 밖에 나가 논 적이 없다. 하기는 이 근방이 그다지 품위 있는 동네는 아니다. 앞에 소금 센베를 파는 가게가 있다. 그 옆에 기와장이가 있다. 좀 더 앞으로 나가면 나막신 굽 박는 가게와 땜질장이, 자물쇠수리공이 있다. 그런

---

30 짧게 자른 머리카락을 뒤로 가지런히 들어올려 묶는 옛 일본여성의 머리.

데 기이짱네는 은행원이다. 담 안에 소나무가 심어져 있다. 겨울이면 나무장이가 와서 좁은 정원에 마른 솔잎을 쫙 펴놓고 간다.

기이짱은 어쩔 수 없으니까 학교에서 돌아와 심심해지면 뒤쪽으로 나가 논다. 뒤쪽은 엄마와 할머니가 천에 풀을 먹여 말리는 장소다. 요시가 빨래를 하는 곳이다. 저녁이 되면 머리에 끈을 동여맨 남자가 절구를 메고 와서 떡을 찧는 곳이다. 그리고 절임채소에 소금을 뿌리고 통에 담는 곳이다.

기이짱은 거기서 어머니와 할머니와 요시를 상대로 논다. 때로는 아무도 없는데 혼자서 놀 때도 있다. 그때는 낮은 울타리 사이로 곧잘 뒤쪽 길게 늘어선 연립 가옥을 들여다본다.

긴 집은 대여섯 채가 있다. 울타리 밑이 서너 자 정도의 절벽으로 되어 있어서 기이짱이 들여다보면, 위쪽에서 내려다보듯 잘 보인다. 기이짱은 어린 마음에 이렇게 뒤쪽 긴 집을 내려다보는 게 유쾌하다. 조병창에 다니는 타츠가 웃통을 벗고 술을 마시고 있으면 '술 마시고 있어요' 하고 어머니에게 말한다. 목공인 겜보가 자귀로 목재를 갈고 있으면 '뭔가 갈고 있어요' 하고 할머니에게 알린다. 그밖에도 '싸우고 있어요', '군고구마를 먹고 있네요' 하고 내려다보이는 대로 보고를 한다. 그러면 요시가 커다란 목소리로 웃는다. 어머니도 할머니도 재미있다는 듯 웃는다. 기이짱은 남들을 웃기는 게 장기인 게다.

기이짱이 뒷집을 살피고 있으면 때때로 겜보의 부하인 요키치와 얼굴이 마주치는 때가 있다. 그래서 세 번에 한 번 정도는 이야기를 한다. 그렇지만 기이짱과 요키치의 이야기가 서로 맞을 리 없다. 언제나 싸움이 되곤 한다. 요키치가 '뭐야 파란 통퉁이!' 하고 아래쪽에서 말하면, 기이짱은 위에서 '여어이, 코홀리개, 가난뱅이!' 하고 경멸하듯 둥근 턱을 치켜올린다. 한번은 요키치가 화를 내며 아래쪽에서 장대를 던졌고, 기이짱은 놀라서 집으로 도망쳐버린 일이 있었다. 그러고는 기이짱이 털실로 예쁘게 감친 고무공을 담벼락 아래로 떨어뜨린 걸 요키치가 주워서 좀처럼 돌려주려 하지 않았다. '돌려줘, 던져줘, 응?' 하고 열심히 졸랐지만 요키치는 공을 쥔 채 위를 보고 젠체하며 서 있다. '사과해, 사과하면 돌려줄게' 하고 말한다. '누가 사과한대? 도둑놈' 하고는 재봉 일을 하고 있는 어머니 옆으로 가서 울기 시작했다. 어머니가 정색을 하고 요시를 보내자, 요키치의 어머니가 정말 죄송하다고 말했을 뿐, 공은 결국 기이짱 손에 돌아오지 않았다.

그 후 사흘이 지나 기이짱은 커다란 빨간 감을 하나 들고 다시 뒤쪽으로 나갔다. 그러자 요키치가 평소처럼 담벼락 밑쪽으로 다가왔다. 기이짱은 울타리 사이로 빨간 감을 내밀고, '이거 줄까?' 하고 말했다. 요키치는 아래쪽에서 감을 노려보면서 '왜? 왜? 그런 거 필요 없어' 하며 꼼짝 않고 서 있다. '필요 없어? 필요 없으면 관둬라.' 하고 기이짱은 담장에서 손을 뺐다. 그러자 요키치는 역시 '뭐야? 뭐냐구? 너 정말 맞을래?' 하고 말하며 또다시 담벼락 밑으로 다가왔다. '그럼 먹고 싶은 거야?' 하고 기이짱이 다시 감을 내밀었다. '먹고 싶을까, 그 따위 것' 하고 요키치는 눈을 크게 뜨고 올려다본다.

이런 문답을 네다섯 번 주고받은 뒤, 기이짱은 '그럼 줄게' 하고 말하면서 손에 쥔 감을 툭하고 벼랑 밑으로 떨어뜨렸다. 요키치는 서둘러 흙이 묻은 감을 주었다. 그리고 줍기가 바쁘게, 아삭하고 옆으로 베어 물었다.

그때 요키치의 콧구멍이 떨리는 것처럼 움직였다. 두꺼운 입술이 오른쪽으로 비뚤어졌다. 그리고 베어 물었던 감 한쪽을 '퉤' 하고 뱉었다. 그러고는 눈동자에 힘껏 증오를 담아 '아, 떫어, 이런 걸!' 하며 손에 쥐었던 감을 기이짱을 향해 던졌다. 감은 기이장의 머리 위를 지나 안쪽에 있는 곳간에 떨어졌다. 기이짱은 '야아, 먹보야!' 하고 놀리며 집으로 뛰어들어갔다. 잠시 후 기이짱의 집에서는 커다란 웃음소리가 들렸다.

화로

아침에 눈을 떠 보니 어젯밤 안고 잤던 회로[31]가 배 위에 차갑게 식어 있었다. 유리창 너머 차양 밖을 바라보니 무거운 하늘은 마치 폭이 세 척쯤 되는 납처럼 보였다. 위통은 어느 정도 가신 듯했다. 각오하고 자리에서 일어나 앉았지만 생각보다 춥다. 창 아래는 어제 내린 눈이 그대로 쌓여 있다.

목욕탕은 꽁꽁 언 얼음으로 반짝이고 있다. 수도꼭지는 얼어붙어 움직이지 않는다. 간신히 온수마찰을 마치고 거실에서 홍차를 잔에 따르고 있자니 두 살 된 사내아이가 언제나처럼 울기 시작했다. 이 아이는 그제도 하루 종일 울었다. 어제도 계속 울어댔다. 아내에게 무슨 일인가 물으니 따로 이유가 있어서가 아니고 추워서 그런 거라고 한다. 어쩔 수 없다. 그러고 보니 우는 소리가 웅얼웅얼하는 것이 아프거나 괴로운 것 같지는 않다. 하지만 울 정도이긴 하니까 어딘가 불안정한 곳이 있는 것이리라. 아이 우는 소리를 듣고 있자니 내가 다 불안해진다. 때때로 얄미워진다. 큰소리로 야단치고 싶은 적도 있지만, 아무래

---

31 懷爐. 불을 붙여 품속에 지니는 작은 화로. 개인 방한용으로 쓰였다.

도 야단치기엔 너무 어리다는 생각이 들어 결국 참고 만다. 그제도 어제도 그랬지만, 오늘도 역시 하루 종일 그러려나 싶으니 아침부터 기분이 좋지 않다. 요사이 위가 아파 아침을 먹지 않기로 했으므로 홍차 잔을 쥔 채, 서재로 물러갔다.

화로에 손을 대어 조금 따뜻해지자, 아이는 건너편에서 다시 운다. 그러는 동안 손바닥만은 연기가 날 만큼 뜨거워졌다. 하지만 등에서 어깨까지 엄청나게 춥다. 특히 발끝은 차가워지다 못해 아플 정도이다. 그래서 어쩔 수 없이 가만히 있었다. 조금이라도 손을 움직이면 손이 어딘가 차가운 곳에 닿는다. 그것이 가시에라도 찔린 듯 소스라치게 아프다. 목을 빙그르 돌릴 때 목줄기가 옷에 닿아 미끄러지는 것조차 견딜 수 없다. 나는 사방에서 추위의 압박을 받으며 다다미 열 장 크기의 서재 한가운데 쭈그리고 있었다. 이 서재는 나무로 된 바닥이다. 의자를 사용해야 할 곳에 융단을 깔고 보통의 다다미라 상상하며 앉았다. 하지만 융단이 좁아서 사방으로 두 자 정도는 매끈매끈한 나무 바닥을 드러내며 반짝였다. 우두커니 쪼그려 앉아 마룻바닥을 바라보는데 아이가 아직 울고 있었다. 도저히 일을 할 용기가 나지 않는다.

그때 아내가 시계를 좀 빌려달라며 들어와서는 또 눈이 내린다고 말했다. 내다보니 어느새 고운 눈이 내리고 있었다. 바람도 없는 흐린 하늘에서 조용히, 서둘지 않으며, 차갑게, 떨어진다.

"이봐. 작년에 애가 병이 나서 불을 땠을 때, 난방비가 얼마나 나왔었지?"

"그때는 월말에 28엔을 냈어요."

나는 아내의 대답을 듣고 난로를 단념했다. 난로는 뒤채 헛간에 굴러다닌다.

"있지, 좀 더 애를 조용하게 할 수는 없어?"

아내는 어쩔 수 없다는 표정을 지었다. 그리고 말했다.

"오마사 씨가 배가 아파서 많이 괴로운 모양인데, 하야시 씨라도 오시라고 해서 봐달라고 할까요?"

오마사 씨가 이삼일 누워 있다는 건 알고 있었지만 그 정도로 상태가 나쁜 줄은 몰랐다. '빨리 의사를 불러야지' 하고 내가 더 재촉하듯 말하자, 아내는 그렇게 하겠다고 대답하고 시계를 든 채 나갔다. 장지문을 닫을 때 아내는 '이 방은 왜 이렇게 추울까' 하고 말했다.

아직 손이 곱아서 일할 엄두가 나지 않는다. 사실을 말하자면, 일이 산더미처럼 쌓여 있다. 원고를 1회분 써야만 한다. 어떤 모르는 청년이 부탁한 단편소설을 두세 편 읽어야 할 의무가 있다. 한 잡지에 한 사람의 작품을 소개하는 편지를 쓰기로 약속했다. 최근 이삼 개월 사이에 읽어야 했지만 읽지 못한 책이 책상 옆에 수북하다. 최근 일주일은 일을 하려고 책상에 앉기만 하면 사람이 온다. 그리고 모두가 뭔가 하나씩 상담거리를 가지고 온다. 게다가 위도 아팠다. 그런 점에서 오늘은 나은 편이다. 하지만 아무리 생각을 해도 추워서 일할 엄두가 나지 않고 화로에서 손을 뗄 수가 없다.

그런데 현관 앞에 인력거를 세운 사람이 있다. 하녀가 와서 나가사와 씨가 오셨다고 말한다. 나는 화로 옆에 쭈그린 채, 눈을 치켜뜨고 들어오는 나가사와를 올려다보며 추워서 꼼짝을 못하겠다고 말했다. 나가사와는 품속에서 편지를 꺼내서 이번 15일은 음력설이니 꼭 변통을 해달라는 편지를 읽었다. 언제나처럼 돈 이야기다. 나가사와는 12시 지나 돌아갔다. 하지만 아직 추워서 어쩔 줄을 모르겠다. 얼른 뜨거운 물에라도 들어가 기운을 차려야지 생각하고 수건을 들고 현관을 나서려는데 '계십니까?' 하고 말하는 요시다와 딱 마주쳤다. 거실로 올라와서 이런저런 신변상의 이야기를 듣고 있자니 요시다는 눈물을 뚝뚝 흘리며 울기 시작했다. 그러는 동안 집 안쪽에서는 의사가

왔는지 어수선하다. 이윽고 요시다가 돌아가자 아이가 다시 울기 시작했다. 겨우겨우 목욕탕에 갔다.

목욕탕에서 나오니 비로소 몸이 따뜻해졌다. 산뜻하게 집에 돌아가 서재에 들어가니 램프가 켜져 있고 커튼이 드리워져 있다. 화로에는 새 숯이 타고 있었다. 나는 방석 위에 척 앉았다. 그때 아내가 '추우시죠?' 하며 메밀차를 가져다주었다. 오마사 씨의 상태를 물으니 '어쩌면 맹장염이 될지도 모른대요' 한다. 나는 메밀차를 손에 들고 만약 안 좋은 상황이 될 거 같으면 입원시키라고 말했다. 아내는 '그게 좋겠어요' 하고 거실 쪽으로 돌아갔다.

아내가 나간 뒤 갑자기 적막했다. 그야말로 눈 내리는 밤이다. 우는 아이는 다행히 잠든 모양이다. 뜨거운 메밀차를 후루룩 마시며 막 갈아 넣은 숯이 밝은 램프 아래 타닥타닥 타는 소리에 귀를 기울이고 있노라니 재 사이로 빨간 불기운이 은은하게 흔들리고 있다. 가끔 푸르스름한 불꽃이 석탄 사이로 피어오른다. 나는 이 불 빛깔에서 비로소 하루의 따뜻함을 깨달았다. 그리고 점차 하얗게 변해가는 재의 표면을 5분 정도 지켜보았다.

하숙집

처음 하숙을 한 것은 북쪽 고지대였다. 붉은 벽돌로 지은 아담한 이층집이 마음에 들었기 때문에 좀 비쌌지만 일주일에 2파운드 하는 하숙비를 내고 안쪽 방을 한 칸 빌렸다. 그때 바깥쪽을 전용하고 있던 K씨는 한참 스코틀랜드 유람 중이어서 한동안 돌아오지 않을 거라고 아주머니가 말했다.

아주머니라는 사람은 눈이 움푹하고 코가 납작하며 턱과 뺨이 뾰족하게 튀어나와 날카로운 인상을 주는 여성으로 언뜻 봐서는 나이를 가늠할 수 없을 만큼 여성성을 초월한 느낌이었다. 신경질, 비뚤어짐, 고집, 오기, 의혹, 모든 약점이 온순한 이목구비를 무참히 농락한 결과, 이렇게 뒤틀린 인상이 된 게 아닐까, 나는 생각했다.

아주머니는 북쪽 사람에게는 찾아보기 어려운 검은 머리와 검은 눈동자를 가지고 있었다. 하지만 언어는 보통 영국 사람과 조금도 다를 바가 없었다. 이사한 첫날, 아래층에서 차를 마시라고 부르기에 내려가 보니 가족이라곤 한 사람도 없다. 북향의 작은 식당에 나는 아주머니와 단 둘이 마주앉았다. 볕이 닿은 적 없던 것처럼 으스름한 방을 돌아보니 벽난로 선반 위에 수선화가 쓸쓸하게 꽂혀 있었다. 아주머니는 내게 차와 토스트를 권하면서 잡다한 이야기를 늘어놓았다. 그러다 어느 순간 태어난 고향은 영국이 아니라 프랑스라고 문득 털어놓았다. 그리고 검은 눈동자를 움직여 뒤쪽 유리병에 꽂혀 있는 수선화를 돌아보면서 영국은 날이 흐리고 추워서 못쓴다고 말했다. 꽃도 이렇게 예쁘지 않다고 가르쳐주려는 것이겠지.

나는 속으로 볼품없이 핀 수선화와 여인의 말라빠진 뺨 속을 흐르는 빛바랜 실핏줄을 비교하며 멀리 프랑스에서 꾸었어야 할 따뜻한 꿈을 상상했다. 아주머니의 검은 머리와 검은 눈동자 속에는 오래전에 사라진 봄 냄새의 쓸쓸한 역사가 있는 것이다. '프랑스어를 할 줄 아시나요?' 하고 내게 물었다. '아뇨, 아뇨' 하고 대답하려는 말을 막으면서 두세 마디 연달아 매끄러운 남쪽 말로 이야기한다. 이렇게 뼈가 앙상한 목에서 어떻게 저런 소리가 나올까 싶을 정도로 아름다운 악센트였다.

그날 저녁 만찬 때는, 머리가 벗겨진 백인 노인이 테이블에 앉았다. '이 분이 제 아버지세요.' 하고 아주머니가 소개했기 때문에 그때서야 집주인이 나이가 낳구나고 깨날았다. 이 주인은 묘한 말투를 썼다. 잠깐만 들어봐도 결코 영국인이 아니라는 걸 알 수 있다. 아하, 부녀지간에 해협을 건너 런던에 정착한 것이구나 하고 추측을 했다. 그때 노인이 자신은 독일인이라고 묻지도 않은 말을 했다. 나는 예상이 조금 빗나갔기 때문에 '그렇습니까?' 하고 말했을 뿐이었다.

방에 돌아와서 책을 읽고 있자니 묘하게 아래층 부녀가 신경이 쓰여 견딜 수가 없었다. 그 노인은 앙상한 딸과 전혀 닮지 않았다. 얼굴은 부어오른 듯 부풀어 있고 그 사이에 평퍼짐하게 살이 붙은 코가 제멋대로 나뒹굴고 가느다란 눈이 두 개 붙어 있다. 남아프리카 대통령 크루거라는 사람이 있었다. 그와 많이 닮았다. 내 눈에 산뜻하고 기분 좋은 인상으로 비치지는 않는다. 게다가 딸에 비해 말투가 온화하지 않다. 이가 좋지 않아 우물우물하는 주제에 이따금 거친 어조로 말한다. 딸도 아버지를 대할 때는 험악한 인상이 더욱더 험악하게 보인다. 아무리 해도 보통 부녀는 아니야. ― 나는 그렇게 생각하며 잠이 들었다.

다음날 아침밥을 먹으러 내려가니 저녁에 만난 부녀 외에 또 한 사람 가족이 늘어 있었다. 새로 식탁에 앉은 사람은 혈색이 좋고 애교가 있는 사십 줄의 남자였다. 나는 식당 입구에서 이 남자의 얼굴을 보고, 처음으로 생기 있는 인간 사회에 살고 있는 듯한 기분이 들었다. 'My brother'라며 아주머니가 내게 그 남자를 소개했다. 역시 남편은 아니었던 것이다. 그러나 형제라고는 도저히 믿기지 않게 얼굴이 달랐다.

그날은 점심을 밖에서 먹고 오후 3시 넘어서 돌아와 내 방으로 들어서기 무섭게 차를 마시러 오라고 했다. 오늘도 구름이 잔뜩 끼었다. 어스름한 식당 문을 열자, 아주머니 혼자서 스토브 옆에 다기를 준비해 놓고 앉아 있었다. 석탄을 태웠기 때문에 어느 정도 온기가 느껴졌다. 막 타기 시작한 불꽃에 비친 아주머니의 얼굴을 보니 희미하게 붉어진 데다 분가루까지 약간 칠하고 있다. 나는 방 입구에서 화장의 쓸쓸함을 절실히 깨달았다. 아주머니는 자기 인상이 나쁘다는 것을 직시하고 있는 듯한 눈빛이었다. 내가 아주머니로부터 일가의 사정을 듣게 된 건 이때였다.

아주머니의 어머니가 스물다섯 살이던 옛날, 어느 프랑스인에게 시집을 가서 이 딸을 낳았다. 몇 년인가 부부로 지내던 남자가 죽었다. 어머니는 딸의 손을 잡고 다시 독일인에게 시집을 갔다. 그 독일인이 어젯밤의 노인이다. 지금은 런던의 웨스트엔드에서 옷집을 내고 매일매일 그곳으로 통근하고 있다. 전처의 아들도 같은 가게에서 일하지만 부자지간이 아주 사이가 나쁘다. 한 집에 살아도 말을 섞지 않는다. 아들은 밤늦게 귀가한다. 현관에서 구두를 벗고는 비선발로 아버지 몰래 복도를 통과하여 자기 방으로 들어가 잠들어버린다. 어머니는 진즉에 돌아가셨다. 죽을 때 자신의 삶을 자세히 이야기하고 죽었는데, 어머니의 재산은 모두 새아버지 손에 넘어가 한푼도 자유롭게 쓸

수가 없다. 어쩔 수 없이 이렇게 하숙을 해서 용돈벌이를 하는 것이다. 아그네스는······.

아주머니는 그 뒷이야기를 하지 않았다. 아그네스란 이 집에서 심부름하는 열서너 살짜리 여자애의 이름이다. 그 순간 오늘 아침에 본 아들과 아그네스가 어딘지 닮은 것 같다는 기분이 들었다. 때마침 아그네스는 토스트를 안고 주방에서 나왔다.

"아그네스, 토스트 먹을래?"

아그네스는 묵묵히 한 조각의 토스트를 받아 다시 주방 쪽으로 사라졌다.

한 달 후 나는 이 하숙집을 떠났다.

과거의 냄새

내가 이 하숙집을 나오기 2주일 정도 전에 K가 스코틀랜드에서 돌아왔다. 그때 아주머니가 K에게 나를 소개했다. 두 사람의 일본인이 런던 산속에 있는 작은 집에서 우연히 만나, 그것도 아직 서로 통성명도 하기 전에, 신분도, 성격도, 경력도 모르는 외국 부인에게 이끌려, 아무쪼록 잘 부탁한다며 고개를 숙인 것은, 생각해보면 지금까지도 묘한 기분이 든다. 그때 이 노령의 따님은 검은 옷을 입고 있었다. 뼈가 앙상하고 기름기라곤 없는 손을 앞으로 내밀면서 'K씨, 이 분이 N씨예요'라고 말했지만, 말이 다 끝나기도 전에 또 한 손을 상대방에게 내밀어 'N씨, 이 분이 K씨예요' 하고 공평하게 쌍방을 소개했다.

나는 늙은 따님의 태도가 정말이지 엄숙하고 일종의 중요한 분위기에 넘치는 형식을 갖추고 있음에 적잖이 놀랐다. K는 내 쪽을 향해 서서는 쌍꺼풀 진 아름다운 눈가에 주름을 만들며 웃음을 보였다. 나는 웃는다기보다는 오히려 모순에 찬 쓸쓸함을 느꼈다. 유령의 중매로 결혼식을 행한다면 이런 기분이 들까, 선 채로 생각했다. 이 늙은 따님의 검은 그림자가 닿는 곳마다 생기를 잃고 순식간에 유적으로 변해버리는 것 같았다. 실수라도 해서 그 피부에 닿으면, 닿은 사람의 피가 그 부분만 차갑게 변한다고밖에 상상할 수 없었다. 나는 문밖으로 사라져 가는 여자의 발소리에 반쯤 머리를 돌려 돌아보았다.

늙은 따님이 나간 뒤에 나와 K는 금방 친해졌다. K의 방에는 아름다운 융단이 깔려 있었다. 하얀 커튼이 드리워졌고 멋진 안락의자와 로킹 체어와 작은 침실이 따로 붙어 있었다. 무엇보다 기쁜 것은 스토브에 끊임없이 불을 지펴서 빛나는 석탄을 아낌없이 허무는 것이었다.

그때부터 나는 K의 방에서 차를 마셨다. 낮에는 곧잘 가까운 요리점으로 함께 외출했다. 계산은 반드시 K가 해주었다. K는 축항築港 조사를 하러 왔다는 것인데 꽤 많은 돈을 가지고 있었다. 집에 있을 땐 적갈색 직물에 꽃과 새가 수놓인 드레싱 가운을 입고 대단히 유쾌해 보였다. 그에 비해 나는 일본을 떠날 때 입은 옷이 대부분 더러워져서 볼품없는 모습이었다. K는 차림새가 별로라며 새로 옷을 맞출 돈을 빌려주었다.

2주일 동안 K와 나는 여러 가지 이야기를 나눴다. K가, 지금 게이오 내각을 만들고 있다는 이야기를 한 적이 있다. 게이오[32] 시대에 태어난 사람만으로 내각을 구성할 거라서 게이오 내각

---

32 慶應. 일본의 연호 중 하나로 1865~1868년을 뜻한다.

이라는 것이다. 내게 자네는 몇 년 생인가고 묻기에 게이오 3년이라고 답하자, 그러면 내각에 들어올 자격이 있다며 웃었다. K는 확실히 게이오 2년이거나 원년에 태어난 사람이었다고 기억한다. 나는 1년만 늦게 태어났어도 K와 함께 국정에 참여할 권리를 잃을 판이었다.[33]

이런 재미있는 이야기를 하는 사이에 때때로 아래층 가족이 화제가 되었다. 그럴 때면 K는 언제나 눈살을 찌푸리며 고개를 저었다. 아그네스라는 작은 여자아이가 가장 가엾다고 말했다. 아그네스는 아침이면 K의 방에 석탄을 가지고 온다. 낮이 지나면 차와 버터와 빵을 가지고 온다. 묵묵히 석탄을 들고 와서 묵묵히 두고 나간다. 언제 보아도 창백한 얼굴을 하고, 커다랗게 물기 어린 눈으로 살짝 눈인사를 할 뿐이었다. 그림자처럼 나타나 그림자처럼 사라진다. 한 번도 발소리를 낸 적이 없다.

어느 날 나는 불쾌해서 이 집을 나가련다고 K에게 말했다. K는 찬성하면서 자신은 이렇게 조사 때문에 이곳저곳 돌아다녀야 하는 몸이니 상관없지만, 자네 같은 사람은 좀더 안락한 곳에서 안정적으로 공부하는 게 좋을 거라고 말했다. 그때 K는 지중해 어딘가로 간다며 열심히 여장을 꾸리고 있었다.

---

33 게이오 3년 다음 해가 메이지 원년(1868년)이다.

내가 하숙을 나올 때 늙은 따님은 간곡하게 붙잡으며 부탁했다. 하숙비를 깎아준다, K가 없을 때는 그 방을 사용해도 좋다, 그렇게까지 말했지만 나는 결국 남쪽으로 이사를 했다. 동시에 K도 멀리 떠났다.

이삼 개월 지나서 갑자기 K의 편지를 받았다. 여행에서 돌아왔다며 당분간 여기 있을 테니 놀러오라고 쓰여 있었다. 곧바로 가고 싶었지만 여러 가지 사정이 있어서 북쪽 끝까지 달려갈 시간이 없었다. 일주일 정도 지나, 에서렁턴까지 갈 일이 생겼기에 기꺼이 돌아오는 길에 K에게 들렀다.

바깥쪽 이층 창에 예의 견직 커튼이 묶인 채로 유리창에 비치고 있다. 나는 따뜻한 난로와 적갈색 천의 자수와, 안락의자와, 쾌활한 K의 여행담을 예상하며, 힘차게 대문을 열고 들어가 뛰어오르듯 계단을 올라 문고리를 잡고 똑똑 두드렸다. 문 저편에서 발소리가 나지 않기에, 안 들렸나 싶어 다시 한번 문고리에 손을 걸려고 하는 순간, 문이 저절로 열렸다. 나는 한 발짝 안으로 들어갔다. 그리고 미안한 듯 나를 응시하며 올려다보는 아그네스와 얼굴이 마주쳤다. 그때 최근 3개월 정도 잊고 있던 과거의 하숙집 냄새가 좁은 복도 한가운데서 내 후각을 번갯불의 섬광처럼 자극했다. 그 냄새는 검은 머리와 검은 눈과 크루거를 닮은 얼굴과 아그네스를 닮은 그의 아들과 아들의 그림자 같은 아그네스와 그들 사이에 뒤얽힌 비밀을 한꺼번에 품고 있었다. 이 냄새를 맡았을 때, 나는 그들의 기분, 동작, 언어, 안색을, 어두운 지옥 안에서 선명하게 보았다. 차마 2층에 올라가서 K를 만날 수 없었다.

고양이의 무덤

와세다로 이사 오고 나서 고양이가 점점 여위어 갔다. 아이들과 놀고 싶은 기색이 아예 없다. 볕이 들면 툇마루에 눕는다. 앞다리를 가지런히 하고 그 위에 네모난 턱을 올려 가만히 정원의 나무들을 바라보면서 그대로 언제까지나 꼼짝도 않는다. 아이들이 아무리 그 옆에서 소란스럽게 굴어도 모른 척한다. 아이들도 전혀 상대를 하지 않게 되었다. 이 고양이는 아무래도 놀이 상대로 삼을 수 없다는 둥 옛 친구인 고양이를 남대하듯 한다. 애들만 그런 게 아니다. 하녀도 하루 세 번 먹이를 부엌 구석에 놓아주는 것 외에는 거의 신경을 쓰지 않았다. 더구나 그 먹이는 대체로 근처의 커다란 삼색고양이가 와서 먹어버렸다. 고양이는 딱히 화를 내는 것 같지도 않았다. 싸우는 것을 본 적도 없다. 그저 가만히 잠만 잤다. 그러나 그 잠꾸러기는 어쩐지 여유가 없다. 느긋하고 안락하게 몸을 누이며 햇볕을 온몸으로 받는 녀석치고는 움직일 만한 자리가 없기 때문에, 아니 이것으로는 아직 설명이 부족하다. 느른함의 경지를 넘어서 움직이지 않으면 쓸쓸하지만 움직이면 더 쓸쓸하므로 인내하며 계속 참는 듯이 보였다. 그 눈초리는 언제라도 정원수를 보고 있지만, 아마도 나뭇잎도 줄기도 의식하지 않았겠지. 푸른빛이 도는 노란 눈동자를 멍하니 한곳에 두고 있을 뿐이다. 그가 우리집 아이들로부터 존재감을 인정받지 못하듯이, 스스로도 이 세상의 존재를 인정하지 않는 듯했다.

그래도 때로는 볼일이 있어 보였고, 밖으로 나가는 일이 있다. 그러면 언제나 근처의 삼색고양이가 따라온다. 그러면 무서워서 툇마루로 뛰어올라 닫혀 있는 미닫이를 뚫고 이로리[34] 옆까지 도망쳐 온다. 집안사람들이 그의 존재를 깨닫는 것은 그때뿐이다. 그도 이때는 자신이 살아 있다는 사실을 자각하며 만족스럽겠지.

이런 일이 반복됨에 따라 고양이의 긴 꼬리털이 자꾸 빠졌다. 처음에는 군데군데 구멍처럼 빠지더니 나중에는 붉은 피부가 보이도록 번져서 보기에도 딱할 정도로 축 늘어져 있었다. 그는 만사에 지친 몸을 둥글게 만든 채 열심히 아픈 곳을 핥았다.

'이봐, 고양이가 왜 그러지?' 하고 묻자 '글쎄요, 역시 나이가 들어서 그런 거겠죠.' 아내는 극히 냉담하다. 나도 그대로 내버려 두었다. 그런데 얼마 후에는 이따금 세끼 밥을 토하게 되었다.

---

34 囲炉裏. 일본 전통방식의 실내 난방장치이다. 방바닥이나 마룻바닥의 일부를 사각형으로 잘라 내고 거기에 난방 혹은 취사 목적으로 불을 피워 놓는다.

목 부분에 커다란 물결을 만들며 재채기라 하기도 딸꾹질이라 하기도 어려운 괴로운 목소리를 냈다. 괴로워 보였지만, 어쩔 수 없는 일이라 안으로 들어오면 밖으로 내쫓는다. 그렇지 않으면 다다미 위에도 이불 위에도 가차없이 토해 놓는다. 손님을 위해 준비한 비단방석은 대체로 그 녀석 때문에 더러워졌다.

"어쩔 도리가 없는 건가? 위장이 나쁜 거겠지? 위장약이라도 물에 녹여 먹여 봐."

아내는 아무 말도 하지 않았다. 이삼일 지나 약을 먹였냐고 묻자, '약 먹여도 소용없어요. 입을 열지 않아요' 라고 대답한 다음, '생선뼈를 먹여도 토하는 거예요' 하고 설명하기에 '그럼 안 먹이는 게 좋잖아' 다소 무뚝뚝하게 나무라며 책을 읽었다.

고양이는 토기가 없어지기만 하면 아무렇지도 않게 얌전히 잠을 잔다. 요즘은 가만히 몸을 웅크려서는 자신의 몸을 떠받치는 툇마루만이 의지가 된다는 듯 너무나도 바싹 쭈그렸다. 눈매도 조금 변했다. 처음에는 가까운 것을 보는 시선에 멀리 있는 것이 비치는 것처럼 초연해 보이고 어딘가 차분함이 있었는데, 그것이 점점 이상하게 움직였다. 그러나 눈빛은 점점 가라앉았다. 해가 저물어 미미한 번개가 반작이는 듯한 기분이 들었다. 하지만 내버려두었다. 아내도 신경을 끈 것 같았다. 물론 아이들은 고양이가 있다는 사실조차 잊어버렸다.

어느 날 밤, 고양이는 아이들이 잠든 이불자락에 엎드려 있었는데, 이윽고 자신이 잡았던 생선을 빼앗길 때 내는 신음소리를 냈다. 이때 이상하다고 생각한 것은 나뿐이었다. 아이들은 쌔근쌔근 잔다. 아내는 바느질에 여념이 없었다. 잠시 후 고양이가 또 신음했다. 아내가 잠깐 바느질하던 손을 멈추었다. 나는 '무슨 일이지? 밤중에 애들 머리라도 물면 큰일인데' 하고 말했다. '설마요' 하며 아내는 다시 긴 속옷의 소매를 꿰매기 시작했다. 고양이는 때때로 앓는 소리를 냈다.

다음날은 이로리 가장자리에 올라앉은 채, 하루 종일 신음했다. 차를 따르거나 주전자를 들거나 하는 게 기분 나쁜 것 같았다. 하지만 밤이 되자 나도 아내도 고양이 일은 완전히 잊어버렸다. 고양이가 죽은 건 바로 그날 밤이다. 아침이 되어 하녀가 뒤뜰 헛간에 장작을 꺼내러 갔을 때는 이미 딱딱하게 굳어서 낡은 부뚜막 위에 쓰러져 있었다.

아내는 일부러 죽은 모습을 보러 갔다. 그리고 시금까지의 냉담함 대신 갑자기 소란을 떨기 시작했다. 단골 인력거꾼을 부르고 네모난 묘비를 사 가지고 와서는 뭔가 써 달라고 한다. 나는 묘비에 '고양이의 무덤'이라고 쓰고 뒷면에는 '이곳 아래로 번개가 내리치는 밤이 있으라'고 썼다. 인력거꾼은 그대로 묻어도 좋은지 물었다. '설마 화장이라도 할 거라고 생각한 거예요?' 하고 하녀가 놀렸다.

아이도 갑자기 고양이를 불쌍해하기 시작했다. 묘비 좌우에 유리병을 두 개 꽂고 싸리꽃을 잔뜩 꽂았다. 찻잔에 물을 받아 무덤 앞에 두었다. 꽃도 물도 매일 바꿔주었다. 사흘째 저녁에 네 살 먹은 딸아이가 — 나는 이때 서재 창에서 내다보고 있었다 — 혼자서 무덤 앞으로 가더니 한동안 껍질 벗긴 나무 막대기를 바라보다가 손에 쥔 장난감 국자로 찻잔에 담아 고양이에게 바친 물을 퍼서 마셨다. 그것도 한 번만 그런 게 아니다. 싸리꽃이 떨어져 있는 물은, 조용한 저녁, 아이코의 작은 목을 여러 번 축여 주었다.

고양이의 기일에는 틀림없이 아내가 한 조각의 연어와 말린 가다랑어 포를 얹은 밥 한 그릇을 무덤 앞에 바친다. 지금도 모두 기억하고 있다. 다만 요즘은 정원까지 가져가지 않고 거실 서랍장 위에 올려 두었던 것 같다.

따뜻한 꿈

바람이 높은 건물을 만나니 생각처럼 똑바로 빠져나가지 못하므로 갑자기 번개에 꺾인 듯 머리 위에서 포석까지 사선으로 내려온다. 나는 쓰고 있던 모자를 오른손으로 누르면서 걸었다. 앞에 손님을 기다리는 마부가 한 사람 있었다. 마부 자리에서 이 모양을 바라보고 있는 것 같아 내가 모자에서 손을 떼고 자세를 바로잡기가 바쁘게 검지손가락을 세웠다. 타지 않겠느냐는 표시다. 나는 타지 않았다. 마부는 오른손으로 주먹을 쥐고 격하게 가슴 언저리를 치기 시작했다. 사오 미터 떨어져 있는데도 탕탕 소리가 났다. 런던의 마부는 이렇게 자신과 자신의 손을 덥힌다. 나는 돌아보며 잠시 이 마부를 보았다. 표면이 벗겨지기 시작한 딱딱한 모자 아래로 서리 내린 숱 많은 머리털이 비어져 나와 있었다. 모포를 이어 붙인 듯 거친 갈색 외투 뒤쪽으로 오른 팔꿈치를 펴서는 어깨와 평행이 되도록 뻗어 올리며 계속해서 가슴을 두드리고 있다. 완전히 일종의 기계가 움직이는 것 같았다. 나는 다시 걷기 시작했다.

길을 가는 자는 모두 나를 앞질러 간다. 여자들조차 뒤처지지 않는다. 허리 뒷부분의 스커트를 가볍게 움켜쥐고, 뒤꿈치 높은 구두가 부러지지 않나 싶게 힘차게 포석을 울리며 서둘러

간다. 잘 보면 어느 얼굴이나 다급한 표정이다. 남자는 정면을 본 채로, 여자는 한눈팔지 않고, 오로지 자신이 가려는 곳으로 일직선으로 달릴 뿐이다. 사람들은 모두 입을 굳게 다물고 있다. 눈썹은 깊게 눈을 덮었다. 코는 거칠게 솟아 있고 얼굴은 앞뒤로 길다. 그리고 다리는 볼일이 있는 곳을 향해 일자로 움직인다. 마치 길을 걷는 게 견딜 수 없고 바깥에 있는 건 참을 수 없어서 한시바삐 집으로 돌아가 몸을 따뜻하게 만들지 않는다면 이 생애의 치욕이라도 된다는 듯한 태도였다.

나는 느릿느릿 걸으며 어쩐지 이 도시가 괴롭다는 느낌이 들었다. 위를 보면 넓은 하늘은 어느 시대부터였을까, 조각조각 갈라진 채 깎아지른 벼랑처럼 솟은 좌우 건물에 남겨진 좁은 띠만이 동에서 서로 길게 뻗어 있었다. 띠의 빛깔은 아침에는 쥐색이었지만 점점 다갈색으로 변해갔다. 건물은 원래 재색이다. 따뜻한 햇살에 지친 듯 서슴없이 양쪽을 막고 있다. 넓은 땅을 비좁은 골짜기 밑 응달로 만들어 높은 태양이 닿을 수 없도록 2층 위에 3층을, 3층 위에 4층을 쌓았다. 작은 사람들이 그 밑의 일부를 검게 만들며 차갑게 오간다. 나는 그 검게 움직이는 것 중에서 가장 완만한 하나의 분자다. 골짜기에 끼여 나갈 틈을 못 찾은 바람이 이 바닥을 퍼올릴 듯이 빠져나간다. 검은 것은 그물눈을 빠져나간 송사리와 같이 금방 사방으로 흩어진다. 느린 나도 결국 이 바람에 흩날려 집 안으로 도망쳐 들어갔다.

긴 회랑을 빙글빙글 돌아 두세 개의 계단을 올라가자 용수철이 장치된 커다란 문이 있다. 몸의 무게로 살짝 문을 밀자 몸은 소리도 없이 저절로 커다란 갤러리[35] 안으로 미끄러져 들어갔다. 눈 아래는 눈부실 만큼 밝다. 뒤를 돌아보니 문은 어느 사이 닫혀 봄처럼 따뜻하다. 나는 한동안 눈동자가 적응하도록 눈을 깜빡거렸다. 그리고 좌우를 보았다. 좌우에는 사람이 많다. 하지만 모두 조용하고 차분하다. 그리고 얼굴 근육은 남김없이 이완되어 보인다. 많은 사람이 이렇게 어깨를 마주하고 있는데, 아무리 많은 사람이 있어도 전혀 힘들지 않다. 모두가 서로를 진정시키고 있다. 나는 위를 보았다. 위는 커다란 원형 천장으로 짙은 극채색이 눈에 들어오는 가운데 선명한 금박이 가슴이 뛸 정도로 찬란히 빛났다. 나는 앞을 보았다. 앞은 난간으로 되어 있었다. 난간 밖에는 아무것도 없다. 커다란 구멍이다. 나는 난간 옆까지 가까이 가서 짧은 고개를 쭉 빼고 구멍 안을 들여다보았다. 그러자 저 아래 그림처럼 작은 사람이 가득 있었다. 그 수가 많은 데 비해 또렷하게 보였다. 인해를 이룬다는 건 이런 걸 두고 하는 말이다. 하양, 검정, 노랑, 파랑, 자주, 빨강, 모든 선명한 색채가 대해에서 일어나는 파문처럼 창연히, 바다 멀리 오색의 비늘을 늘어놓은 것처럼 작고 아름답게, 찰랑거리고 있었다.

---

35 극장에서 가장 높은 위치에 있는 제일 싼 관람석을 뜻한다.

바로 그때, 이 찰랑거리던 것이 갑자기 사라지면서 커다란 천장에서 저 깊은 골짜기까지 한꺼번에 어두워졌다. 지금까지 몇천 명씩이나 줄지어 있던 사람들은 어둠 속에 묻혀 누구 하나 목소리를 내는 이가 없다. 마치 이 커다란 어둠 속에 한 사람도 남김없이 그 존재를 제거당하여 그림자도 형태도 없어진 것처럼 고요했다. 그렇게 생각한 순간, 아득한 바다 정면의 일부분이 네모지게 잘려 나와 어둠 위로 떠오르듯 어슴프레 밝아졌다. 처음에는 그저 불빛이 다른 것이라고 생각했는데 그것이 점점 어둠을 벗어나고 있었다. 분명 부드러운 빛을 받고 있는 게구나, 의식할 수 있을 정도가 되었을 때, 나는 안개 같은 광선 속에서 불투명한 색을 발견할 수 있었다. 그 색은 노랑과 보라와 쪽빛이었다. 이윽고 그중 노랑과 보라가 움직이기 시작했다. 나는 양쪽 눈의 시신경이 피로해질 때까지 긴장하며 이 움직이는 것을 눈도 깜빡이지 않고 응시했다. 안개는 눈동자 속에서 걷혀 순식간에 맑아졌다. 멀리 저편에는 환한 햇살이 따스하게 비치는 빛나는 바다가 펼쳐지고, 노란 윗옷을 입은 아름다운 남자와 보라색 소매를 길게 펼친 아름다운 여자가 푸른 풀 위로 또렷하게 나타났다. 여자가 올리브나무 아래 놓인 긴 대리석 의자에 앉을 때 남자는 의자 옆에 서서 여자를 내려다보았다. 그때 남쪽에서 불어오는 따뜻한 바람에 이끌려 한가로운 노랫소리가 가늘고 길게, 먼 파도 위를 건너왔다.

구멍 위에도, 구멍 아래도, 한꺼번에 술렁거리기 시작했다. 그들은 어둠 속으로 사라진 게 아니었다. 어둠 속에서 따스한 그리스를 꿈꾸고 있던 것이다.

인상

밖으로 나가자 넓은 거리가 똑바로 집 앞을 가로지른다. 시험 삼아 그 가운데 서서 둘러보니, 눈에 들어오는 집은 모두 4층이며 또 모두 같은 색이었다. 이웃도 건너편도 구별이 가지 않을 정도로 비슷한 구조여서 지금 내가 나온 건 도대체 어느 집인지, 사오 미터 지나서 돌아보면 이미 알 수가 없다. 이상한 마을이다.

어젯저녁엔 기차 소리에 싸여 잠을 잤다. 10시가 지나서는 말발굽과 방울 소리를 들으며 어둠 속을 꿈처럼 달렸다. 그때 아름다운 등불 그림자가 점점이 몇 백인지도 알 수 없게 눈동자 위를 오갔다. 그 밖에는 아무것도 보이지 않았다. 보는 것은 지금이 처음이다.

두세 번 이 이상한 마을을 걸으면서, 올려다보고 내려다보고 한 다음에, 결국 왼쪽으로 향했고, 한 블록 정도 지나자 네거리가 나왔다. 잘 기억해 두고 오른쪽으로 돌았더니 이번에는 아까보다 더 넓은 길이 나왔다. 그 길을 여러 대의 마차가 지난다. 어느 것이나 지붕에 사람을 싣고 있다. 그 마차 색이 빨강이었다가 노랑이었다가, 파랑이나 갈색이나 감색이었다가, 끊임없이 내 옆을 지나쳐 건너편으로 갔다. 손으로 이마를 가리고 먼 곳을 보니, 어디까지 알록달록 이어져 있는지 알 수 없다. 돌아보니 오색구름처럼 움직인다. 어디에서 어디로 저렇게 사람을 실어 나르는 걸까 생각하는데 뒤에서 키 큰 사람이 덮치듯 다가오더니 어깨 언저리를 눌렀다. 피하려고 하는데 오른쪽에도 키가 큰 사람이 있었다. 왼쪽에도 있었다. 내 어깨를 누른 사람은 그 뒷사람에게 어깨를 눌리고 그 뒷사람은 또 그 뒷사람에게 눌렸다. 그렇게 모두 입을 다물고 있다. 그리하여 자연스럽게 앞으로 나아간다.

나는 이때 처음으로 사람의 바다에 빠졌음을 자각했다. 이 바다는 어디까지 이어졌는지 알 수 없다. 그러나 넓은 데 비해서는 극히 조용한 바다다. 다만 빠져나갈 수가 없다. 오른쪽을 보아도 막혀 있다. 왼쪽을 보아도 막혀 있다. 뒤를 돌아보아도 가득찼다. 그리하여 조용히 앞으로 움직여 간다. 단 한 줄기의 운명 외에는 자신을 지배하는 게 없는 것처럼 몇 만의 검은 머리가 서로를 누르며 걸음을 맞추어 한 발짝씩 앞으로 나아간다.

나는 걸으면서 지금 나온 집을 떠올렸다. 똑같은 4층 건물에 똑같은 색깔, 이상한 마을은 뭐든 멀리 있는 것 같다. 어디를 어떻게 돌아 어디를 어떻게 걸어가면 돌아갈 수 있을지 거의 가망이 없다는 느낌이 든다. 설령 돌아간다 한들 내 집은 찾을 것 같지도 않다. 그 집은 어젯밤 어둠 속에 어둡게 서 있었다.

나는 초조한 마음으로 키 큰 사람들의 무리에 떠밀리며 어쩔 수 없이 큰 거리를 두세 개 돌았다. 돌 때마다 어젯밤의 어두운 집과는 반대방향으로 멀어져 가는 듯한 기분이 들었다. 그리고 눈이 피곤할 만큼 많은 인간 속에서 말할 수 없는 고독을 느꼈다. 그러는 사이 줄줄이 언덕으로 나왔다. 여기는 커다란 도로가 다섯 개 여섯 개 만나는 광장처럼 보였다. 지금까지 한줄기로 움직여온 파도는 언덕 아래 여러 가지 방향에서 모여들며 조용히 회전하기 시작했다.

언덕 아래에는 커다란 사자 조각상이 있다. 전신이 회색을 띠었다. 꼬리가 가는 데 비해서는 갈기가 소용돌이치는 무성한 머리는 넉 되짜리 나무통만큼이나 크다. 앞발을 모으면서 파도를 치는 군중 속에 잠들고 있었다. 사자는 두 마리였다. 아래는 포석이 깔려 있었다. 그 한가운데 구리 기둥이 있었다. 나는 조용히 움직이는 사람들의 바다 사이에 서서 눈을 들고 기둥을 올려다보았다. 기둥은 눈이 닿을 수 있는 가장 높은 곳까지 똑바로 서 있다. 그 위에는 드넓은 하늘이 한 면처럼 보였다. 높은 기둥은 이 하늘을 한가운데서 꿰뚫는 것마냥 우뚝 솟아 있었다. 기둥 끝에 뭐가 있는지는 알 수 없었다. 나는 또 사람의 파도에 밀려 광장 오른쪽 길을 정처 없이 내려갔다. 좀 지나서 돌아보니 장대처럼 가느다란 기둥 위에 작은 사람이 홀로 서 있었다.

인간

오사쿠 씨는 일어나기가 바쁘게 머리 '가미유이[36]는 아직이냐, 가미유이는 아직이냐' 하며 소란을 떨었다. 가미유이는 어제저녁 분명히 부탁을 해 두었다. 다른 분도 아니고 시간을 내어 9시까지 꼭 가도록 하겠습니다, 라는 대답을 듣고서야 겨우 안심하고 잠이 들었을 정도다. 벽시계를 보니 벌써 9시까지 5분 전이다. 무슨 일일까 조바심을 내니 보다 못한 하녀는 '좀 보고 오겠습니다' 하고 나갔다. 오사쿠 씨는 엉거주춤한 자세로 장지문 앞에 꺼내 놓은 경대를 세우면서 들여다보았다. 그러고는 일부러 입술을 벌려 윗니도 아랫니도 가지런한 예쁜 치아를 남김없이 드러냈다. 그때 시계가 기둥 위에서 댕댕 하고 아홉 시를 알렸다. 오사쿠 씨는 바로 일어나서 칸막이 장지문을 열고 '어떻게 된 거예요? 당신, 벌써 9시 지났어요. 일어나셔야지 너무 늦어지잖아요' 하고 말했다. 오사쿠 씨의 남편은 9시 종소리를 듣고, 지금 막 자리에서 일어난 참이다. 오사쿠 씨의 얼굴을

---

36 髪結. 일본 에도시대부터 메이지시대에 이르기까지 이발업에 종사하는 사람을 칭한다. 남성의 경우 대체로 자기 가게를 운영하므로 손님이 가게에 가서 이발을 하지만, 여성의 경우에는 손님의 집을 방문해서 머리를 손질해 줬다.

보자마자 '알았어' 하면서 가볍게 일어났다.

오사쿠 씨는 바로 부엌 쪽으로 되돌아가서 이쑤시개와 칫솔과 비누와 수건을 모두 챙겨 '자, 빨리 다녀오세요' 하며 남편에게 건넸다. '돌아오는 길에 잠깐 수염도 밀고 오겠소' 비단 도테라[37] 밑에 유카타를 겹쳐 입은 남편은 댓돌 위로 내려섰다. '그럼 잠시만 기다리세요' 오사쿠 씨는 다시 안으로 뛰어들어갔다. 그사이 남편은 이쑤시개를 꺼내 이를 쑤시기 시작했다. 오사쿠 씨는 머릿장 서랍에서 작은 축의금 봉투를 꺼내 은화를 넣어 가지고 나왔다. 남편은 말이 없는 사람이라 묵묵히 봉투를 받아들고 문지방을 넘었다. 오사쿠 씨는 남편의 어깨 뒤로 수건이 늘어져 있는 것을 잠시 보고 있다가 또 안으로 뛰어 들어가 경대 앞에 잠시 앉아 다시 자신의 모습을 비추어 보았다. 그리고 서랍장의 서랍을 반쯤 열고 고개를 갸우뚱했다. 이윽고 안에서 뭔가 두세 가지를 들고 나와 그것을 다다미 위에 놓고 생각했다. 하지만 모처럼 꺼내온 것을 하나만 남기고 모두 얌전히 정리해버렸다. 그리고 다시 두 번째 서랍을 열었다. 그리고 또 생각했다. 오사쿠 씨는 생각했다가 꺼냈다가 또 넣기를 삼십 분 간이나 계속했다. 그러는 동안 내내 걱정스럽게 벽시계를

---

37 주로 실내복으로 입거나 방한용으로 입는 남성용 옷으로 솜을 넣었으며 소매가 넓고 입기 편하다.

바라보고 있었다. 겨우 의상을 갖추어 울금으로 물들인 목면 수건에 말아서 다다미 구석에 밀어 두자, 가미유이가 호들갑스럽게 큰 소리를 내며 부엌문 쪽에서 뛰어들어 왔다. '늦어서 정말 죄송합니다' 숨을 헐떡이며 변명을 늘어놓았다. 오사쿠 씨는 '정말 바쁘신데 미안하네요' 하며 긴 곰방대를 꺼내어 그녀에게 담배를 권하였다.

머리를 빗기는 조수가 오지 않아서 머리를 틀어 올리는 데 제법 시간이 걸렸다. 남편은 목욕탕에 들어가 수염을 밀고 이윽고 집에 돌아왔다. 그사이에 오사쿠 씨는 가미유이에게 '오늘은 남편을 따라 극장 유라쿠자에 가는데 미이짱도 같이 간다'고 말했다. 가미유이는 '어머 어머, 저도 같이 가고 싶네요' 농담 섞인 치렛말을 하며 '그럼 좋은 시간 보내세요' 라고 말을 남긴 뒤 돌아갔다.

남편은 울금으로 물들인 목면 보자기를 조금 들척여 보고 '이걸 입고 갈 건가?' 하고 물었다. '이것보다는 저번에 입은 게 당신한테 더 잘 어울리던데?' 하고 말했다. '그래도 그건, 지난 연말에 벌써 미이짱 집에 갈 때 입었던 거예요' 오사쿠 씨가 대답했다. '그래? 그럼 이게 좋겠네. 나는 저 목화솜 들어간 하오리를 입고 갈까? 좀 추운 것 같으니까?' 하고 남편이 다시 말을 꺼내자, '그만두세요, 보기 싫어요. 만날 같은 것만 입다니' 오사쿠 씨는 솜을 넣은 줄무늬 하오리를 꺼내지 않았다.

드디어 화장이 끝났다. 유행하는 큰 주름 비단외투를 입고 모피 목도리를 두르고 오사쿠 씨는 남편과 함께 밖으로 나갔다. 걸으면서 남편에게 매달리듯 붙어서 이야기를 한다. 네거리까지 나오자 파출소 앞에 사람이 많이 서 있었다. 오사쿠 씨는 남편의 망토 자락을 잡고 발돋움을 하며 사람들이 모여 있는 곳을 들여다보았다.

한가운데 상호가 박힌 작업복을 입은 남자가 앉지도 서지도 못하고 흐느적거리고 있다. 지금까지도 몇 번이나 진흙탕을 뒹굴었던 것으로 보였고, 그렇지 않아도 변색된 작업복이 축축하게 젖어 차갑게 빛나고 있다. 순사가 '넌 뭐야?' 하고 묻자, 돌아가지도 않는 혀로 '나, 나는 인간이다!' 하고 으스댄다. 그때마다 모두들 와하고 웃었다. 오사쿠 씨도 남편의 얼굴을 보고 웃었다. 그러자 취객은 용서하지 않는다. 무서운 눈을 하고, 주변을 둘러보면서, '뭐, 뭐가 우스워? 내가 인간이라는데, 뭐가 우스워? 이래 봬도……' 하면서 목을 축 늘어뜨리나 싶더니 갑자기 생각난 듯이 '인간이야!' 하고 큰소리를 낸다.

그때 어디선가 또 다른 작업복을 입은 키가 크고 검은 얼굴을 한 남자가 짐수레를 끌고 나타났다. 사람의 무리를 가르며 순사에게 뭔가 작은 소리로 말하더니, 이윽고 취한 사람을 향해, '자, 이 녀석아 데려가 줄 테니까 이 위에 타라' 하고 말했다. 취한 사람은 기쁜 듯한 얼굴로 '고맙네' 하고 말하면서 짐수레 위에 벌렁 누웠다. 밝은 하늘을 보며 게슴츠레한 눈을 두세 번 깜빡이더니 '병신 같은 놈, 이래 봬도 인간이란 말이다' 하고 말했다. '그래 인간이야, 인간이니까 좀 얌전히 있어라' 키 큰 남자는 새끼줄로 취한 사람을 짐수레 위에 단단히 묶었다. 그리고 도축한 돼지처럼 큰길을 덜컹덜컹 끌고 갔다. 오사쿠 씨는 역시 남편의 외투 자락을 붙잡은 채, 설을 맞아 장식한 인줄 사이를, 저편으로 끌려가는 짐수레의 그림자를 바라보았다. 그리하여, 이제부터 미이짱이 있는 곳으로 갈 참이라, 미이짱에게 전할 이야깃거리가 하나 생긴 것을 기뻐했다.

산새

대여섯 명이 화로를 둘러싸고 이야기를 나누는데 갑자기 한 청년이 왔다. 이름도 모르고 만난 적도 없다. 전혀 모르는 남자다. 소개장도 없이 절차를 밟아 면회를 청하기에 객실로 오라고 하자 청년은 여러 사람이 모인 곳으로 새 한 마리를 들고 들어왔다. 첫인사를 마치고 그 산새를 객실 한가운데 내놓고 고향에서 보낸 것이라며 그 자리에서 선물로 내놓았다.

그날은 추운 날이었다. 곧 모두가 그 새로 국을 끓여 먹었다. 산새를 잡을 때 청년은 하카마[38] 바람에 부엌에 서서 스스로 털을 뽑고 고기를 발라내고 뼈를 탁탁 두드려 주었다. 청년은 몸집이 작고 창백한 얼굴에 도수가 높아 보이는 안경을 반짝이고 있었다. 가장 눈에 띄는 것은 그의 근시안도 거무스름한 수염도 아닌 그가 입고 있는 하카마였다. 그것은 굵은 실로 짠 면직물로 보통의 학생 중에서는 찾아보기 어려울 정도로 두꺼운 줄무늬기 들어간 화려한 것이었다. 그는 그 하카마 위에 양손

---

38 아래옷으로 입는 일본 전통의상으로 하나.

을 없고 자신은 난부[39] 사람이라고 말했다.

청년은 일주일쯤 지나서 다시 왔다. 이번에는 자기가 쓴 원고를 가지고 왔다. 그다지 잘 쓴 것은 아니라서 서슴없이 그 이야기를 했더니 '다시 써 보죠.' 하고 돌아갔다. 그리고 일주일 후에 그는 또 원고를 품에 넣고 왔다. 이렇게 해서 그는 올 때마다 뭔가 원고를 두고 갔다. 그중에는 책 세 권짜리 대작도 있었다. 그러나 그것은 너무 볼품없었다. 나는 그의 손으로 완성한 것 중에서 가장 훌륭하다고 생각되는 것을 한두 번 잡지에 주선한 일이 있다. 하지만 그건 그저 편집자의 아량으로 게재된 것이어서 한푼의 원고료도 받지 못했다고 한다. 내가 그의 생활고를 들은 건 이때였다. 그는 앞으로 글을 팔아 입에 풀칠할 생각이라고 말했다.

어느 날은 묘한 것을 가지고 왔다. 국화꽃을 말려 얇은 김처럼 한 장 한 장 굳힌 것이다. 스님용 정어리포라며 마침 그 자리에 있던 아무개가 얼른 데쳐온 것을 젓가락으로 집어 먹으며 술을 마셨다. 그리고 은방울꽃 조화 한 가지를 가져온 적도 있다. 여동생이 만들었다며 손가락 사이에 끼우고는 꽃가지 심으로 사

---

39 에도시대 난부(南部) 씨가 소유한 영역, 현재의 아오모리현, 이와타현, 아키타현에 걸쳐 있는 지역이다.

용한 철사를 휘휘 돌려댔다. 여동생과 함께 살고 있는 것은 이 때 처음 알았다. 오누이가 장작 가게 2층을 한 칸 빌려 살고, 여동생은 매일 자수를 배우러 다닌다고 했다. 그다음 왔을 때에는 청회색 매듭에 하얀 나비를 수놓은 옷깃 장식을 신문지에 둘둘 만 채, '혹시 쓰실 거면 드리겠습니다' 하더니 두고 갔다. 그것을 야스노가 자기한테 달라며 들고 갔다.

그 뒤에도 그는 때때로 찾아왔다. 올 때마다 고향의 풍경이나 관습, 전설, 오래된 제례 등 여러 가지 이야기를 했다. 아버지가 한학자라는 이야기도 했다. 조각을 잘한다는 이야기도 했다. 할머니는 어느 다이묘의 저택에서 일했다. 원숭이 해에 태어났다고 한다. 다이묘가 무척 마음에 들어해서 이따금 원숭이와 관련된 물건을 하사했다. 그중에 카잔[40]이 그린 긴팔원숭이가 있다. 다음에 가지고 와서 보여드린다고 했다. 청년은 그 후로 오지 않았다.

그렇게 봄이 지나 여름이 되고 이 청년도 잊어버린 어느 날 — 그날은 해가 들지 않는 객실 한가운데 얇은 옷 하나만 걸치고 앉아 가만히 책을 보기도 힘들 만큼 더웠다 — 그가 갑자기 찾

---

40 와타나베 카잔(渡辺崋山) 1793~1841. 에도시대의 무사이자 화가.

아왔다.

여전히 예의 화려한 하카마를 입고서 창백한 얼굴에 땀을 흠뻑 흘리며 손수건으로 연신 닦아댔다. 좀 마른 것 같았다. 정말 죄송하지만 돈을 20엔[41]만 빌려 달라는 것이었다. 사실 친구가 급병이 나서 얼른 입원을 시켰는데, 당장 돈이 없어 이리저리 뛰어다녀 봤지만 조금 부족하다, 그래서 어쩔 수 없이 찾아왔다, 그런 설명이었다.

나는 읽던 책을 덮고 청년의 얼굴을 가만히 바라보았다. 그는 언제나처럼 양손을 무릎 위에 가지런히 둔 채 '부디' 하며 낮은 목소리로 말했다. 당신 친구의 집은 그 정도로 가난한 것인가고 묻자, '아니 그렇지 않습니다. 그저 멀어서 급한 바람에 시간이 맞지 않아 부탁을 드립니다. 두 주 사이에 고향에서 돈이 도착할 테니 그때 바로 갚겠습니다' 라는 것이었다. 나는 돈을 빌려주기로 했다. 그때 그는 보자기 속에서 한 폭의 그림을 꺼내더니 이것이 전에 말씀드린 카잔의 그림이라고 말하며 족자의 반절을 펼쳐 보여주었다. 잘 그린 것인지 못 그린 것인지 판단할 수 없었다. 인보印譜를 조사해 보니 와타나베 카잔으로도 요

---

41 당시 일본초등학교 교사의 초임이 약 10엔이었다. 현재의 한국 화폐가치로도 백만 원을 넘는 금액이다.

코야마 카잔[42]으로도 보이는 낙관이 없다. 청년이 '이걸 놓고 가겠습니다' 라고 말하기에, 그럴 필요가 없다고 거절했지만 결국 두고 갔다. 이튿날 다시 돈을 빌리러 왔다. 그러고는 소식이 없다. 약속한 2주가 지났지만 그림자도 코빼기도 얼씬하지 않았다. 나는 속았는지도 모른다고 생각했다. 원숭이 그림이 벽에 걸린 채 가을을 맞았다.

겹옷을 입어도 움츠러들 만큼 쌀쌀해졌을 때 나가쓰카가 돈을 빌리러 왔다. 나는 그렇게 번번이 돈을 빌려주는 게 싫었다. 문득 그 청년이 생각났다. 이런 돈이 있는데, 만약에 그 돈을 자네가 받으러 갈 생각이 있으면 받으러 가게, 받을 수 있으면 빌려주겠네, 라고 말했다. 그러자 나가쓰카는 머리를 긁적이며 조금 망설이다가 결국 결심한 듯 가겠노라 했다. 그래서 저번에 빌려 간 돈을 이 사람에게 주라는 편지를 써서는 거기에 원숭이 족자도 얹어 나가쓰카에게 들려 보냈다.

나가쓰카는 다음날 다시 인력거를 타고 왔다. 오자마자 품속에서 편지를 내놓기에 받아서 보니 어제 내가 쓴 편지였다. 아직

---

42 横山華山 1781~1837. 에도시대의 화가. 동시대의 화가였던 와타나베 카잔과 이름의 발음이 같지만 한자가 하나 다르다.

봉투도 열지 않았다. 안 간 거냐고 묻자, 나가쓰카는 아주 난처해하면서 '갔는데요, 정말 안 되겠더라구요. 참담해요. 지저분하고, 부부가 자수를 하고 있는데요, 본인이 병에 걸린 거예요. 돈 얘기 같은 건 도저히 꺼낼 수도 없어서, 절대 걱정 마시라고 안심시키고 족자만 돌려주고 왔어요' 하고 말한다. 나는 '아, 그랬구나' 하며 조금 놀랐다.

다음날 청년에게서 거짓말을 해서 죄송하며 족자는 잘 받았다는 엽서가 왔다. 나는 엽서를 다른 편지들과 함께 소지품 상자에 넣었다. 그리고 다시 청년을 잊었다.

그러는 사이 겨울이 왔다. 언제나없이 분주한 설을 맞았다. 손님이 오지 않는 틈을 보아 일을 하고 있는데 하녀가 기름종이에 싼 소포를 가지고 왔다. 털썩하고 소리가 나는 둥근 것이었다. 보낸 사람은 잊고 있던 예전의 그 청년이었다. 기름종이를 풀고 신문지를 벗기자 안에서 한 마리의 산새가 나왔다. 편지가 있었다. 그 뒤에 여러 가지 사정이 생겨 고향으로 돌아왔으며 보내주신 돈은 3월 경 상경할 때 꼭 갚아드릴 생각이란다. 편지는 산새의 피로 굳어져서 쉽게 벗겨지지 않았다.

그날은 다시 목요일이었다. 젊은이들이 모이는 밤이었다. 나는 또 대여섯 명과 함께 커다란 식탁에 둘러앉아 산새 국을 먹었다. 그리고 화려한 줄무늬 하카마를 입은 창백한 청년의 성공을 빌었다. 대여섯 명이 돌아간 뒤에 나는 청년에게 답장을 썼다. 지난해 빌려준 돈에 대해서는 개의치 말라는 한마디를 덧붙였다.

모나리자

이부카는 일요일이면 목도리를 두르고 손을 품에 넣은 채 근방의 고물가게를 기웃거리며 걷는다. 그러는 사이 가장 더러운, 지난 세대의 폐물만 늘어선 듯한 가게를 골라, 이것저것 만지작거린다. 본디 다도를 하는 사람은 아닌지라 진품 명품을 알아볼 정도는 못되지만, '싸고 재미있는 물건을 조금씩 사다 보면 일 년에 한 번쯤은 뜻하지 않은 물건을 만나겠지'라는 기대를 은근히 하고 있었다.

이부카는 한 달 정도 전에 15전에 쇠 주전자 뚜껑만 사서 문진으로 사용했다. 얼마 전 일요일에는 25전에 쇠 날밑을 사서 그 또한 문진으로 썼다. 오늘은 조금 큰 물건을 눈여겨보았다. 족자든 액자든 사람 눈에 잘 띌 만한 서재 장식이 갖고 싶어서 돌아보고 있는데, 색도 인쇄한 서양 여자 그림이 먼지투성이가 되어 옆으로 세워져 있었다. 홈통이 닳은 도르래 위에 뭔지 모를 꽃병을 올려놓았고 그 안의 노란 퉁소 주둥이가 그 그림을 방해한다.

서양화는 이 가게에 어울리지 않는다. 그저 그 색깔이 현대를 넘어 옛 공기 안에 검게 파묻혀 있다. 이 고물가게에 있는 것이 너무나도 당연한 듯한 느낌이다. 이부카는 틀림없이 저렴한 가격으로 감정했다. 물어보니 1엔이라는데, 조금 고개를 갸우뚱했지만 유리도 깨지지 않았고 액자도 멀쩡하기에 노인과 담판을 지어 80전까지 깎았다.

이부카가 이 반신상을 안고 집으로 돌아온 것은 추운 날 저녁이었다. 어둑한 방에 들어가 서둘러 포장을 벗기고 벽에 세워 걸고는 가만히 그 앞에 서서 보고 있자니 이부카 부인이 램프를 들고 왔다. 이부카는 아내에게 불을 그림 쪽으로 비추게 하고는 다시 한번 꼼꼼히 80전짜리 그림을 바라봤다. 전체적으로는 차분하고 거무스름한 가운데 얼굴만 노랗게 보인다. 이것도 시대 탓이겠지. 이부카는 앉은 채 아내를 돌아보고 어떠냐고 물었다. 부인은 램프를 든 한 손을 조금 위로 올리며 잠깐 노란 얼굴의 여자를 들여다보고는 이윽고, '기분 나쁜 얼굴이네요'라고 말했다. 이부카는 그저 웃으며, '80전이오' 라고만 했다.

밥을 먹고 나서 발판을 놓고 문 위 란마[43]에 못을 박았다. 그러고는 새로 사 온 액자를 머리 위에 걸었다. 그때 부인이 이 여

---

43 欄間. 일본 전통 가옥에서 문 위와 천장 사이에 채광이나 통풍을 위해 사각형 틀로 만든 곳. 장식 목적으로 다양한 문양을 넣기도 한다.

자는 뭐하는지 알 수가 없는 인상이라고 했다. 보고 있노라면 이상한 기분이 드니까 걸지 않는 게 좋다고 말렸지만, 이부카는 그저 당신이 과민해서 그런 거라며 듣지 않았다.

부인은 거실로 물러갔다. 이부카는 책상 앞에 앉아 조사를 시작했다. 십 분쯤 지나자 문득 고개를 들어 액자 속 그림이 보고 싶어진다. 붓을 놓고 눈을 돌리자 노란 여인이 액자 속에서 미소 짓는다. 이부카는 가만히 그 입가를 바라보았다. 화가가 광선을 완전히 제대로 표현한 것이다. 얇은 입술이 양쪽 끝에서 살짝 올라가고 그 올라간 끝으로 살짝 보조개를 표현했다. 다문 입술을 이제 막 열 듯하다. 이부카는 이상한 기분이 들었지만 또 책상 쪽으로 돌아앉았다.

조사라고는 하지만 반쯤은 베끼는 일이다. 크게 주의를 기울일 필요도 없는 일이어서 잠시 후에 다시 고개를 들어 그림을 보았다. 역시 입가에 뭔가 숨은 사정이 있다. 하지만 대단히 차분해 보인다. 기름한 눈꺼풀 사이에서 고요한 시선이 거실 쪽으로 떨어진다. 이부카는 또 책상 앞에 앉았다.

그날 밤 이부카는 몇 번이나 이 그림을 보았다. 그리고 어딘가 모르게 아내의 평가가 맞을지도 모른다는 기분이 들었다. 하지만 다음날이 밝자 그렇지 않은 얼굴로 관청으로 갔다. 네 시경

집으로 돌아와 보니 저녁의 액자는 하늘을 보고 책상 위에 엎어져 있다. 점심때가 조금 지났을 무렵 란마에서 갑자기 떨어졌다고 한다. 당연히 유리도 산산조각이 났다. 이부카는 액자를 뒤로 뒤집어 보았다. 어제저녁에 묶어 놓은 끈고리가 어쩐 일인지 빠져 있었다. 이부카는 내친김에 액자 뒤를 열어 보았다. 그러자 그림과 등을 대고 네 조각으로 접힌 서양종이가 나왔다. 열어 보니 잉크로 쓴 묘한 글이 나왔다.

"모나리자의 입술에는 여성의 비밀이 있다. 태초 이래 이 비밀을 그려낸 자는 다빈치뿐이다. 이 수수께끼를 푼 사람은 아무도 없다."

다음날 이부카는 관청에 가서 모나리자란 게 뭔지 모두에게 물었다. 그러나 아무도 알지 못했다. 그럼 다빈치는 뭐지? 하고 물었지만 역시 아무도 알지 못했다. 이부카는 아내가 권하는 대로 이 기분 나쁜 그림을 5전을 받고 넝마장수에게 팔아치웠다.

화재

숨이 차 멈춰 서서는 위를 올려다보니 불똥이 머리 위에서 춤을 춘다. 서리가 내린 뒤의 투명한 하늘 깊숙이 무수히 날아와서는 홀연히 사라져버린다. 그러고는 곧 선명한 빛깔로 일제히 불어온다. 뒤를 쫓으며, 타닥타닥 반짝이며, 맹렬한 기세로 피어오른다. 그다음 갑자기 사라진다. 그것들이 날아오는 방향을 보면 커다란 분수를 모아둔 것처럼 한 줄기가 되어 빈틈없이 추운 하늘을 물들인다. 사오 미터 앞에 커다란 절이 있다. 기다란 돌계단 가운데 전나무가 조용한 가지를 밤하늘에 펼치고 제방 위에 높이 솟아 있다. 불은 그 뒤에서 났다. 검은 줄기와 움직이지 않는 가지만 빼고 나머지는 전부 새빨갛다. 불이 시작된 곳은 높은 제방 위임에 틀림없다. 다시 백 미터 정도 가서 왼쪽 언덕을 올라가면, 거기가 화재현장이다.

다시 발길을 재촉했다. 뒤에서 오던 사람들이 모두 앞질러 간다. 그중에는 스쳐지나가며 커다란 목소리로 외치는 자가 있다. 어두운 길은 자연스럽게 신경질적인 활기를 띠어갔다. 언덕 아래까지 걸어서 막 올라가려는데 가슴이 턱 막히게 경사가 급하다. 그 급한 경사를 사람 머리가 가득 위에서 아래까지 북적인다. 불기둥은 언덕 꼭대기에서 용서 없이 너울거리며 솟아오른다. 사람들의 소용돌이에 말려 언덕 위까지 끌려 올라가면 발뒤꿈치를 돌리기도 전에 타버릴 것만 같다.

오십 미터 정도 이르니 일제히 왼쪽으로 꺾어지는 커다란 언덕이 있다. 올라가려면 이쪽이 편하고 안전할 거라는 생각이 들어서 마주친 사람을 요리조리 피하여 이윽고 길이 꺾어지는 곳까지 나왔다. 건너편에서 격렬하게 벨을 울리며 소방펌프 마차가 온다. 피하지 않는 녀석은 싹 깔아 죽이겠다는 말이 끝나기가 무섭게 무리를 향해 전속력으로 달려오면서 높은 발굽소리와 함께 말고삐를 언덕 쪽으로 살짝 비틀었다. 말은 거품을 문 채 입을 목 쪽으로 당기고 뾰족한 귀를 앞으로 세우더니 갑자기 앞발을 모아 정면으로 달리기 시작했다. 그때 밤색 말의 몸통이 작업복을 입은 남자의 초롱을 스치며 벨벳처럼 빛났다. 붉은색을 칠한 두꺼운 수레바퀴가 내 발에 닿았는가 싶을 정도로 아슬아슬하게 돌았다. 순간, 소방펌프는 일직선으로 언덕을 달려 올라갔다.

언덕 중턱에 이르자 아까는 정면으로 보였던 불기둥이 이번엔 비스듬하게 뒤쪽으로 보이기 시작했다. 언더 위에서 다시 왼쪽으로 돌리지 않으면 안 된다. 옆길을 발견하자 좁은 통로 같은 것이 하나 있었다. 사람에게 밀려들어가니 깜깜했다. 그저 한마디의 여유도 없을 만큼 빼곡했다. 그렇게 서로 필사적으로 소리를 지른다. 불은 건너편에서 환하게 타고 있다.

십 분 뒤 마침내 길목을 빠져나가 거리로 나왔다. 그 거리도 역시 하급관리의 집처럼 폭이 좁고 이미 사람으로 가득했다. 길목을 나가자마자 앞서 땅을 차고 달려 올라가던 증기펌프 마차가 눈앞에 가만히 서 있었다. 펌프는 여기까지 말을 달렸지만, 사오 미터 앞 모퉁이에 막혀 어쩌지도 못하고 불기둥을 보고만 있다. 불기둥은 코앞에서 타올랐다.

옆에 몰린 사람들은 모두 '어디야? 어디야?' 하며 외친다. 듣는 자는 '거기야! 거기야!' 하고 말한다. 하지만 양쪽 모두 불꽃이 일어나는 곳까지는 갈 수는 없다. 불꽃은 세를 얻어 조용한 하늘에 부채질하듯 무섭게 피어오른다…….

다음날 점심때가 지나서 산책하는 김에 불난 곳을 보고 싶은 호기심으로 그 언덕에 올랐다. 어젯밤에 갔던 길을 빠져나가며 증기펌프 마차가 서 있던 좁은 길을 나와 사오 미터 앞의 모퉁이를 돌고 천천히 걸어보았지만, 집들은 겨울잠에 빠진 것처럼 조용히 늘어서 있을 뿐이었다. 불탄 곳은 어디에도 보이지 않는다. 불이 났다고 생각되는 곳엔 깨끗한 삼나무 울타리만 이어져 있고, 그중 한 집에서 희미하게 거문고 소리가 새어 나왔다.

안개

어젯밤엔 밤새 베갯머리에서 탁탁하고 울리는 소리를 들었다. 이것은 근처의 클래펌 정션$^{Clapham\ Junction}$이라는 큰 정차장 덕택이다. 이 교차로에는 하루에 기차 천몇 대인가가 모여든다. 그것을 자세히 계산해 보면 1분에 한 번 꼴로 열차가 출입하는 셈이다. 안개가 짙은 날에는 그 열차들이 가까이 오면 무슨 장치를 사용해서 폭죽 같은 소리를 내어 신호를 보낸다. 신호등 불빛이 파랗든 빨갛든 전혀 도움이 되지 않을 만큼 어두워지기 때문이다.

침대를 기어 내려가 북쪽 창 블라인드를 걷어올리고 밖을 내려다보니, 온통 뿌옇다. 아래는 잔디 바닥에서부터 삼면이 벽돌담으로 에워싸인 2미터 정도 높이에 이르기까지 아무것도 보이지 않는다. 그저 공허로 가득하다. 그리고 그 공허가 쥐죽은듯 얼어 있다. 이웃의 정원도 마찬가지다. 그 정원에는 아름다운 잔디밭이 있다. 따뜻한 초봄이면 하얀 수염을 늘어뜨린 할아버지가 볕을 쬐러 나온다. 그때 이 할아버지는 언제나 오른손에 앵무새를 앉히고 나온다.

봄날의 소나티네

그러고는 앵무새가 부리로 쫄 수 있을 만큼 가까이 자기 눈을 새 쪽으로 가져간다. 앵무새는 날개를 퍼덕이며 계속해서 울어 댄다. 할아버지가 나오지 않을 때는 딸이 긴 옷자락을 끌며 쉴 틈 없이 잔디 깎는 기계를 잔디밭 위로 굴린다. 그런 기억으로 가득한 정원도 지금은 완전히 안개에 묻혀 황폐하기 짝이 없는 내 하숙집과 아무런 경계도 없이 이어져 있다.

뒷골목을 사이에 두고 마주보는 쪽에 높은 고딕식 교회 탑이 있다. 회색으로 하늘을 찌를 듯한 그 탑에서는 언제나 종이 울린다. 일요일엔 특별히 심하다. 오늘은 날카롭게 솟은 꼭대기는 물론이고 돌을 잘라 불규칙하게 쌓아올린 몸통도 있는지 없는지 알 수가 없다. 거긴가 싶은 곳이 기분 상으로는 검은 듯도 하지만 종소리는 전혀 들리지 않는다. 종의 형태는 보이지 않는 짙은 그림자 안에 깊숙이 갇혀 있었다.

밖으로 나가자 약 2미터 앞까지는 보인다. 그 2미터를 다 가면 또 그 앞의 2미터 앞이 보인다. 세상이 사방 2미터로 줄어든 것 같지만, 걸으면 걷는 만큼 새로운 2미터가 사방에 나타난다. 그 대신 지금 걸어온 과거의 세계는 걸어가는 만큼 사라져 간다.

네거리에서 버스를 기다리고 있는데 회색 공기를 가르고 갑자기 눈앞에 말 머리가 나타났다. 그런데도 버스 지붕에 있는 사람은 아직 안개를 빠져나오지 못하고 있다. 이쪽에서 먼저 안개를 무릅쓰고 뛰어올라 아래를 보니, 말 머리는 이미 흐릿하다. 버스가 서로 마주칠 때는 마주칠 때만 아름답다고 생각한다. 생각할 틈도 없이 빛깔을 가진 모든 것은 탁한 공기 속으로 사라져버린다. 막막한 무색 안으로 빨려 들어간다. 웨스트민스터 다리를 통과할 때 하얀 것이 한두 번 눈을 스치며 펄럭였다. 눈동자를 고정하고 그 방향을 응시하니 봉인된 대기 속에서 갈매기가 꿈처럼 희미하게 날고 있었다. 그때 머리 위에서 빅벤 Big Ben이 엄숙하게 10시를 알렸다. 올려다봐도 공중에서 그저 소리만 들려온다.

빅토리아에서 볼일을 보고 테이트 미술관 옆으로 강을 따라 배터시까지 왔더니 지금까지 그나마 쥐색으로 보이던 세계가 한순간에 저물어버렸다. 토탄을 녹여 진하게 내 주변으로 흘려보내는 것처럼 검은빛으로 물든 무거운 안개가 눈과 입과 귀로 흘러들어왔다. 외투는 무언가에 눌렸나 싶을 만큼 젖어 있다. 가벼운 칡물을 흡입하는 것처럼 숨이 막힌다. 발밑은 물론 땅굴 바닥을 걷고 있는 것이나 다름없다.

나는 무겁고 괴로운 다갈색 속에서 한동안 망연히 서 있었다. 내 옆으로 많은 사람이 지나가는 기분이 들었다. 하지만 어깨가 마주 닿지 않는 이상, 도대체 사람이 다니는지 어떤지 알 수가 없다. 그때 이 망망대해의 한 점이 콩알 크기로 노랗게 흘렀다. 나는 그것을 목표로 네 걸음 정도를 움직였다. 그러자 어느 가게 앞의 창문으로 얼굴이 나타났다. 가게 안에서 가스등을 켜고 있다. 가게 안은 비교적 밝다. 사람은 언제나처럼 다니고 있었다. 나는 겨우 안심했다.

배터시를 통과하여 손으로 더듬듯이 건너편 언덕으로 발길을 옮겼지만, 언덕 위는 여염집뿐이다. 똑같은 골목길이 몇 갈래나 들어서 있어 맑은 날에도 길을 잃기 십상이다. 나는 집들을 바라보고 왼쪽으로 난 두 번째 골목을 꺾은 듯싶었다. 그리고 나서 2백 미터 정도 똑바로 똑바로 걸어갔던 것 같다. 그리고 그다음은 전혀 알 수 없었다. 어둠 속에 단 한 사람이 서서 고개를 숙이고 있었다. 오른쪽에서 구두 소리가 점점 가까워졌다. 그런가 싶더니 사오 미터 앞까지 와서 멈추었다. 그러고는 점점 멀어지며 사라져 갔다. 나중에는 전혀 들리지 않게 되었다. 쥐 죽은듯 고요하다. 나는 또 어둠 속에 혼자 서서 생각했다. 어떻게 하면 하숙집으로 돌아갈 수 있을까.

족자

다이토 노인은 죽은 부인의 3주기까지는 꼭 비석을 하나 세워 주려고 결심했다. 하지만 아들의 가녀린 팔에 매달려 겨우겨우 오늘을 지내는 것 외에 한푼의 저축도 하지 못하며 다시 봄을 맞았다. '네 어머니 기일이 3월 8일로 다가오는데' 하고 호소하는 듯한 표정으로 아들에게 말하면, '아아 그랬던가요?' 하고 답할 뿐이었다. 다이토 노인은 결국 선조들로부터 물려받은 소중한 족자 한 폭을 팔아 돈을 마련하기로 했다. 아들에게 어떻게 생각하느냐고 상의했더니 아들은 원망스러울 정도로 무신경하게 그게 좋겠다고 찬성했다. 아들은 내무성 종교관리국에서 월급 40엔을 받았다. 아내와 두 아이가 있는 데다 다이토 노인을 봉양해야 하니 허리가 휜다. 노인이 없었다면 소중한 족자도 진작 융통하여 필요한 것으로 바꾸었을 터이다.

이 족자는 사방 한 자 정도의 비단으로 세월에 바래 그을린 대나무처럼 검붉은 색을 띠고 있다. 어두운 방에 걸면 음침해서 뭐가 그려져 있는지 알 수 없다. 노인은 이것을 왕연이 그린 접시꽃이라고 불렀다. 그리고 한 달에 한두 번 정도 선반에서 꺼내서 오동나무 상자의 먼지를 털고 안에 있는 것을 정중히 꺼내 세로로 석 자 되는 벽에 걸고 바라본다. 역시 바라보고 있으면 그을린 듯한 화폭 속에 오래된 핏자국처럼 커다란 문양이 보인다. 청록색이 벗겨진 자국으로 의심되는 부분도 희미하게 남아 있다. 노인은 이 희미한 당나라 그림을 마주하고 앉아 너무 오래 살았다 싶은 세상조차 잊어버린다. 어떤 때는 족자를 물끄러미 바라보면서 담배를 태운다. 혹은 차를 마신다. 그렇지 않으면 그냥 바라본다. '할아버지, 이거 뭐야?' 손주가 와서 손가락으로 건드리려 하면, 조용히 일어나서 족자를 말기 시작한다. 그러면 손주가 '할아버지, 눈깔사탕은?' 하고 묻는다. '응, 눈깔사탕 사 올 테니까 장난치면 안 돼' 그렇게 말하면서 천천히 족자를 말아 오동나무 상자에 넣고 선반에 올려놓은 다음 산보를 하러 나간다. 돌아가는 길에 마을에 있는 사탕가게에 들러 박하가 들어간 눈깔사탕을 두 봉지 사서는, '자아, 눈깔사탕이다' 손주들에게 나눠준다. 아들이 결혼을 늦게 했기 때문에 손주는 6살과 4살이다.

아들과 상의한 다음날, 노인은 오동나무 상자를 보자기에 싸서 아침 일찍 나섰다. 그리고 4시경이 되어 다시 오동나무 상자를 들고 돌아왔다. 손주가 대문 앞까지 나와서 묻는다. '할아버지, 눈깔사탕은?' 노인은 아무 말도 없이 객실로 들어와 상자 속에서 족자를 꺼내 벽에 걸고 멍하니 바라보기 시작했다. 네다섯 집을 돌아다녔지만 낙관이 없다는 둥, 그림이 벗겨졌다는 둥 하면서 족자에 대해 노인이 예상했던 만큼의 존경을 표하는 이가 없었다고 한다.

아들은 골동품 가게는 그만두시라고 말했다. 노인도 골동품 가게는 가지 않겠다고 말했다. 2주일 정도 지나 노인은 다시 오동나무 상자를 품에 안고 나갔다. 그리고 아들 직장 과장의 친구 집에 가서 소개를 받고 보여주었다. 그때도 눈깔사탕을 사 오지 않았다. 아들이 돌아오자마자, 그런 보는 눈도 없는 녀석에게 넘겨줄 것 같냐며 그곳에 있는 물건은 다 가짜였다고 하면서 자못 아들의 부덕함을 탓하듯 말했다. 아들은 쓴웃음을 지었다.

2월 초순에 우연히 괜찮은 전갈이 와서 노인은 그 족자를 어느 호사가에게 팔았다. 노인은 바로 야나카로 나가서 죽은 부인을 위해 훌륭한 비석을 주문했다. 남은 돈은 우체국에 저금했다. 그리고 5일 정도 지나 언제나처럼 산보를 나갔는데 평소보다 두 시간 정도 늦게 돌아왔다. 그때 양손에 커다란 눈깔사탕 봉지가 두 개 들려 있었다. 팔아 치운 족자가 마음에 걸려 다시 한번 보여 달라고 갔더니 다다미 4조 반 넓이의 다실에 얌전히 걸려 있었고 그 앞에는 투명한 매화가 꽂혀 있었다는 것이다. 노인은 그곳에서 차를 대접받았다고 한다. '내가 가지고 있는 것보다 더 안심해도 될지 몰라', 노인은 아들에게 전했다. 아들은 그럴지도 모르겠다고 대답했다. 아이들은 3일째 눈깔사탕만 먹고 있었다.

기원절

남쪽을 향해 난 교실이었다. 밝은 쪽을 등지고 서른 명 정도의 어린아이들이 까만 머리를 모으면서 칠판을 바라보는데 복도에서 선생님이 들어왔다. 선생님은 키가 작고 눈이 크고 마른 체형의 남자로 턱에서 뺨까지 늙수그레하게 수염이 나 있었다. 그리고 그 까칠까칠한 턱이 닿는 옷깃은 거무스름하게 때가 탄 것이 보였다. 이런 옷과 제멋대로 자란 수염에다 일찍이 잔소리를 한 적도 없는 탓에 모두가 선생님을 무시했다.

선생님은 이윽고 분필을 쥐고 칠판에 큰 글씨로 '記元節^{기원절}'이라고 썼다. 아이들은 모두 검은 머리를 책상 위에 눌러 붙이듯이 하면서 작문을 시작했다. 선생님은 작은 키를 늘리며 아이들을 돌아보다가 복도로 나갔다.

그러자 뒤에서 세 번째 책상 정도에 있던 아이가 자리에서 일어나 선생님의 탁자 앞으로 나가더니, 선생님이 쓰던 분필을 들고 칠판에 쓴 기원절의 기자에 작대기를 긋고 그 옆에 새로 '紀'라고 굵게 썼다. 다른 아이들은 웃지도 않고 놀라서 보고 있었다. 아까 그 아이가 자리로 돌아가 잠시 서 있는데 선생님이 교실로 돌아왔다. 그리고 칠판에 쓴 글씨를 보았다.

"누가 記를 紀로 고친 모양인데, 記로 써도 괜찮아요." 하고는 다시 아이들을 돌아보았다. 아이들은 조용했다.

記를 紀로 고친 것은 나였다. 메이지 42년[44] 오늘까지도 그 일을 생각하면 저급한 기분이 들어 견딜 수가 없다. 그 행동이 늙수그레한 후쿠다 선생님이 아니라 모두가 무서워했던 교장 선생님이었더라면 좋았을 거라는 생각을 하지 않은 적이 없다.

---

44   1909년.

돈벌이

"저기는 밤이 나는 곳이라서 말이죠. 뭐 시세가 대략 한 냥에 넉 되 정도 할까요? 그걸 이쪽으로 가지고 오면 한 되에 1엔 50전이나 하는 거예요. 그래서요, 내가 그쪽에 있을 때였는데요. 요코하마에서 1800가마니쯤 주문이 들어왔어요. 잘되면 한 되에 2엔 이상 받을 수 있으니까 얼른 수락했죠. 1800가마니를 준비해서 내가 스스로 밤을 가지고 요코하마까지 갔더니 — 세상에, 상대는 중국인이고 본국으로 보낸다는 거예요. 중국인이 나와서 좋다고 하니까 이제 끝났나 생각했더니 창고 앞에 높이 한 2미터나 되는 커다란 통을 내놓고 물을 그 안에 자꾸 붓는 거예요. 아니 뭣 때문에 그러는지 나는 도무지 알 수 없었죠. 어쨌든 커다란 통이라서 물을 붓는 것도 쉽지 않았어요. 그럭저럭 한나절이 걸렸죠. 그리고 뭐 하는 건가 싶어 보고 있으니, 가마니를 풀어 밤을 그 통에 계속 넣는 거예요. — 나도 정말 놀랐는데, 중국놈들은 정말 만만치가 않다는 걸 나중에서야 알았어요. 밤을 물속에 넣으니까, 똘똘한 놈은 잘 가라앉지만, 벌레 먹은 놈은 전부 떠오르잖아요. 그걸 중국놈이 소쿠리로 건지더니요, 불량이라고 가마니 중량에서 빼는 거예요. 옆에서 보고 있자니 죽겠더란 말이쥬. 아무튼 7할 정도는 벌레 먹어서 떠오릅디다. 큰 손해죠. — 벌레 먹었습니까? 분통이 터져서 다 팽개치고 돌아와버렸어요. 중국인들이니까 역시 나몰라라식으로 가마니에 담아 아마 본국으로 보냈을 거예요."

"그리고 고구마를 사 모은 적도 있죠. 한 가마니에 4엔 잡아 2천 가마니를 계약했는데요. 그런데 주문을 받았던 것이 그달 중간쯤, 14일이었는데 납품이 25일까지라는 거예요. 아무리 뼈 빠지게 한들 2천 가마니를 채울 수는 없는 거 아닙니까. 도저히 안 되겠다고 일단 거절했어요. 솔직히 정말 아까웠어요. 그랬더니 상관의 우두머리가 말하길, 아니 계약서에는 25일이라고 되어 있지만 절대 그대로 엄격하게 지키지 않아도 된다고 누차 권하는 통에 결국 그러기로 마음먹었어요. 아니요, 고구마는 중국으로 가는 게 아니었어요. 미국이었어요. 미국에도 역시 고구마를 먹는 녀석이 있는가 보다 했죠. 묘한 일도 다 있지요. 그래서 얼른 고구마를 사들이기 시작했어요. 사이타마에서 가와고에 쪽으로요. 하지만 말이 2천 가마니지, 막상 사들이려고 하니까 좀 큰일이 아닌 거예요. 하지만 결국은 어찌어찌 28일 지나서 약속대로 가마니를 가지고 갔더니, 정말 교활한 놈들이죠. 약정서에 만약 날짜를 많이 넘길 시는 8천 엔의 손해배상을 해야 한다는 항목이 있는 거예요. 그 조항을 들먹이면서 아무리 말을 해도 대금을 주지 않았어요. 물론 계약금으로 4천 엔을 받아 두었지만요. 그러는 중에 그쪽에서는 고구마를 배에 실었으니 어쩔 수 없게 돼버렸어요. 너무 화가 나서 천 엔의 보증금을 내고 현물 압수 신청을 해서 결국 고구마를 묶어 뒀습니다. 그런데 뛰는 놈 위에 나는 놈 있다더니, 그쪽에서는 8천 엔의 보증금을 내고 유유히 배를 출항시킨 겁니다. 결국 재판을 하게 되었는데요. 어쨌든 약정서가 제출되니 어쩔 수가 없었어요. 나는 재판관 앞에서 울고 말았답니다. 고구마는 뺏겼죠. 재판은 졌죠. 이런 법은 없는 거예요. 내 입장에서 좀 생각해 보세요. 뭐 재판관도 조금은 내 입장을 이해하는 눈치였지만 법의 힘을 어떻게 할 수는 없으니까요. 결국 졌습니다."

행렬

문득 책상에서 눈을 들어 입구를 보니 서재 문이 어느 틈에 반쯤 열려서 넓은 복도가 두 자 정도 보인다. 복도가 끝나는 곳은 중국 풍 난간으로 막혔고 그 위 유리문은 꼭 닫혀 있다. 푸른 하늘에서 똑바로 떨어져 들어오는 햇살이 처마 끝 유리창을 비스듬히 통과하여 툇마루 앞쪽을 밝게 물들이면서 서재 문턱까지 따사롭게 비쳤다. 해가 드는 곳을 한동안 바라보니 눈 속에 아지랑이가 피어오르듯 봄 기분이 여유롭다.

그때 이 두 자 남짓한 틈으로 허공을 밟으면서 난간 높이 정도 되는 것이 나타났다. 빨강에 하얀 당초가 새겨진 리본을 둥글게 묶어 이마에서 머리 위로 쑥 끼운 것 사이로 해당화 같은 꽃을 파란 이파리 채 꽂았다. 검은 머리카락에 분홍색 봉오리가 커다란 물방울처럼 선명하게 보였다. 비교적 짧은 턱 바로 아래로 한 장의 보랏빛이 한 줄로 주름이 잡혀서는 마루까지 넘실넘실 움직인다. 소매도 손도 발도 보이지 않는다. 그림자는 복도에 떨어진 햇살을 매끄럽게 빠져나가듯 통과하였다. 뒤에 서는…….

이번엔 조금 낮다. 진홍의 두터운 직물을 정수리에서 어깨까지 뒤집어쓰고, 나머지 등으로는 비스듬히 조릿대 잎 모양을 업고 있다. 몸통에 있는 단 하나의 나뭇잎, 회색 속에 남겨진 초록이 보인다. 그만큼 조릿대 모양은 컸다. 복도에 둔 발보다도 컸다. 그 발이 붉게 찰랑찰랑 세 발 정도 움직이더니, 요 낮은 것은 문의 폭을 소리 없이 빠져나갔다.

세 번째 두건은 하얀색과 남색의 굵직한 격자무늬다. 차양 아래 나타난 옆얼굴은 둥글게 부풀어 있다. 그 한쪽 뺨 맨 가운데가 사과가 익은 것처럼 농밀하다. 꼬리만 보이는 다갈색 눈썹 밑이 움푹 들어가 생각지도 못한 데서 둥근 코가 부푼 뺨을 슬쩍 넘어 끝부분만 얼굴 밖으로 나와 있다. 얼굴 아래는 전부 노란색 줄무늬로 싸여 있다. 긴소매를 10센티 남짓 툇마루에 끌고 있다. 키보다 큰 대나무 지팡이를 짚었다. 지팡이 끝에는 윤기 나는 새털을 나풀나풀 달았는데 그것이 햇살에 빛났다. 툇마루에 끌리는 노란색 줄무늬의 소맷자락 안쪽이 은처럼 빛나나 싶더니 그것도 스쳐지나갔다.

그러자 곧바로 뒤에서 새하얀 얼굴이 나타났다. 이마에서 시작되어 평평한 뺨을 지난 칠이 턱에서 귀까지 거슬러 올라가 벽처럼 담담하다. 가운데 눈동자만 살아 있었다. 입술은 붉은색을 겹쳐 칠해 파랗게 햇살을 반사했다. 가슴 언저리는 비둘기색처럼 보이고, 아래로는 옷자락까지 시선을 어지럽히는 가운데 작은 바이올린을 안고 긴 활을 엄숙하게 메고 있다. 두 발로 지나간 뒤에는 등에 검은 공단으로 된 네모난 조각을 붙여 그 한가운데에 있는 금실 자수가 한꺼번에 햇빛 속에 떠올랐다.

마지막으로 나온 것은 아주 작다. 손잡이 아래에서 굴러떨어진 듯하다. 하지만 커다란 얼굴을 하고 있다. 그중에서도 머리는 절대로 크다. 그곳으로 오색 관을 쓰고 나타났다. 관의 중앙에 있는 작은 점이 우뚝 솟은 것처럼 보인다. 우물정자 무늬가 있는 통소매에 연보랏빛 벨벳 술을 허리에서 삼각으로 늘어뜨리고 붉은 버선을 신었다. 손에 쥔 조선부채가 몸의 반 정도 크기다. 부채에는 붉은색과 푸른색, 노란색의 소용돌이가 옻칠로 그려져 있었다.

행렬은 조용히 내 앞을 지나간다. 열어 둔 문이 허허로운 햇빛을 서재 입구로 보내고 툇마루에서 넉 자 폭의 쓸쓸함을 느낄 때, 건너편 구석에서 갑자기 바이올린 소리가 났다. 이어서 작은 목을 모아서 와하고 웃는 소리가 났다.

우리집 아이들은 내일 엄마의 하오리와 보자기를 꺼내 이런 놀이를 한다.

옛날

피틀로크리 골짜기는 가을이 한창이다. 시월의 해가 눈에 들어오는 들숲을 다사로운 색으로 물들이는 세상에서 사람들은 잠들고 깨어난다. 시월의 햇살은 조용한 골짜기의 공기를 하늘 중간에서 감싼 채 바로 땅에 떨어지지 않는다. 그렇다고 산 건너편으로 도망치지도 않는다. 바람 없는 마을 위에, 언제나 차분하게 조용히 움직이지 않고 뿌옇게 떠 있다. 그 사이에 들과 숲의 색이 점점 변해간다. 신 것이 어느새 달콤해지듯이 골짜기 전체로 세월이 깃든다. 피틀로크리 골짜기는 이때 백 년 전 옛날, 이백 년 전 옛날로 돌아가 편안하고 고풍스런 분위기에 잠긴다. 사람들은 원숙한 얼굴로 나란히 서서 산등성이를 넘는 구름을 본다. 그 구름은 어느 때는 희다가 어느 때는 잿빛이다. 이따금 엷은 구름 사이로 산의 지면이 보인다. 언제 보아도 오래된 구름 같은 기분이다.

내 집은 이 구름과 이 골짜기가 잘 보이는 작은 언덕 위에 있었다. 남쪽에서 집 벽으로 온통 해가 든다. 몇 해 동안 시월의 햇볕을 쪼였을까? 어디나 쥐색으로 말라 있는 서쪽 끝에 장미 덩굴 하나가 휘감고 올라가 차가운 벽과 따뜻한 햇살 사이에 몇 송이 꽃을 피웠다. 커다란 꽃잎이 달걀색 풍요로운 물결을 이루고 꽃받침에서 뒤집히듯이 입을 벌린 채 군데군데 조용히 피었다. 향기는 엷은 햇살에 빨려 들어가 기둥 사이 공기 속으로 사라진다. 나는 그 기둥 사이에 서서 위를 보았다. 장미 덩굴은 높이 올라간다. 쥐색 벽은 장미 덩굴이 닿지 않는 곳까지 똑바로 솟아 있다. 지붕이 끝나는 곳에 아직 탑이 있다. 햇살은 그보다 위에 있는 연무 안쪽에서부터 떨어져 내려온다.

발아래 언덕은 피틀로크리 골짜기로 곤두박질치고 눈길이 닿는 아득한 아래쪽은 평온한 색채 속에 묻혀 있다. 그 건너편 산으로 올라가는 곳은 층층이 노란 자작나무 잎이 겹쳐지고, 묽거나 진한 언덕이 서로 어우러져 몇 겹이나 생겼다. 분명하고 쓸쓸한 분위기가 골짜기 한 면으로 반사되는데 그 한가운데를 검은 줄기가 옆으로 꾸불꾸불 움직인다. 토탄을 머금은 계곡물은 염료를 풀어놓은 듯 빛바랜 색이다. 이 산골에 와서야 비로소 이런 강물을 보았다.

뒤에서 주인이 왔다. 주인의 수염은 시월 햇살에 7할 정도가 하얗게 보였다. 옷차림도 심상치 않다. 허리에 킬트라는 걸 걸쳤다. 인력거의 무릎덮개처럼 거친 줄무늬 식물이다. 그것을 봉치마 모양의 바지에 무릎까지 재단하여 세로로 주름을 잡았기 때문에 두꺼운 털실로 짠 덧신으로 장딴지를 감추기만 했다. 걸을 때마다 킬트의 주름이 흔들려 무릎과 허벅지 사이가 언뜻언뜻 보인다. 살갖이 드러나는 걸 신경 쓰지 않는 옛날식 바지다.

주인은 모피로 만든 작은 목탁 크기의 지갑을 앞으로 늘어뜨린다. 밤에 난로 옆에 의자를 놓고 소리를 내는 붉은 석탄을 바라보면서 이 목탁 속에서 파이프를 꺼내서는 담배를 넣는다. 그리고 빼끔빼끔 담배를 태우며 긴 밤을 지새운다. 목탁은 스포란sporran이라고 한다.

주인과 함께 언덕을 내려가 어둑한 길로 접어들었다. 스카치 퍼scotch fir라는 상록수 이파리가, 잘게 다진 다시마에 구름이 파고든 것처럼, 털어도 떨어지지 않을 듯하다. 그 검은 나무줄기를 타고 다람쥐가 길고 풍성한 꼬리를 흔들며 뛰어오른다. 그런가 했더니 낡고 두터운 이끼 위를 또 한 마리가 휙 하고 눈앞을 지나간다. 이끼는 부풀어오른 채 움직이지 않는다. 다람쥐 꼬리는 검푸른 땅을 먼지떨이처럼 훑으며 어둠 속으로 사라졌다.

주인은 옆을 돌아보고 피트로클리의 밝은 골짜기를 가리켰다. 검은 강물은 의연히 그 가운데를 흐르고 있었다. 그 강을 6킬로쯤 북쪽으로 거슬러 올라가면 킬리크랭키 골짜기가 있다고 했다.

스코틀랜드의 고지인^{高地人}과 저지인^{低地人}이 킬리크랭키 골짜기에서 싸웠을 때 시체가 바위틈에 끼어 바위를 때리는 물을 막았다. 고지인과 저지인의 피를 마신 강물은 색이 변하여 삼일 동안 피트로클리 골짜기를 흘렀다.

나는 내일 아침 일찍 킬리클랭키 골짜기의 전쟁터를 방문하기로 했다. 벼랑에서 나오니 아름다운 장미꽃 이파리가 두세 개 흩어져 있었다.

목소리

도요사부로가 이 하숙으로 이사 온 지 3일째다. 첫날은 어스름이 내린 저녁에 짐 정리를 하는지 책 정리를 하는지 바쁜 그림자처럼 움직였다. 그러더니 마을 목욕탕에 가서 돌아오자마자 곯아떨어져버렸다. 다음날은 학교에서 돌아오자 책상 앞에 앉아 한동안 책을 읽어보았지만 갑자기 거처가 바뀌어서 그런지 영 마음 내켜하지 않는다. 창밖에서 계속 톱질하는 소리가 들린다.

도요사부로는 앉은 채로 손을 뻗어 장지문을 열었다. 그랬더니 코앞에서 정원사가 부지런히 벽오동나무 가지를 치고 있었다. 상당히 길게 뻗은 가지를 아까워하는 기색도 없이 가지 밑동을 싹둑싹둑 잘라서는 밑으로 떨어뜨렸다. 잘라낸 단면의 하얀 부분이 눈에 띌 정도로 많아졌다. 동시에 빈 하늘이 멀리에서부터 창으로 모여들 듯 넓어 보이기 시작했다. 도요사부로는 책상에 턱을 괴고 무심코 오동나무 위 높이 펼쳐진 가을 하늘을 바라보았다.

도요사부로가 오동나무에서 하늘로 시선을 옮겼을 때는 갑자기 마음이 넓어진 기분이 들었다. 그 부풀었던 마음이 차분해지는 동안 그리운 고향의 기억이 점을 찍듯 하늘 한 모퉁이에 나타났다. 점은 아득한 하늘 저편에 있지만 책상 위에 올린 것처럼 분명하게 보였다.

산기슭에 커다란 초가집이 있고 마을에서 200미터 정도 올라가면 길은 우리 집 문 앞에서 끝난다. 문으로 들어가는 말이 보인다. 안장 옆에 한 무더기 국화를 묶어 방울을 울리며 흰 벽 속으로 숨어버렸다. 해는 높이 올라 용마루를 비추고 있다. 뒷산을 푹 감싸는 소나무 줄기가 유난히 반짝이는 듯했다. 버섯의 계절이다. 도요사부로는 책상 위에서 지금 막 딴 버섯의 향을 맡았다. 그리고 도요, 도요 하고 부르는 어머니의 목소리를 들었다. 그 목소리는 아주 멀리서 난다. 그리고 손에 쥔 듯 분명하게 들린다. — 어머니는 5년 전에 돌아가셨다.

도요사부로는 문득 놀라서 눈동자를 움직였다. 그러자 아까 본 오동나무 끝이 다시 눈동자에 비쳤다. 벋어 나오려던 가지가 한 곳에서 잘렸으므로 그곳 밑동은 옹이로 뒤덮여 보기 싫을 정도로 답답하게 힘이 들어가 있다. 도요사부로는 다시 갑자기 책상 앞에 눌려진 기분이 들었다. 오동을 사이에 두고 담장 밖을 내다보니 더러운 집이 서너 채 있다. 솜이 비어져 나온 이불은 부끄러운 줄도 모르고 가을볕을 쬔다. 옆에는 쉰 남짓한 노파가 서서 오동 끝을 보고 있었다.

군데군데 줄무늬가 사라지기 시작한 옷 위에 좁은 허리띠를 두른 차림이다. 성긴 머리칼을 커다란 빗으로 빗어 올리고 망연히 가지를 솎아낸 오동나무 주변을 보며 서 있다. 도요사부로는 노파의 얼굴을 보았다. 그 얼굴은 푸르스름하게 부어 있었다. 노파는 부어서 부석부석한 눈꺼풀 안쪽에서 가느다란 눈을 내놓고 눈부신 듯 도요사부로를 올려보았다. 도요사부로는 급히 자신의 시선을 책상 위로 떨구었다.

사흘째 도요사부로는 꽃집에 가서 국화를 사 왔다. 고향집 정원에 피는 것 같은 국화를 사고 싶어서 찾아보았지만 눈에 띄지 않아서 어쩔 수 없이 꽃집에서 주는 걸 그냥 세 송이 정도 지푸라기로 묶은 채 술병처럼 생긴 화병에 꽂았다. 고리짝 밑에서 호아시 반리[45]가 쓴 작은 족자를 내어 벽에 걸었다. 이것은 지난해 귀성했을 때 장식용으로 일부러 사 온 것이다. 그리고 도요사부로는 방석 위에 앉아 한동안 족자와 꽃을 바라보았다. 그때 창 앞쪽 집에서 도요, 도요 하고 부르는 소리가 들렸다. 그 목소리의 높낮이나 음색이나 상냥했던 고향집 어머니와 조금도 다르지 않다. 도요사부로는 바로 창문을 드르륵 열었다. 그러자 어제 본 붓기 있는 노파가 떨어지기 시작한 가을 해를 이

---

45 帆足万里 1778~1852. 일본 에도시대의 히지번(지금의 오이타 현) 출신의 유학자.

마에 받으며 열두셋이나 됐을까 싶은 코흘리개를 손짓하여 부르고 있었다. 드르륵하는 소리와 함께 노파는 예의 부은 눈을 돌려 아래쪽에서 도요사부로를 올려다보았다.

돈

극렬한 사회면 기사를 사진판으로 늘린 것 같은 소설을 쉴 새 없이 대여섯 권 읽었더니 완전히 지겨워졌다. 밥을 먹어도 생활고가 밥과 함께 위장까지 짓누르는 것 같아 견딜 수가 없다. 배가 부르면 위가 눌려 너무 괴롭다. 그래서 모자를 쓰고 구코쿠시의 집으로 갔다. 구코쿠시는 이럴 때 이야기하기에 적당한, 철학자 같기도 하고 점쟁이 같기도 한 묘한 사내다. 끝없이 넓은 공간에는 지구보다 커다란 화재가 여기저기 있어서 그 화재가 우리 눈에 들어오려면 백년은 걸린다고 말하며 간다 지역의 화재를 비웃은 사내다. 하기야 간다의 화재로 구코쿠시의 집이 타지 않은 것은 분명한 사실이다.

구코쿠시는 작은 화로 틀에 기대어 놋쇠 부지깽이로 재 위에다 자꾸만 뭔가를 쓰고 있었다. '어떠신가, 여전히 골똘히 생각에 잠겨 있는 거 같네' 하고 말하자, 사뭇 귀찮다는 얼굴을 하고, '응, 지금 돈 생각을 좀 하고 있는 중이었어' 하고 대답했다. 모처럼 구코쿠시의 집까지 와서 또다시 돈 이야기를 듣는 게 견딜 수 없어서 입을 다물었다. 그러자 구코쿠시가 큰 발견이라도 한 듯이 이렇게 말했다.

"돈은 마물이야."

구코쿠시의 말치고는 너무 진부하다 싶어, '그렇지' 하고 대답하고는 상대를 하지 않았다. 구코쿠시는 화로의 재 속에 커다란 동그라미를 그리고, '자네 여기 돈이 있다고 쳐보게' 하면서 동그라미 한가운데를 찔렀다.

"이게 뭐로든 변해. 옷으로도 변하고, 먹을 거로도 변하지. 전차가 되는가 하면 여관도 되지."

"시시한 소리. 다 아는 얘기를."

"아니, 다 알지 않아. 이 동그라미가 말이지."

하면서 또 커다란 동그라미를 그렸다.

"이 동그라미가 선인이 되기도 하고 악인이 되기도 한다네. 극락에도 가고 지옥에도 가지. 너무나 융통성이 있는 게 문제요. 아직 문명이 발전하지 않아서 곤란한 거지. 좀 더 인류가 발달하면 돈의 융통에 제한을 두게 되는 건 뻔한 일이지만 말이야."

"어째서?"

"아무래도 좋지만, ─ 예를 들면 돈을 다섯 가지 색으로 나눠서, 빨간 돈, 파란 돈, 하얀 돈 하는 식으로 생각하면 쉬워."

"그래서 어떻다는 건데?"

"어떻다니? 빨간 돈은 빨간 구역에서만 통용되게 하는 거야. 하얀 돈은 하얀 구역 안에서만 사용하게 되고. 만약에 영역 밖에 나가면 기와 조각처럼 쓸모없이 되어서 융통에 제한이 붙는 거지."

만약 구코쿠시가 처음 만나는 사람이고, 처음 만나는 자리에서 이런 이야기를 했다면, 나는 그가 뇌조직에 이상이 있는 논객이라고 생각했을지도 모른다. 그러나 구코쿠시는 지구보다 커다란 화재를 상상하는 사람이니 안심하고 그 이유를 물어보았다. 구코쿠시의 대답은 이러했다.

"돈은 어떤 측면에서 보면, 노동력의 기호일 거야. 그런데 그 노동력이 결코 같은 종류는 아니니까 돈으로 대표시켜서 서로 통용하면 대단한 오류가 되는 거지. 예를 들면 내가 여기서 일만 톤의 석탄을 캤다고 해보세. 그 노동력은 기계적인 노동력에 지나지 않으니 이것을 돈으로 바꾼 셈인데, 그 돈은 같은 종류의 기계적인 노동력과 교환할 자격이 있을 뿐이지 않은가. 그런데도 일단 기계적인 노동력이 돈으로 변형되기만 하면, 갑자기 자유자재의 신통력을 얻고 도덕적인 노동력과 교환되지. 그래서 제멋대로 정신계가 교란되어버리는 거야. 괘씸하기 짝이 없는 마물이지 않은가? 그러니 색깔을 나누어 그런 부분을 조금 알려야 한단 말일세."

나는 돈의 색깔별 분류설에 찬성했다. 그리고 잠시 후에 구코쿠시에게 물어보았다.

"기계적인 노동력으로 도덕적인 노동력을 매수하는 것도 나쁘지만, 매수당하는 쪽도 잘하는 건 아니겠지?"

"그렇지. 지금처럼 선지선능善知善能한 돈을 보면, 신도 인간도 항복할 테니까 어쩔 수가 없지. 현대의 신은 야만이니까."

나는 구코쿠시와 이런 돈이 되지 않는 이야기를 하고 돌아왔다.

마음

욕실에서 나와 2층 난간에 수건을 걸치고는 햇살 많은 봄 마을을 내려다본다. 두건을 쓰고 하얀 수염을 듬성듬성 기른 나막신 굽 수선 노인이 담장 밖을 지난다. 오래된 장구를 막대기에 묶어 메고 대나무 주걱으로 쿵쿵 두들기는데 그 소리는 머릿속에 문득 떠오른 기억처럼 날카로우면서도 어딘가 허술했다. 노인이 건너편 의사네 문 옆에 와서 예의 시원찮은 봄 장구를 쿵 하고 두들기자, 새하얗게 핀 매화나무에서 작은 새 한 마리가 머리 위로 날아올랐다. 무심한 나막신 수선 노인은 푸른 대나무 담장을 따라 건너편으로 돌아가서는 보이지 않는다. 새는 날갯짓 한 번으로 난간 아래까지 날아왔다. 한동안은 석류나무 잔가지에 앉아 있었으나 마음 편하지 않았는지 두세 번 몸짓을 바꾸다가 문득 난간 가까이 선 나를 올려다보더니 휙 날아올랐다. 나뭇가지 위가 흐릿하게 뵐 정도로 빨리 움직이던 작은 새는 어느새 예쁜 다리로 난간을 딛고 서 있었다.

한 번도 본 적이 없는 새라 이름을 알 리 없지만 그 색깔이 너무나 내 마음을 흔들었다. 휘파람새를 닮은 은근한 멋이 깃든 날개에 가슴은 거무스름한 것이 기왓빛 비슷하다. 불면 날아갈 듯 하늘하늘 흔들린다. 주변으로 이따금 부드러운 물결을 일으키며 가만히 앉아 있다. 새를 놀라게 하는 건 죄가 될 것 같아 한동안 난간에 기댄 채로 손가락 하나도 까딱하지 않고 참았는데, 의외로 새 쪽은 평온해 보이는지라 이윽고 큰맘 먹고 몸을 뒤로 뺐다. 동시에 새는 휘리릭 난간 위로 날아올라 바로 눈앞까지 왔다. 나와 새 사이는 불과 한 자 정도에 지나지 않았다. 나는 반쯤 무의식적으로 아름다운 새를 향해 오른손을 뻗었다. 새는 부드러운 날개와 날씬한 다리와 잔물결 이는 가슴을 모두 들어올려 그 운명을 내게 위탁하듯 건너편에서 내 손안으로, 편안히 날아들었다. 나는 그때 둥근 머리를 위에서 바라보고 이 새는…… 하고 생각했다. 그러나 이 새는……의 뒤는 아무래도 생각나지 않았다. 그저 마음 깊은 곳에 그 뒷말이 가라앉아서 그 전체가 옅어지는 것 같았다. 이 마음의 바다 전면에 물든 것을 어느 불가사의한 힘으로 한곳에 집중시켜 분명하게 직시할 수 있다면 그 형태는, — 역시 지금, 여기 내 손안에 있는 새와 같은 색을 띤 같은 녀석일 거라고 생각한다. 나는 바로 새장 속에 새를 넣고 봄날의 해가 넘어갈 때까지 바라보았다. 그리고 이 새는 어떤 마음으로 나를 보고 있을까 생각했다.

이윽고 산책을 나섰다. 아주 기쁜 마음으로 정한 곳도 없이 마을을 몇 개나 지나서 시끌벅적한 곳까지 갔더니 길은 오른쪽으로 굽었다 왼쪽으로 굽었다 하며 모르는 사람 뒤에서 모르는 사람이 줄지어 나타난다. 아무리 걸어도 시끌벅적하고 명랑하고 즐거웠으므로 나는 어느 지점에서 세계와 접촉하는 것이며 또 그곳에서 어떤 갑갑함이 있을지조차 상상할 수 없었다. 모르는 사람을 수천 명이나 만난다는 것은 기쁘지만, 그저 기쁠 뿐이어서 그 기쁜 사람의 눈매도 콧날도 머리에 남지 않았다. 그러자 어딘가에서 옥구슬이 떨어져 기와에 구르는 것 같은 소리가 났다. 놀라서 건너편을 보니, 10미터 정도 앞에 있는 오솔길 입구에 한 여자가 서 있었다. 무엇을 입었는지 무슨 머리를 하고 있었는지 모르겠다. 그저 눈에 비친 것은 그 얼굴이다. 그 얼굴은, 눈이니, 입이니, 코니 각각 서술할 수가 없다. 아니, 눈과 입과 코와 눈썹과 이마가 하나가 되어 오로지 나를 위해 만들어진 얼굴이다. 백년 전부터 여기에 서서 눈도 코도 입도 똑같이 나를 기다리던 얼굴이다. 백년 후까지 나를 따라 어디든 갈 얼굴이다. 소리 없이 말하는 얼굴이다. 여자는 조용히 뒤로 돌았다. 따라가 보니 오솔길이며, 보통 때의 나라면 주저할 정도로 좁고 어스름한 길이다. 하지만 여자는 조용히 그 안으로 들어간다. 침묵한다. 하지만 내게 뒤따라오라고 말한다. 나는 몸을 옴츠리며 골목 안으로 들어갔다.

검은 가림발[46]이 부드럽게 흔들리고 있다. 하얀 글자가 염색되어 있다. 그다음에는 머리를 스칠 정도에 등불이 걸려 있었다.

---

46 暖簾(のれん). 상점 입구를 가리는 일본식 발

한가운데 3단으로 그려진 소나무가 있고 그 밑에 본점이라고 씌어 있다. 다음엔 유리상자에 살짝 구운 화과자가 가득차 있었다. 그다음에는 처마 아래 사라사 조각을 대여섯 개 사각형 틀 속에 늘어놓은 것이 걸려 있었다. 그리고 향수병이 보였다. 그러자 골목은 새까만 창고 벽에서 끝났다. 여자는 두 자 정도 앞에 있다고 생각하는데 갑자기 내 쪽을 돌아보았다. 그리고 갑자기 오른쪽으로 돌았다. 그때 내 머리는 갑자기 아까 본 새의 심정이 되었다. 그리고 여자를 따라 곧 오른쪽으로 돌았다. 오른쪽으로 돌자 아까보다 더 긴 골목이 좁고 어둡게 계속 이어진다. 나는 여자가 입을 다문 채 사유하는 대로 그 좁고 어둑하고 심지어 계속되는 골목을 새처럼 어디까지나 따라갔다.

변화

두 사람은 다다미 두 개짜리 2층에 책상을 나란히 하고 있었다. 그 다다미 색이 검붉게 빛나던 모습이 이십 년도 더 지난 오늘까지도 내 눈앞에 생생하다. 방은 북향이고 높이는 두 자에 지나지 않는 작은 창을 앞에 두고, 두 사람이 어깨를 나란히 붙여야 할 만큼 답답한 자세로 조사를 하고 있었다. 방 안이 어두워지면 추위를 무릅쓰고 창문을 열어젖혔다. 그때 창 바로 아랫집의 대나무 격자 안쪽에서 젊은 아가씨가 우두커니 서 있는 일이 있었다. 조용한 저녁에는 그 아가씨의 얼굴도 모습도 더할 나위 없이 아름답게 보였다. 때로는 아아 아름답다 느끼며 한참 내려다본 적도 있었다. 하지만 나카무라에게는 아무 말도 하지 않았다. 나카무라도 아무 말 하지 않았다.

아가씨의 얼굴은 지금은 완전히 잊어버렸다. 그저 목수인지 누군지의 딸인 것 같았다는 느낌만 남아 있다. 물론 다세대 주택의 가난한 생활을 하던 사람의 딸이다. 우리 두 사람이 자고 일어나는 곳도 그런 집으로, 한 장의 기와도 찾을 수 없을 만큼 낡은 다세대 주택의 일부였다. 아래에는 사숙 학생과 간사를 합쳐 겨우 열 사람 정도가 기숙하고 있었다. 그리고 노천 식당에서 나막신을 신은 채 밥을 먹었다. 식료품은 한 달에 2엔이었지만 그 대신 맛이 형편없었다. 그래도 격일로 소고기 국물을 한 번씩 맛볼 수 있었다. 물론 고기 기름이 조금 떠 있고 고기 향이 젓가락에 묻어오는 정도였다. 그래서 학생들은 간사가 교활하다고 맛있는 것을 좀 내놓아야 한다며 계속해서 불평을 늘어놓았다.

나카무라와 나는 이 사숙의 교사였다. 두 사람 모두 월급을 5엔씩 받았고 하루에 두 시간 정도 가르치고 있었다. 나는 지리와 기하학을 영어로 가르쳤다. 기하에 대해 설명할 때는 어떻게 해서든 일치해야 하는 선이 일치하지 않아 난처한 경우가 있다. 그런데 복잡한 그림을 굵은 선으로 그리는 경우에는 그 선 두 개가 칠판 위에서 겹쳐져 하나가 돼주니 기뻤다.

두 사람은 아침에 일어나면 료고쿠 다리를 건너 히토쓰바시의 예비학교에 다녔다. 그때 예비학교의 수업료는 25전이었다. 두 사람은 두 사람의 월급을 책상 위에 어지럽게 섞어두고 그중에서 25전의 수업료와 2엔의 식비, 그리고 목욕탕 갈 돈을 약간 빼고, 남는 돈을 품에 넣고 메밀국수, 단팥죽, 초밥을 먹으러 돌아다녔다. 공동재산이 바닥나면 두 사람 모두 전혀 밖에 나가지 않았다.

예비학교에 가는 도중에 료고쿠 다리 위에서, '자네가 읽고 있는 서양 소설에는 미인이 나오는가?' 나카무라가 물었던 적이 있다. '응, 나와' 하고 대답했다. 그러나 그 소설이 무슨 소설이었는지 어떤 미인이 나왔는지 지금은 전혀 기억나지 않는다. 나카무라는 그때부터 소설 따위는 읽지 않았다.

나카무라가 보트 경기 챔피언이 되었을 때, 학교에서 약간의 돈을 줘서 그 돈으로 책을 샀는데 그 책에 어떤 교수가 무슨무슨 기념으로 준다는 문구를 쓴 일이 있다. 나카무라는 그때 자신은 책 따위 필요 없으니 뭐든 내가 좋아하는 것을 사주겠다고 했다. 그래서 아놀드의 논문과 셰익스피어의 햄릿을 얻었다. 그 책은 지금도 가지고 있다. 나는 그때 처음 햄릿이라는 작품을 읽어보았다. 조금도 이해할 수 없었다.

학교를 졸업하자 나카무라는 곧 대만으로 갔다. 그리고 나서는 전혀 만나지 못했는데, 우연히 런던 한가운데서 딱 만났다. 꼭 7년 정도 전이다. 그때 나카무라는 옛날 그대로의 얼굴을 하고 있었다. 그리고 돈을 많이 가지고 있었다. 나는 나카무라와 함께 여러 곳을 돌며 놀았다. 나카무라도 이전과는 달리 '자네가 읽고 있는 서양 소설에는 미인이 나오는가' 따위를 묻지는 않았다. 오히려 자신이 먼저 서양 미인에 대한 이야기를 했다.

일본으로 돌아와서 또 못 만났다. 그러다가 올해 1월 말 갑자기 심부름꾼을 보내 이야기할 게 있으니 쓰키치의 신키라쿠까지 오라고 했다. 정오까지 오라는 주문이었지만 시계는 벌써 11시를 지나고 있었다. 그리고 그날따라 북풍이 아주 세게 불었다. 밖으로 나가면 모자도 인력거도 날려버릴 듯한 기세였다. 나는 그날 오후에 반드시 마무리해야 할 일이 있었다. 처에게 전화를 걸어 내일은 시간이 안 되는지 묻게 했더니 내일은 출발 준비니 뭐니 해서 자기도 바쁘다는 이야기에서 전화가 끊겨버렸다. 아무리 전화를 해도 걸리지 않는다. 큰 바람이 부는 탓일 거라며 아내가 추운 얼굴을 하고 돌아왔다. 그래서 결국은 못 만나고 말았다.

그 옛날의 나카무라는 남만주철도주식회사의 총재가 되었다. 그 옛날의 나는 소설가가 되었다. 만철의 총재란 어떤 일을 하는지 전연 모른다. 나카무라도 미처 내 소설을 한 페이지도 읽지 않았겠지.

크레이그 선생님

크레이그 선생님은 제비처럼 4층 위에 둥지를 틀었다. 포석 끝에 서서 올려다보아도 창조차 보이지 않는다. 아래에서 올라가면 허벅지가 점점 조금씩 아파질 즈음 드디어 선생님의 문 앞이다. 문이라고 해도 양쪽으로 열리는 큰 문이나 지붕이 있는 것도 아니다. 폭 세 자가 채 안 되는 검은 문에 놋쇠 고리가 달려 있을 뿐이다. 한참을 문 앞에서 쉬었다가 이 고리 아래쪽을 콩콩 두들기면 안에서 열어준다.

열어주는 사람은 언제나 여자다. 근시인지 안경을 쓰고 끊임없이 놀란다. 나이는 오십 줄이니 제법 오래 세상을 보고 살아왔을 터인데, 여전히 놀란다. 문을 두드리는 것이 미안할 정도로 큰 눈을 하고 어서 오세요, 한다.

들어가면 여자는 곧 사라져버린다. 그리고 첫 번째 방인 객실 — 처음에는 객실이라고는 생각지도 못했다. 별다른 장식도 무엇도 없다. 창이 두 개 있고, 책이 많이 꽂혀 있을 뿐이다. 크레이그 선생님은 대체로 거기에 진을 치고 있다. 내가 들어오는 걸 보면 야아 하고 손을 내민다. 악수를 하자는 신호이므로 손을 잡는 것은 잡지만, 상대는 한 번도 마주잡은 적이 없다. 나도 그다지 손을 쥐는 마음이 편하지 않아서 차라리 그만두면 좋겠건만 역시나 야아 하고 털북숭이 주름투성이의 그리고 예의 소극적인 손을 내민다. 습관은 이상한 것이다.

이 손의 소유자는 내 질문을 받아주는 선생님이다. 처음 만났을 때 '보수는?' 하고 물었더니 '글쎄' 하고 창밖을 보며, '한 번에 7실링이면 어떤가?' 한다. 너무 많으면 더 깎아준다고도 했다. 그래서 나는 한 번에 7실링으로 쳐서 월말에 전액을 지불하기로 했는데 어떤 경우에는 예상치 못하게 선생님이 먼저 재촉하는 경우가 있었다. '여보게, 돈이 좀 필요한데 지불해주지 않겠나?' 나는 바지 주머니에서 금화를 꺼내어 노골적으로 허어 소리를 내며 건네주었다. 선생님은 '이거 미안허이' 하면서 돈을 받으며 예의 소극적인 손을 펼쳐 살짝 손바닥 위에 놓은 채 바라보다가 이윽고 이것을 바지 주머니에 넣는다. 곤란한 것은 선생님이 결코 거스름돈을 주지 않는다는 점이다. 여분을 다음달에 제하려고 하면 다음주에는 또 책을 사야 한다며 재촉을 한다.

선생님은 아일랜드 사람으로 말을 좀 알아듣기가 어렵다. 조금 다급해지면 도쿄 사람이 사쓰마 사람과 싸움을 했을 때 정도로 알아듣기 어려워진다. 대단히 조심성 없고 조급한 사람이라 나는 일이 성가셔지면 운을 하늘에 맡기고 선생님의 얼굴만 쳐다본다.

그 얼굴이 또 결코 보통이 아니다. 서양인이니 코는 높지만 층이 졌고 살집이 너무 두텁다. 그것은 나와도 비슷하지만, 이런 코는 얼핏 깔끔해 보이지 않아 호감을 느낄 수 없다. 그 대신 그 언저리가 전체적으로 덥수룩해서 어쩐지 촌스럽다. 수염 따위는 정말 안돼 보일 정도로 흑백이 난삽하다. 언젠가 베이커 거리에서 선생님을 만났을 때에는 채찍을 잃어버린 마부인가 싶었다.

선생님이 하얀 셔츠를 입고 하얀 옷깃을 붙인 모습은 아직 본 적이 없다. 언제나 줄무늬 플란넬 셔츠를 입고 복슬복슬한 실내화를 신고, 그 발을 스토브 안으로 넣을 정도로 내밀고 그리고 때때로 짧은 무릎을 두드리며 ─ 그때 처음 깨달은 것이지만, 선생님은 소극적인 손에 금반지를 끼고 있었다 ─ 때로는 두드리는 대신에 허벅지를 문지르며 가르쳐준다. 게다가 무엇을 가르치는지 알 수가 없다. 듣고 있자면 선생님이 좋아하는 곳으로 데려가서는 결코 돌려보내 주지 않는다. 그리고 좋아하는 장소가 계절이나 날씨 상황에 따라 여러 가지로 변화한다. 때에 따라서는 어제오늘 사이에 양극단으로 변하는 일조차 있었다. 나쁘게 말하면 엉터리고 좋게 말하면 문학상의 좌담을 해주는 것인데, 지금 생각해 보면 1회 7실링 정도를 내고 규칙적인 강의 같은 것을 들을 수 있을 리 없으니, 이것은 선생님 쪽이 아니라, 그것을 불평스럽게 생각한 내가 바보인 셈이다.

원래 선생님의 머리도 그 수염이 대표하는 바와 같이 조금은 난잡하게 기울어져 있는 듯도 해서 오히려 보수를 올려 훌륭한 강의를 해달라고 하는 편이 좋았을지도 모른다.

선생님의 특기는 시였다. 시를 읽을 때는 얼굴에서 어깨 언저리까지가 아지랑이처럼 진동한다. — 거짓말이 아니다. 정말 진동했다. 그 대신 내게 읽어주는 게 아니라 자기 혼자서 읽고 즐기는 걸로 귀착해버리기 때문에 결국은 내 손해다. 언젠가 스윈번[47]의 〈로저먼드〉라는 책을 가져갔더니 선생님이 좀 보자며, 두세 줄 낭독하더니, 바로 책을 무릎 위에 엎어두고 코안경을 벗더니, '아아 안 되겠네, 안되겠어. 스윈번도 이런 시를 쓸 정도로 늙은 건가' 하고 탄식했다. 내가 스윈번의 걸작 〈칼리돈의 아틀란타〉를 읽어보려고 생각한 것은 이때였다.

선생님은 나를 아이처럼 생각했다. 자네 이런 말 아는가, 저런 말 알고 있나, 하면서 어처구니없는 것을 때때로 질문했다. 그런가 하면, 갑자기 어려운 문제를 내고는 갑자기 동년배 취급을 하는 경우가 있다. 언젠가 내 앞에서 왓슨의 시를 읽고 '이것은 셸리의 시와 비슷한 데가 있다는 사람과, 전혀 다르다는

---

47 Algernon Charles Swinburne 1837~1909. 영국의 시인이자 작가이다.

사람이 있는데, 자네는 어떻게 생각하는가' 하고 물었다. 아무리 생각해도, 내게는 서양의 시가 우선 눈에 호소하고 그런 다음에 귀를 통과하지 않으면 전혀 이해할 수 없다. 그래서 적당히 대답했다. 셸리랑 비슷하다는 쪽이었는지 비슷하지 않다는 쪽이었는지 지금은 생각나지 않는다. 하지만 이상하게도 선생님은 그때 예의 무릎을 치며 '나도 그렇게 생각하네' 라고 말해서 크게 송구스러웠다.

언젠가 창으로 얼굴을 내밀고 까마득한 하계를 바쁘게 오가는 사람들을 내려다보며, '여보게, 저렇게 인간이 다니지만 저 안에 시를 아는 사람은 백에 하나도 안되지, 가엾은 일이야. 영국인은 원래가 시를 이해하지 못하는 국민이라서 말이네. 그런 점에선 아일랜드 사람이 훌륭한 거야. 훨씬 고상해. — 실제로 시를 맛볼 줄 아는 자네나 나 같은 사람은 행복하다고 해야겠지' 하고 말했다. 시를 맛볼 줄 아는 사람들 속에 포함시켜 준 것은 대단히 감사하지만, 그러기에는 취급이 좀 냉담하다. 나는 이 선생님에게서 아직 정을 느껴본 적이 없다. 완전히 기계적으로 이야기하고 있는 할아버지로밖에 생각되지 않았다.

하지만 이런 일이 있었다. 내가 있는 하숙이 너무 싫어져서 크레이그 선생님 댁에라도 들어갈까 싶어 어느 날 예의 수업을 마친 뒤 부탁을 했는데 선생님이 그 자리에서 무릎을 치며, '그

렷군, 우리 집 방을 보여줄 테니 오게나' 하고 말하면서 식당이며 하녀 방이며 자기 맘대로 끌고 다니며 보여주었다. 본디 4층 한 켠의 구석이니 넓을 리가 없다. 이삼 분 지나자 더 볼 곳이 없었다. 선생님은 원래 있던 자리로 돌아와 '자네, 이런 집이라서 들어오게는 할 수가 없네' 하며 거절하는가 싶더니 곧 월트 휘트먼[48] 이야기를 시작했다. 옛날에 휘트먼이 와서 자기 집에 한동안 묵었던 적이 있었고 — 대단히 말이 빨라서 잘 이해할 수 없었지만, 아무래도 휘트먼 쪽이 온 것 같다 — 처음 그 사람의 시를 읽었을 때는 정말 말도 안 될 것 같은 기분이었지만, 여러 편 읽어가는 동안에 점점 재미있어져서 결국에는 대단히 애독하게 되었다. 그러니까······.

서생을 집에 들이는 일은 완전히 어딘가로 날아가버렸다. 나는 그저 흐름에 몸을 맡기고 네네 하면서 듣고 있었다. 어쩌면 그때는 셸리가 누구와 싸움을 했다든가 하는 이야기를 하면서 '싸움은 안 좋아, 나는 두 사람 다 좋아하니까 내가 좋아하는 두 사람이 싸움을 하는 것은 너무 안 좋아' 하고 불평을 했을 것이다. 아무리 불평이라도 벌써 몇십 년인가 전에 싸웠던 것이니 어찌해 볼 수 없다.

---

48 Walter Whitman 1819~1892. 미국의 시인이자 수필가.

선생님은 덜렁대는 성격이라서 내 책 같은 것을 곧잘 아무 데나 둔다. 그리고 그것이 발견되지 않으면 크게 초조해하며 부엌에 있는 할머니를 불이라도 난 듯 엄청난 소리로 불러댄다. 그러면 예의 할머니가 역시나 엄청난 얼굴을 하고 객실에 나타난다.

"이런, 내 워즈워스[49]는 어디다 놨어?"

할머니는 여전히 놀란 눈을 접시처럼 뜨고 일단 책장을 돌아보는데 아무리 놀라도 엄청나게 꼼꼼해서 곧바로 〈워즈워스〉를 찾아낸다. 그리고 '히어, 써' 하고 약간 나무라듯 선생님 앞에 내놓는다. 선생님은 그것을 가로채듯이 받아들고 손가락 두 개로 더러운 표지를 탁탁 털면서, '자네, 워즈워스가……' 하고 이야기를 꺼낸다. 할머니는 점점 더 놀란 눈을 하고 부엌으로 돌아갔다. 선생님은 2분, 3분씩이나 〈워즈워스〉를 두드리고 있다. 그리하여 모처럼 찾아낸 〈워즈워스〉를 펼치지도 않는다.

선생님은 때때로 편지를 쓴다. 그 글씨는 절대 읽을 수 없다. 원래 두세 줄이니까 몇 번이나 반복해서 볼 시간이 있지만 아무래도 판정을 할 수 없다. 선생님에게서 편지가 오면 사정이 있어서 수업을 할 수 없다는 내용으로 판정하고는 애당초 읽는

---

49 William Wordsworth 1770~1850. 영국의 낭만주의 시인.

것을 생략했다. 가끔 놀란 할머니가 대필을 하는 일이 있다. 그때는 대단히 쉽게 이해된다. 선생님은 편리한 서기를 둔 것이다. 선생님은 글씨를 너무 못써서 곤란하다며 탄식했다. 그러면서 '자네가 훨씬 잘 쓴다'고 했다.

이런 글자로 원고를 쓰면 어떤 게 나올지 심히 걱정스러울 정도다. 선생님은 〈아든 셰익스피어〉 출판인이다. 용케도 그 글씨가 활자화될 자격이 있구나 생각했다. 그래도 선생님은 아무렇지 않게 서문을 쓰거나 주석을 달거나 한다. 뿐만 아니라 이 서문을 보라고 하며 〈햄릿〉에 붙인 서문을 읽게 한 적이 있다. 그 다음에 갔을 때 재미있었다고 말하자 자네가 일본으로 돌아가면 꼭 이 책을 소개해 달라고 부탁했다. 〈햄릿〉은 내가 귀국한 후 대학에서 강의할 때 큰 도움이 된 책이다. 그 〈햄릿〉의 주석만큼 주도면밀하고 요령 있는 책은 아마 없을 것이다. 그때는 그 정도라고는 생각하지 못했다. 그러나 선생님의 셰익스피어 연구에는 그 전부터도 놀라고 있었다.

객실을 직각으로 돌면 다다미 여섯 개 크기의 작은 서재가 있다. 선생님이 높이 둥지를 틀고 있는 건, 말하자면 이 4층 모퉁이로, 그 모퉁이의 또 모퉁이에 선생님의 소중한 보물이 있다. 길이 한 자 반, 폭 한 자 정도의 파란표지 수첩을 약 열 권 정도 꽂아두고 선생님은 틈만 있으면 종이에 쓰인 문구를 이 파란

표지 안에 써넣고는 구두쇠가 엽전을 모으듯이 하나씩 늘려가는 것을 평생의 재미로 삼는다. 이 파란표지가 셰익스피어 사전의 원고라는 것을 귀국하고 얼마 안 있어 알게 되었다. 선생님은 이 사전을 집대성하기 위해 웨일즈의 어느 대학 문학교수 자리를 박차고, 매일 대영박물관에 다녀올 시간을 마련했다고 한다. 대학 교수조차 차버릴 정도니 7실링짜리 제자를 소홀히 대하는 것도 무리는 아니다. 선생님의 머릿속에는 자나깨나 이 사전이 맴돌고 있던 것이다.

'선생님, 슈미트의 셰익스피어 사전이 있는데 또 그런 걸 만드시는 겁니까?' 하고 여쭌 일이 있다. 그러자 선생님은 사뭇 경멸을 금할 수 없다는 듯 '이걸 보게' 하면서 가지고 있던 슈미트를 꺼내서 보여주었다. 저 슈미트가 전후 두 권 전체 빈틈이 없을 정도로 새까맣게 되어 있었다. 나는 놀라서 슈미트의 책을 바라보았다. 선생님은 아주 득의양양했다. '자네, 만약 슈미트 정도를 준비할 거라면 내가 이렇게까지 고생을 하지는 않지' 하면서 또 손가락 두 개를 모아 새까만 슈미트의 책을 툭툭 두드리기 시작했다.

"대체 언제부터 이런 일을 시작하신 겁니까?"

선생님은 일어나 건너편 서재로 가더니 계속 뭔가를 찾다가 또 예의 초조한 목소리로, '제인, 제인, 내 다우든[50] 어디 갔지?' 하며 할머니가 오기도 전부터 다우든의 소재를 묻는다. 할머니는 또 놀라서 나온다. 그리고 또 언제나처럼, '히어, 써' 하고 나무라곤 사라지자, 선생님은 할머니의 말엔 전혀 개의치 않고 배고픈 사람처럼 책을 펼친다. '웅, 여기 있네. 다우든이 여기 내 이름을 제대로 올렸어. 특별히 셰익스피어를 연구한 크레이그 씨라고 써 주었지. 이 책이 천팔백칠십……년 출판이니까 내 연구는 그것보다 훨씬 전부터지……' 나는 선생님의 인내에 탄복했다. 그리고 내친김에, '그럼 이 책은 언제 완성됩니까?' 하고 물었다. '언젠지 어떻게 알아, 죽을 때까지 계속할 뿐이네' 하고 선생님은 다우든을 원래 있던 자리에 꽂았다.

나는 그 후로 한동안 선생님에게 가지 않았다. 안 다니기 얼마 전부터 선생님은, '일본 대학에 서양인 교수는 필요 없을까? 나도 젊다면 갈 텐데' 하면서 어쩐지 허무함을 느끼는 듯한 얼굴을 하셨다. 선생님의 얼굴에 센티멘털이 보인 것은 그때뿐이다. '아직 젊으시지 않습니까?' 하고 위로했더니, '아니야, 아니야, 언제 무슨 일이 있을지 알 수 없네. 벌써 쉰여섯이니까' 하면서 묘하게 가라앉았다.

---

50 Edward Dowden 1843~1913. 아일랜드의 비평가이자 시인. 셰익스피어 비평으로 당대에 저명했다.

일본에 돌아와 2년 정도 지나서 신착 문예잡지에서 크레이그 씨가 죽었다는 기사를 보았다. 셰익스피어 전문 학자라는 말이 두세 줄 덧붙여져 있을 뿐이었다. 나는 그때 잡지를 내려놓고 그 색인은 결국 완성되지 못한 채 휴지조각이 되고 만 것일까 생각했다.

편집여담

독자를 위해
이 책의 기획과 편집 작업을 함께한
편집자들의 대화를 싣는다.

독자 여러분 무사히 다 읽으셨나요? 수고하셨습니다. 아직 읽기 전이라고요? 네, 편집여담을 읽으신 다음에 나쓰메 소세키의 글을 읽어도 괜찮습니다. 독자가 소세키와 함께 여행하는 모든 여정을 마쳤다고 가정하면서 두 편집자가 이야기를 나눕니다.

마담쿠: 낭만주의라는 말이 있잖아요. 개화기 일본이 서양 문물을 적극 받아들이기 시작했을 무렵을 생각해 보면, 당연히 어떻게 영어를 번역할 것인지가 중요했겠죠? 당시 일본 학자들은 한자를 이용하여 많은 번역어를 만들었습니다. 그중 'romance', 'romanticism'라는 영어 단어도 번역을 해야만 했는데, 그때 생긴 번역어가 '浪漫'이랍니다. 이 한자의 일본어 발음은 '로망'이 되고요. 우리는 우리식 발음으로 이 한자를 읽었어요. '낭만'으로요. 이 단어를 처음으로 만들어낸 사람이 바로 나쓰메 소세키라고 해요. 우리 생활에 매우 가까이에 있던 분이었습니다. 이 책에는 일본의 대문호 나쓰메 소세키의 작품 다섯 편이 수록되어 있어요. 2019년 봄에 처음 펴냈을 때에는 네 편이었다가, 이번에 단편 소설 〈문조〉를 추가해서 다섯 편이 되었어요. 저마다 성격이 다른 작품이에요. 단편 소설, 소설인지 에세이인지 규정하기 어려운 묘한 성격의 산문, 그리고 강연문 두 개입니다.

김석희: 나쓰메 소세키는 일본인에게 가장 사랑받는 작가였고 지금도 그 사랑은 식을 줄 모릅니다. 사실 그에 관한 연구와 비평이 셀 수 없이 많아서 나쓰메 소세키에 관한 모든 얘기를 망라하는 것은 사실상 불가능에 가깝습니다. 이번 〈소나티네〉 번역은 소세키의 감성과 숨결을 되살려 '읽고자' 애썼습니다. 모쪼록 독자 여러분께도 그 숨결이 잘 전달되기를 바랍니다. '고독, 쓸쓸함'은 소세키의 작품을 이끌어나가는 날줄이라면 솔직한 풍자와 가식 없는 위트가 씨줄 역할을 합니다. 〈고양이의 무덤〉, 〈크레이그 선생님〉, 〈열흘 밤의 꿈〉에 존재하는 죽음을 바라보는 시선은 읽는 이의 마음조차 고독하게 만듭니다. 고독한 개인이었던 그는 '문학 작품'이 특권적이고 권위 있는 어떤 것이라고 생각하지 않았던 것 같습니다. 소세키는 권력과 돈을, 심지어 자기 자신조차 자조적이고 '삐딱하게' 보기를 망설이지 않았습니다. 이 책에 소개한 작품들을 보더라도, '나'로 표현된 주인공들이 희화되는 모습을 심심찮게 볼 수 있습니다. 〈봄날의 소나티네〉 제1편에 해당하는 〈설날〉에서 보여준 '소리'하는 친구와의 우스꽝스런 경쟁심은 그런 예의 하나입니다. 〈족자〉나 〈돈〉에서처럼 돈 앞에 나약한 인간의 모습을 가감 없이 그려내기도 합니다. 소세키의 작품이 오늘까지 빛을 잃지 않는 것은 인간 내면의 바닥을 솔직하게 보여주는 풍자와 위트 덕분이라고 생각합니다. 여기 실린 작품들을 통해, 과거의 대작가가 아닌 현현하는 개인 소세키의 모습, 그리고 현대를 사는 우리 자신의 모습을 발견하기 바랍니다. 고맙습니다.

마담쿠: 그런데 이번 개정판은 2019년 판본과 여러 면에서 달라졌어요. 단순히 양장 단행본이 소프트하게 바뀐 것을 제외하고도 내용과 형식 양면에서 모두 변화가 있었습니다.

코디정: 네. 이번 개정판을 펴내면서 판본을 크게 바꿨습니다. 독자들이 나쓰메 소세키를 더 풍부하고 더 깊게 느낄 수 있는 책이 되었으면 하는 소망을 담아 봤어요. 그리고 '일본 문학의 뿌리를 찾아서'라는 부제를 달았습니다. 뿌리라는 단어가 주는 인상 때문에 편집자의 심정은 좀 부담스러워요. 하지만 20세기 초라는 시대적 상황을 고려하면서 작가의 세계관과 작품성을 따지자면 저는 소세키야말로 일본 '현대 문학'의 뿌리라는 평가하고 싶은 거죠. 그런데 소세키가 활동한 시대를 독자가 금방 알 수 있으니, 부제에는 '현대'라는 수식어를 생략했습니다. 세계관과 작품성, 이 두 가지 요소를 생각해 볼 때, 초판에서는 세계관 관련 부분이 책 뒤쪽에 배치되어 있다 보니 다소 모호함이 있었어요. 작가 세계관이 독자에게 더 선명하게 전해지기를 바라는 마음으로 〈나의 개인주의〉와 〈현대 일본의 개화〉라는 두 개의 산문을 앞쪽에 배치했어요. 그러면 독자가 소세키라는 인물을 먼저 만날 수 있겠지요.

소세키는 소설가잖아요? 그런데 초판에는 〈열흘 밤의 꿈〉밖에 없어서 소세키의 작품성을 느끼기에는 좀 부족하다는 생각이 들었습니다. 그렇다고 장편을 수록할 수는 없어서 이번에 〈문조〉를 추가했습니다. 그런 다음 〈봄날의 소나티네〉를 배치했습니다.

마담쿠: 이런 변화에서 초판의 부제였던 '나쓰메 소세키 작품집'이라는 표현은 빠졌습니다. 그럼에도 책의 제목은 계속 〈소나티네〉입니다. 이런 제목에 관한 이야기를 정리하면 이러하지요. 번역자이신 김석희 선생이 소세키의 〈永日小品〉을 〈봄날의 소나티네〉로 번역했어요. 예전에는 그냥 한자를 음독해서 〈영일소품〉으로 번역되기도 했고요. '영일'이라는 뜻이 '긴 봄날'을 뜻하니까 〈긴 봄날의 소품〉으로 번역된 책도 있습니다. 하지만 봄날은 원래 길잖아요? 해가 짧은 겨울이 끝나고 봄이 왔으니까요. 그래서 '긴'이라는 수식어를 빼고 '봄날'이라고 했습니다. 그리고 소나티네는 '악장이 짧은 소나타'를 뜻하는 악곡 형식을 뜻해요. 말하자면 '소품'을 비유적으로 표현한 단어죠. 소세키의 〈永日小品〉은 총 스물 다섯 편으로 구성되어 있어요. 대체로 그 분량이 짧고 특별히 연관성도 없습니다. 음악으로 비유하자면 모두 독립된 악장이지요. 그런 점에서 '소나티네'라는 표현에 납득이 갑니다. 무엇보다 '소나티네'라는 단어에 '봄날' 느낌도 나고요.

〈봄날의 소나티네〉는 1909년 1월부터 3월까지 대략 3개월 동안 오사카 아사히신문에 연재한 텍스트입니다. 제목과 달리 봄에 쓴 글은 아닙니다. 도쿄 아사히신문에도 함께 연재되기도 했고요. 신문 연재작인 〈봄날의 소나티네〉에 수록된 25개의 글은 뭐라고 딱 정리가 되질 않아요. 에세이와 소설의 경계에 있는 글 같았어요. 이번에 출간된 〈문조〉라는 소설과 〈봄날의 소나티네〉의 구별도 모호한 느낌이 들어요. '뱀', '도둑', '감', '고양이의 무덤', '인간', '산새', '모나리자', '족자', '돈벌이', '목소리', '돈', '마음' 같은 건 단편소설이라거나 소설의 한 장면으로 봐도 무방한 것 같아요. 저마다 느낌과 구성이 다르지만 말이지요. '설날', '화로', '행렬', '변화', '크레이그 선생님'은 자전적인 에세이로 분류할 수 있겠지요. 당시에는 소설과 에세이를 명확히 구별하지 않았다고 합니다. 그냥 그런 짧은 산문을 당시에는 '소품'이라고 불렀다고 해요. 〈봄날의 소나티네〉를 읽으면서 독자들이 1909년의 일본의 풍경과 시대상을 체험할 수 있고, 1909년의 조선을 상상하며 비교할 수도 있고, 런던 풍경도 떠올려 볼 수 있습니다.

코디정: 소세키의 인생을 이야기할 때 런던 유학생활이 꼭 나옵니다. 런던에 적응하지 못하고 실패했다고 말이지요. 하지만 이 책을 편집하면서 의문이 들더군요. 과연 소세키는 실패했을까? 〈나의 개인주의〉를 읽어보면 인생사 관점에서는 상당히 성공한 외국생활이었습니다. 타향 생활하면서 자기 자신을 찾았으니까요. 나쓰메 소세키는 형제 많은 집안의 늦둥이로 태어났어요. 생모의 나이가 마흔이 넘었고요. 당시에는 노산이 부끄러운 일이

었다고 합니다. 그래서 태어나자마자 부친의 친구 집안으로 입양되었어요. 부모한테 버려진 셈이죠. 그런데 양부모가 나중에 이혼을 해요. 그래서 어쩔 수 없이 다시 나쓰메 집안으로 왔지만 호적 안으로는 못 들어왔어요. 한때 생모가 할머니인 줄 알았대요. 나중에 생모의 임종도 볼 수 없었답니다. 자격미달로요. 그런 어린 시절의 기억이 '과거의 냄새'에 민감하게 반응하도록 만든 게 아닌가 생각해요. 그래서 〈봄날의 소나티네〉의 하숙집이 싫었던 거겠죠.

마담쿠: 〈봄날의 소나티네〉를 연재한 후 2년 지난 시점에서 일본 정부가 소세키에게 박사 학위를 수여했다고 해요. 그런데 소세키가 정부 공인 박사 학위를 학위를 반려했어요. "박사가 아니면 학자가 아닌 것 같이 세상 사람들이 생각한다면 학문은 소수 박사들의 전유물이 되어 학자적인 귀족이 학문 권력을 장악하는 폐해가 속출하고 맙니다."라고 발표하면서요. 소세키는 이런 멋진 생각을 하고, 또 그 생각을 거침없이 표현한 작가였습니다. 무엇보다 그 통찰이 대단하단 생각이 들어요. 결국 소세키가 걱정하는 대로, 일본이든 한국이든 학문 권력이 만들어졌잖아요? 물론 AI와 유튜브이 시대에 그 권력이 점점 더 왜소해지고 있지만요. 소세키의 깊고 넓은 통찰에 관해서 말하자면 〈나의 개인주의〉를 빼놓을 수 없겠죠. 〈나의 개인주의〉는 아주 긴 강연이었던 것 같고, 또 상당히 산만한 얘기가 이어지는데, 신기하게도 지루하지

않더군요. 이상하게 위로를 받는 느낌도 있었어요. 아니, 실제로 위로를 받았어요. 자기 자신에 대한 자신감 없는 어투로, '나는 잘 못했지만… 자네들에게 부탁하네'라는 심정이 깔려 있는 모습에서, '아, 이 사람도 보통사람이구나'하는 느낌도 들었고요.

코디정: 소세키의 인생을 보면 거의 평생을 떠돌아다닌 느낌을 받아요. 아마도 세 가지 이유였지 않았나 생각해요. 첫째, '회의감'입니다. 왜 그런 사람들이 있잖아요. 평소 회의감이 가득하면 무엇이든 끈기 있게 하지 못하는 사람들이요. 뭔가를 하고 있기는 하지만, 인생이란 무엇인가, 하늘이 내게 준 재능이 무엇인가, 어떻게 살아야 하는가, 지금 내가 하고 있는 일에 어떤 의미가 있는가 등등. 이런 회의감 때문에 서른이 넘어서도 정착하지 못하고 유랑했던 것 같아요. 두 번째, '애국심'입니다. 아마도 소세키는 영국 유학생활을 통해 마음속에서 애국심이 발동했으리라 생각해요. 아니 거의 확신합니다. 〈나의 개인주의〉라는 글을 통해서 알아냈어요. 소세키는 런던에서 대영제국의 선진 문물로부터 상당한 영향을 받았을 것 같아요. 물질적이고 문화적이며 정신적인 면, 다방면에서 말이지요. 그런데 역설적이게도 그것이 일본인으로서의 정체성을 자극하지 않았나 생각합니다. 이방인인 소세키는 대영제국에 소속된 사람이 아니니까요. 그런데 그런 사람이 영문학을 공부합니다. 여기서 회의감이 절정을 이뤘을 것 같아요. '우리

일본인은…'이라는 본령과 정체성을 생각하게 되고. 그러면서 일본인인 자기 자신을 발견하지 않았을까, 또 그게 계기가 돼서 드디어 '타인 본위'가 아닌 '자기 본위'를 찾지 않았을까 합니다. 더이상 영문학은 소세키에게 중요하지 않게 된 것이죠.
마지막으로 '분별력'입니다. 소세키의 '애국심'은 내셔널리즘과는 어울리지 않아요. 제국주의나 국수주의와는 분명히 거리가 있었다는 이야기입니다. 일본인으로서 일본 정신으로 일본 문학을 하겠다는 것이고, 그것이 하늘이 내려준 자신의 재능이자 가야 할 길임을 깨달았지만, 무엇이 올바른 사상이며 가치인지에 대한 분별력은 확실했던 것 같아요. 자기 자신이 일본에 소속되어 있고 일본인임이 자랑스럽기야 했겠지만, 내셔널리즘에는 빠지지 않았다는 말씀이죠. 사람들이 한결같이 국가를 외칠 때 그는 그런 무리에서 벗어나 있었던 것입니다. 내셔널리즘에 빠진 사람들을 바보 같다고 생각했겠지요. 그 격동기에 그는 결국 무소속으로 남았고, 그렇게 만든 것이 바로 올바름에 관한 소세키의 분별력이라고 봐요.

〈나의 개인주의〉는 가쿠슈인이라는 곳에서 한 강연문입니다. 당시 가쿠슈인은 일본 황족이나 귀족들이 다니는 초엘리트 대학이었거든요. 러일전쟁을 이기고 조선을 병합한 일본의 내셔널리즘이 발호하는 곳이었을 테고, 국가를 신봉하는 미래의 권력자들을 양성하는 곳에서 소세키는 '쓸쓸한 개인주의'를 버젓이 주창하고 있습니다. "국가적 도덕이라는 것은 개인적 도덕과 비교하면 훨씬 단계가 낮은 것"이라고 말하고 있고요. 소세키가 어떤 세계관을 갖고 있는지 정말 잘 보여주는 글이라고 생각해요. "그래서 제가 한 말에 만약 애매한 점이 있다면 적당히 판단하지 마시고 저희 집을 찾아와 주십시오. 가능한 한 언제라도 설명드릴 테니까요."라고 미래의 권력자에게 전하는 당부에서 소세키의 사명감도 느낄 수 있고요.

> 마담쿠: '자기 본령', '자기 본위'를 찾기 위한 소세키의 인생 여정에서 처음에는 따뜻한 위로를 받았어요. 정말 우리네 보통사람들과 차이가 없으니까요. 그러다가 읽으면 읽을수록, '소세키는 할 말은 하는 사람이구나, 끝까지 자기 이야기를 밀고 나갈 수 있는 사람이구나'라고 생각하다가 '이 사람은 정말 작가구나'하는 울림이 생겼습니다. 누군가 작가가 되려고 하는 사람을 만나면 소세키의 글을, 〈나의 개인주의〉를 보여줘야겠구나 하는 생각도 들었고, 어째서 사람들이 나쓰메 소세키의 팬이 되는지를 알게 되었지요. '개인주의의 쓸쓸함'이라는 소세키의 결론은 적지 않은 사람에게 위로가 될 것 같아요. 〈나의 개인주의〉는 정말 두고두고 읽을 만한 글이라는 점은 우리가 동의했습니다. 나머지는 독자에게 맡기지요.

이어지는 〈현대 일본의 개화〉는 〈나의 개인주의〉와 마찬가지로 강연문입니다. 맥락은 서로 비슷해요. 청중들이 듣고 싶은 이야기를 하지 않는다는 것이지요. 유쾌한 이야기보다는 불쾌한 이야기를 합니다. 다소 난해하지만 상당히 논리적이어서 설득당할 수밖에 없는 얘기지요. 소세키는 "아무튼 제가 해부한 것이 사실이라면 우리는 일본의 장래를 아무도 비관하게 됩니다. (중략) 일등국가라는 거만한 목소리가 도처에서 들립니다. 대단히 낙관적인 시각으로 보면 괜찮겠지요. 그러면 어떻게 이 절박한 위기를 빠져나갈 것인지, 앞에서 말씀드린 것처럼 제게는 모범답안이 없습니다. 그저 가능한 한 신경쇠약에 걸리지 않는 정도에서, 내발적으로 변화해 가는 게 좋겠다는 모양 좋은 이야기밖에 할 수 없습니다."라고 자기 심정을 솔직하게 밝힙니다. 일본 제국주의가 기세등등하던 시절에 일본의 미래를 비관하고 있다니, 참 그 당시에는 무슨 소리야 싶을 사람들이 많았겠지만, 100년 후의 우리가 보기에는 무릎을 칠 이야기들이죠.

소설 〈열흘 밤의 꿈〉은 뭐랄까 이미지 중심의 소설이랄까요? 이미지의 흐름으로 소설을 쓴 것 같습니다. 마치 인상파 화가의 작풍 같은 소설? 그러고 보니 유럽의 인상파 사조의 발전에 일본의 화풍이 대단히 큰 영향을 미쳤다는 이야기가 생각나네요. 〈열흘 밤의 꿈〉에서 우키요에 같은 느낌을 받았다는 이야기에요. 빈면 이빈 개징판에 추가된 〈문조〉를 통해서는 분명히 화자가 이야기 전부를 이끌어가고 있음에도 새의 눈빛으로 화자가 관찰되는 기분을 받았어요. 화자는 주인공임에도 불구하고 실은 요즘말로 NPC이고, 진정한 주인공은 마지막에 나타나 문조를 묻고 있다는 느낌이랄까요.

코디정: 네. 다섯 편의 글을 통해 독자가 나쓰메 소세키의 세계관과 작품성을 동시에 체험할 수 있는 이 출판 기획이 어느 정도 성공적일지는 모르겠어요. 우리의 대화만으로는 이미 성공한 것이지만, 증거는 없으니까요. 그저 저는 더 많은 독자에게 이 책이 펼쳐지기를 소망합니다.

마담쿠: 맞아요. 상업적인 성과는 언제나 좋은 증거지요. 저도 그렇게 되기를 희망합니다. 수고하셨어요. 독자 여러분, 감사합니다.

CREDIT

私の個人主義 | 現代日本の開化 | 夢十夜 | 文鳥 | 永日小品

소나티네, 일본 문학의 뿌리를 찾아서 | 나쓰메 소세키 | (번역) 김석희 | 나쓰메 소세키가 쓴 일본어 원작은 모두 퍼블릭 도메인입니다. 그러나 한국어 번역문은 이소노미아 출판사가 저작권을 보유합니다. (편집) 마담쿠, 코디정 | (디자인) 구희선 | (예술참여) 이완 | (펴

낸곳) 도서출판 이소노미아 서울시 종로구 율곡로 2길 7, 서머셋팰리스 303호 | (펴낸이) 구명진(h.ku@isonomiabook.com) | 문의사항은 이메일로 보내주세요.